Obscurs desseins

Gilles Cochet

Obscurs desseins

Roman

LE LYS BLEU
ÉDITIONS

ISBN : 979-10-377-8464-3

Quand le sage montre la lune, l'imbécile regarde le doigt.

La veille

Je sors la voiture et roule. Je ralentis à l'approche d'un village, éclairé par des lampadaires disproportionnés. J'aperçois une silhouette se découpant dans la lumière, descendant quelques marches, ratant la dernière et s'affalant sur le sol asphalté. Quelques jurons plus tard, l'homme se relève, regarde dans ma direction et se dirige vers le parking, plus précisément vers ma voiture. Je reste figé, accroché au volant, le moteur tourne encore. Il me fait un signe, je baisse la vitre.

Il me parle, je ne comprends rien à ce qu'il me raconte, puis, distinctement : « Tous des cons ! »

— Pardon ?

— Ouais, tous des cons, je vous dis ! répète-t-il en postillonnant. N'allez pas là-dedans, des mauvaises personnes.

— Si vous le dites…

— Venez avec moi, vous allez voir…

— Je croyais qu'il ne fallait pas y aller…

— Juste pour voir. Vous me payez un coup ?

— Est-ce bien raisonnable ?

— Un de plus, un de moins, rien que pour les emm… De toute façon, ils ne vous connaissent pas alors…

Je n'ai rien de mieux à faire. Accompagner cet homme dans ses libations est un moindre mal, laisser de côté le temps d'une soirée les interrogations du moment m'aidera à évacuer des réponses que je sais insatisfaisantes.

— Vous venez ?
— J'arrive, on a tout le temps.

L'homme se dandine d'un pied sur l'autre, manifestement impatient d'y retourner. Je prends mon temps, tout en observant le bonhomme. Celui-ci ne paie pas de mine : veste en velours déchirée recouvrant en partie un bleu de travail très sale, bottes crottées, le tout dégageant une odeur nauséabonde, mélange fermenté d'alcool, de vieille crasse et d'excréments d'animaux. C'est mon compagnon d'un soir, enfin, nous verrons à l'usage.

— Vous n'êtes pas du coin ?

— Non, pas vraiment, je suis de passage, je prends l'air, je me promène.

— Vous n'avez pas de boulot ?

— J'ai un travail et je m'organise comme je veux, et vous, le travail, ça va ?

— Ouais, non. Du boulot, j'en ai, par-dessus la tête, trop, et ce n'est jamais assez…

— On rentre si ça ne vous fait rien, il fait un peu frais ici.

Il ne répond pas et pousse la porte du café.

Une chaleur moite m'enveloppe sitôt franchi le seuil. Je me fraie un passage au milieu de tables dispersées dans le bistrot et de chaises sur lesquelles sont assis des individus que je qualifierai de rustiques, qui me dévisagent, l'air peu engageant. Ils tournent leurs regards torves vers mon acolyte, déjà collé au bar. Celui-ci parcourt la pièce d'un œil malicieux et me fait signe d'un geste impatient. Il y a tout au plus une dizaine de personnes. Tout le monde nous regarde maintenant et je m'attends au pire.

— Tu vois, tous ces gars, ils n'ont rien d'autre à faire que de me casser du sucre sur le dos, de raconter des saloperies sur mon compte. À cet instant, ils se demandent qui tu peux être, d'où tu sors parce que, tout à l'heure, j'étais seul tandis que maintenant, ce n'est plus la même affaire.

— Ce qui veut dire ?

— … qu'ils ont la trouille !

— De moi ? Vous rigolez ?

— Pas très courageux, les gaillards, mais bon, on ne va pas se laisser abattre, on est là pour boire un coup, j'ai un peu soif, tout à coup, pas toi ?

— Si vous le dites...

— Vous l'avez déjà dit, ça.

— Quoi ?

— Ben ça : « si vous le dites ». Vous n'êtes pas contrariant comme garçon, ça me plaît, j'ai ma dose, de gens contrariants.

— Je ne vois pas pourquoi je serais désagréable avec vous, on ne se connaît pas.

— Tu vas me connaître, je te le dis, tu me plais bien, tu as l'air de quelqu'un de confiance. J'en ai gros sur la patate de tous ces commérages, il faut que quelqu'un m'écoute, pas un de ceux-là, non, un inconnu, comme toi. C'est comment ton p'tit nom ?

— Arthur, comme le roi.

— ?

— Le roi Arthur, ma mère m'appelle comme ça.

— Je ne comprends rien à ce que vous racontez. Chef, un demi ! Et vous, vous prenez quoi ?

— La même chose. Je vous écoute, vous vouliez me parler.

— J'ai tué mon père, enfin, c'est ce que tout le monde raconte, mais moi, je sais que ce n'est pas vrai même si avec lui, ce n'était pas simple. Un salopard comme il n'y en a pas deux, je sais, je parle de mon paternel, mais maintenant, c'est un saint puisqu'il est mort. Il faut respecter les morts, plus facile que de respecter les vivants, demandez à tous ces gens-là. De son vivant, personne ne pouvait le supporter et aujourd'hui, c'est un saint et c'est moi le salaud. Ils m'ont envoyé les flics. Dans un coin comme ici, la police à la maison et vous êtes coupable avant même d'ouvrir la bouche. Ce n'est pas de ma faute si ce soir-là, c'est lui qui conduisait, saoul comme un cochon, avec moi à côté, à la place du mort. Eh bien je suis toujours là et pas lui. Je suis sorti de la voiture plus vite, c'est tout, un peu sonné, du sang partout, mais je me suis traîné dans le fossé et puis après, plus rien. Je me suis réveillé avec les pompiers qui me portaient sur un brancard, juste le temps de jeter un œil et de voir la fumée, noire, épaisse qui s'échappait de la voiture, ou de ce qu'il en restait. Pas de trace du père, puisqu'il était déjà mort, c'est ce qu'on m'a dit après. Tout ce que je sais, c'est ce qu'on m'a raconté, mais personne ne me croit.

— Qu'est-ce qu'on vous a raconté ?

— Qu'ils avaient trouvé le corps à moitié brûlé, avec une partie qui était restée dans l'auto. Il n'avait pas pu sortir assez vite avant que la voiture prenne feu, salement amoché et ils ont tous trouvé ça bizarre. Bizarre, tu parles, bourré comme il était, avec un seul phare… Ce virage-là, il est vicieux, tout en dévers, avec la boue du champ d'à côté, hop ! Dans le talus, terminus, tout le monde descend, enfin... presque.

— Et ensuite… ?

— Ensuite, je suis allé à l'hôpital, pas longtemps. Ils m'ont recousu, là, voyez, juste au-dessus de l'œil, ça pissait le sang, comme un boxeur, l'arcade sourcilière c'est impressionnant, mais avec quelques points de suture, c'est fini.

— Et après, vous avez quitté l'hôpital et êtes rentré chez vous.

— Je n'ai pas de chez-moi, c'est chez mon père. Je suis resté deux jours en observation. Je voulais m'occuper de l'enterrement, je ne savais pas où il était. On me disait de ne pas m'inquiéter, que rien ne pressait, que je pouvais rester une journée ou deux de plus. Ils m'ont laissé sortir. Personne n'est venu me chercher, c'est un infirmier qui habite dans le coin qui m'a emmené à la ferme.

— Et votre père ?

— C'est là que c'est « bizarre ».

— Pourquoi ?

— L'infirmier dans la voiture m'a dit qu'ils l'avaient porté à la morgue, le médecin avait refusé le permis d'inhumer. Le vieux, ils l'avaient mis au frais... le début des emmerdements.

Où vas-tu ?
Dans quelle histoire t'es-tu fourré ?
Tu n'as pas assez de la tienne, c'est glauque et ce type, pas net.

Sors d'ici, rentre chez toi.

Et regarde ce bistrot, tu n'es pas à ta place, en plus tu n'aimes pas la bière.

Tu regardes ailleurs, tu fuis, une fois de plus.

Regarde-toi dans la glace de ce bar et que vois-tu ? Un homme fatigué, chiffonné par des nuits de gamberge stérile écoutant d'une oreille distraite les divagations d'un alcoolique. Tu n'échapperas pas au rôle qui t'est imparti. Tu refuses ce que tu vois venir et, dernière chose, tu n'as pas fini d'être seul.

— J'ai dit : des emmerdements.

— Oui, j'ai entendu. Lesquels ?

— J'avais l'impression que vous étiez ailleurs, je me trompe ?

— Non, c'est vrai. Il faut que j'y aille, j'en ai assez entendu pour ce soir, j'ai moi aussi mes propres emmerdements comme vous dites.

— Ça ne vous intéresse pas, ce que je vous raconte.

— Écoutez, ce n'est pas le problème. Vous me raconterez la suite une autre fois. Vous vous appelez comment ?

— Jo.

— Jo comment ?

— Jo, c'est tout. Si vous repassez par-là, faites-moi signe. Je n'habite pas loin, vous prenez à droite la route qui monte vers le bois. C'est la première maison à gauche, au bout du chemin, avant le bois.

— Je ne promets rien, on verra. À bientôt peut-être.

— Salut.

Le café est plus calme, il ne reste que quelques attardés, fatigués de travail et d'alcool.

L'air frais me fait du bien. Je reste quelques instants sur le pas de la porte, allume une cigarette. Je n'imagine pas un seul instant qu'il ait pu tuer son père, mais la police enquête apparemment. J'ai vraiment d'autres chats à fouetter, mais cette histoire m'intéresse. Je ne suis pas loin de chez moi, il est peut-être connu ce Jo, dans les communes voisines, je vais me renseigner.

Je prends le chemin du retour tranquillement, évaluant les possibles scénarios de cette histoire.

La maison gémit, trop vaste pour un homme seul, sinistre. Elle a raison, mais c'est provisoire. L'escalier en bois craque sous mes pas. Le bureau, à l'étage, se trouve en face. La lumière de l'ampoule suspendue au plafond éclaire à peine cette pièce sombre et peu avenante. C'est la seule qui pouvait faire office de lieu de travail, les autres pièces sont immenses. La lampe architecte vissée au bureau donne une lumière diffuse, propice à mon activité professionnelle. Une carte du monde est punaisée sur la cloison d'en face, simple séparation en bois derrière laquelle un couloir dessert les chambres. Plus exactement, la chambre dans laquelle un lit attend ses occupants. Il n'a vu que moi ce lit. La place ne manque pas. Un portant solitaire soutient mon seul costume et quelques chemises. Une commode d'un autre âge est le seul meuble, presque vide. Une valise traîne dans un coin. Le papier peint à motifs floraux donne à l'ensemble une touche bucolique. Je pose mon imperméable trempé dans la salle de bains. Il est préférable de ne pas s'attarder.

Je redescends d'un pas lourd et résigné, cherchant un peu de vie dans ce désert domestique. Le feu s'est éteint, l'humidité s'est réinstallée, elle n'a pas tort, c'est une vieille baraque, mal isolée, mais c'est tout ce j'ai trouvé. Et puis merde !

Je suis à la fenêtre et regarde la pluie, bruine que je devine sous le halo du lampadaire. Pas âme qui vive dans ce bourg tranquille.

Attendre le sommeil, hypnotisé par les éléments, mes yeux se ferment malgré moi.

J'ai quelques livres dans les cartons. Pas de lecture en cours, c'est rare, mais aujourd'hui, la réalité dépasse la fiction, nul besoin de l'imaginaire des autres, je construis le scénario. En quelques heures, deux histoires s'enchevêtrent, le détective qui sommeille en moi sent qu'il y a anguille sous roche et voit aussi les embêtements qui vont avec. Dans les moments difficiles, il faut se transcender, dépasser le cadre du prévisible et s'enfoncer dans les ténèbres d'un fait divers glauque et sordide. Voir plus malheureux que soi aide, paraît-il, à surmonter ses propres errements. Je ne suis que spectateur, non, voyeur, un malade qui cherche les sensations fortes, l'éloignant pour un temps de ses banales préoccupations domestiques.

Il faut que je dorme. Où sont mes cachets ? Pas de pilules, les lendemains sont laborieux. Je fais quoi, là, au juste ?

Sur le palier, j'hésite.

Au lit, me dis-je, et je m'écroule, terrassé.

Tu n'es pas à la hauteur.

Un détective ?

Un exalté, oui, voilà ce que tu es, prêt à...

Tu m'agaces, occupe-toi de tes affaires, ça pue.

Tu agiras comme bon te semble, comme d'habitude, tête baissée.

Je m'en lave les mains.

La voiture roule vite, trop vite sur cette départementale humide au revêtement incertain. La trajectoire du véhicule relève d'une sinusoïde aléatoire dont les courbes frôlent dangereusement le bas-côté, la course folle ne devrait pas tarder à se heurter aux talus qui enserrent la route dont le tracé fut dessiné il y a fort longtemps pour des attelages maîtrisés, et lents.

Un bruit de tôles froissées et de verre brisé stoppe l'auto, un arbre fort mal placé ayant eu raison de la folle mécanique. Dans l'obscurité jaillit une lueur, précédée d'un bruit de succion, une portière s'entrouvre, un individu se traîne en gémissant sur l'asphalte et s'immobilise. Le feu illumine la campagne environnante. La carcasse est maintenant la proie des flammes qui la dévorent, les vitres volent en éclats, le spectacle de ce feu de joie annonce une sombre histoire.

La lumière des flammes attire le regard d'un homme habitant à quelques centaines de mètres, qui prévient aussitôt les pompiers et la gendarmerie, sur place en quelques minutes.

Un blessé et un mort, le fils et le père sont connus dans le village pour leurs différends, vivant sous le même toit, par nécessité plus que par choix. La mère s'était suicidée, par pendaison, dans la grange attenante à l'habitation, imbibée d'alcool, comme chaque soir depuis qu'elle avait perdu un enfant, une fille, laissée seule, bébé, dans son couffin. Le père, saoul comme à son habitude, s'était endormi, assommé par l'eau de vie. L'enfant était morte, s'étouffant dans une toux épaisse, à deux mètres de son père.

Son fils, plus âgé, subissait les accès de colère éthyliques de son père, sans dire un mot. Il avait huit ans à la mort de sa sœur. Se retrouvant seul avec son père, il devint taciturne. Fréquentant l'école communale, il n'avait pas d'amis, les autres gamins fuyaient ce garçon : son mauvais air, comme tous disaient, sournois et taiseux, ne laissait présager rien de bon. L'école le rejeta comme un corps étranger, au fond de la classe, seul l'âge légal obligea l'institution à le garder ; à quatorze ans, son sort était scellé, il n'eut comme seul compagnon qu'un père ivrogne. Un chien accompagnait ce duo, pauvre bête, souffre-douleur l'espace de quelques années, un camion de livraison mit fin à ses souffrances, le chauffeur se demande encore aujourd'hui si l'animal ne s'était pas jeté sous le véhicule…

Le gagne-pain de ce tandem, une ferme : de quoi payer les bouteilles, ne suscitait pas les convoitises, tant s'en faut, tout à vau-l'eau, bétail et cultures trahissaient un laisser-aller dont les premiers à souffrir étaient les animaux, de la maltraitance animale par négligence. Les services vétérinaires menaçaient de leur enlever les bêtes et de fermer les bâtiments d'élevage, ils obtempéraient, dans un élan de propreté, puis le train-train reprenait, un cycle sans fin. Les années s'écoulaient, l'âpreté des rapports père-fils était connue de tous, le fils se répandait au comptoir du bistrot, éructant des anathèmes assassins sur la méchanceté de son père, son avarice et son ivrognerie, ce qui ne manquait de faire sourire, discrètement car le gaillard était susceptible, certains posaient la question de la pérennité d'une telle entreprise.

Aujourd'hui, il est de ces prophètes de malheur qui, levant le sourcil, parlent d'un air entendu de l'accident. Le café de campagne accouche de mille rumeurs, l'enquête criminelle suscite des vocations. L'après-midi avance tranquillement, beau temps calme sur la campagne, le parking devant l'église héberge quelques véhicules. De l'autre côté de la place, le café dont la porte ouverte laisse entendre quelques éclats de voix :

— Puisque je te dis que c'est lui ! Le vieux, il l'a laissé dans la voiture, exprès…

— Ça m'étonnerait, pas assez courageux, il en avait besoin de son père, pour l'assurance.

— Quelle assurance ?

— L'assurance-vie de la mère, un bon paquet d'après ce que je sais, c'est le père qui avait la signature, comment va-t-il faire maintenant ? Fainéant comme il est, il a besoin des sous pour vivre, pour picoler surtout.

— Tu as l'air bien renseigné, dit l'autre d'un air soupçonneux.

— Pas plus que toi et puis, qu'est-ce que tu en sais, toi ? La police enquête, on n'accuse pas les gens à la légère…

— Ce que j'en dis…

— Justement, tu parles trop et l'autre, il va finir par le savoir et gare à tes fesses, pas commode le Jo, tu sais bien. Il est toujours dehors et d'ici qu'il vienne te caresser les côtes… Bon, faut que j'y aille, j'ai une haie à tailler. Fais attention quand même, je ne blague pas, allez, salut tout le monde.

— Salut, à plus tard.

De l'autre côté du comptoir, une femme essuie des verres consciencieusement, les plaçant avec méthode sur des étagères agencées autour d'un miroir, que l'on devine sans tain, une porte à droite s'ouvre sur une pièce à l'arrière, une pancarte « Privé » accrochée à mi-hauteur renseigne le client, ainsi qu'un grognement invisible sous le bar.

— Silence, le chien ! Il a raison, Marcel. J'ai vu Jo hier. Je l'ai servi, même s'il était déjà bien fatigué. Il ne faut pas le chatouiller en ce moment, depuis qu'il est rentré de ses examens à l'hôpital, il tourne en rond, il est tout seul, le corps du père est à la morgue, refus du permis d'inhumer, on n'en sait pas plus, de là à lui faire porter le chapeau… La PJ est sur le coup, il y a un doute, accident ou autre chose ? Chacun son boulot, moi, je ne sais rien du tout, et je ne veux pas savoir. Si la police vient ici, et ils viendront, je dirai que Jo est un brave gars qui n'a pas eu de chance, c'est tout, le vieux, c'était, excuse-moi, un sale c… J'arrête là.

— Tu as raison, moins on en dit…

— Tu en prends un autre, c'est ma tournée…

— Tu crois ?

— Allez, Robert, c'est bon…

— Vite fait alors…

Robert s'en va, le pas mal assuré.

— Il n'était pas seul le Jo quand il est revenu boire un coup, dit une voix de l'autre côté du bar, c'est qui ce type ? Tu connais ?

— Non, jamais vu, pas quelqu'un d'ici. Bah, il lui a payé à boire, c'est tout.

— Mouais, je dis ça parce qu'on va avoir de la visite, si tu vois ce que je veux dire…

— Je vois bien.

Ainsi vont les conversations dans un café de campagne, deux jours après un accident mortel sur une route toute proche.

Jour J

J'ai mal dormi, une mauvaise nuit de plus.

Café, douche, costume-cravate, les formulaires dans la sacoche, tout est prêt, sauf la tête, ailleurs, encore et toujours. Je n'ai guère besoin d'elle, suis en mode automatique, relationnel *a minima*, pas de rendez-vous, prendre le quidam par surprise, chez lui, dans son élément. Il se sent fort, se méfie puis se dévoile, j'attaque sur l'air du : « Avec tout ce qui traîne, il vous faut des produits efficaces, j'ai ce qu'il vous faut. » Pas toujours gagnant, un peu simpliste, mais je n'ai trouvé que ça comme entrée en matière, je ne vais pas traîner dans ce job très longtemps, inutile de creuser.

Je prends la route, la même qu'hier soir, belle journée, les derniers bancs de brouillard se dissipent, seuls les vallons retiennent quelques écharpes blanches du plus bel effet. Réveil au volant, première cigarette, à gauche ? À droite ? Je continue, la route serpente entre les talus du bocage, avant d'atteindre le village, ah oui, le café, le type fatigué et moi aussi, cassé hier soir. Autre jour, autre occupation, à gauche, pourquoi pas, le manoir en face derrière sa grille, me fait de l'œil, un bon client, tu rêves, il a tout ce qu'il faut, tiens, une route à gauche, à peine goudronnée, voyons, carcasses de voiture, clôture en ruines, ici, on ne roule pas sur l'or, des pauvres, c'est bon pour moi. Que c'est sale ! Du hangar dépasse le museau d'un tracteur hors d'âge, l'outillage traîne dehors, mauvaises herbes et détritus, quelques poules déambulent, indifférentes. Accéder à la maison d'habitation va demander une grande dextérité si je ne veux pas finir la journée crotté jusqu'aux oreilles.

« Il y a quelqu'un ? » dis-je en élevant la voix, un peu seulement, le lieu se drapant d'une hostilité palpable, sans raison apparente.

Je n'aime pas cet endroit. On distingue le café de là où je suis, le regard embrasse la campagne alentour, nous sommes sur une colline, plein sud, vue agréable qui devrait être rassurante et qui ne l'est pas. Derrière le bâtiment de la ferme, quelques arbres annoncent l'orée d'un bois que j'avais aperçu avant d'emprunter le chemin.

J'avance avec précaution dans la cour empierrée, boueuse. Pas âme qui vive. Je continue mon exploration vers ce qui semble être l'habitation principale. Des jardinières ébréchées occupent les rebords des fenêtres de chaque côté de la porte, les carreaux crasseux empêchent toute vision de l'intérieur, la porte vermoulue tient sur ses gonds par la seule loi de la gravité, elle a été rapiécée, laissant passer l'air.

Misère !

C'est inhabité, personne ne peut vivre ici, il n'y a rien à gratter ici, me dis-je en tournant les talons. Après quelques pas, j'entends un bruit sourd suivi d'un juron provenant de la maison. Quelqu'un survit ici, tout est possible, pensé-je, pas mon problème, trop sordide à mon goût.

Je presse le pas, quelques mètres me séparent de la voiture…

— Vous cherchez quelqu'un ? Ah, mais, je vous reconnais, vous êtes le gars d'hier soir ! Vous ne perdez pas de temps, dites donc…

Interloqué, je me retourne.

Oh, non, pas lui ! Pas maintenant, un peu tôt pour écouter ses délires.

— Bonjour, vous habitez là…

— Il paraît. Pour le moment, en tout cas, je suis encore chez moi, vous vouliez me voir ?

— Je ne savais pas que c'était vous, je suis au boulot en fait, je vends…

— Je n'achète rien, pas de sous, plus un rond… Et vous vendez quoi ?

— Des produits phytosanitaires, mais vous n'avez besoin de rien… plus maintenant.

— Des produits qui nous empoisonnent, non merci, je ne dis pas ça pour vous, mais j'ai été volé, escroqué, avec ça aussi.

— Ah ?

— Ouais, quand j'étais gamin, ma mère est morte et c'est le vieux qui a touché l'argent de l'assurance, il a tout pris et… tout picolé, ce salaud, rien pour ma pomme ! Maintenant qu'il est mort, je ne peux pas toucher au peu qui reste et les flics me cherchent…

— Ils vous cherchent ?

— Me cherchent des poux dans la tête, je vous ai dit tout ça hier…

— Et même plus, vous avez raconté des trucs bizarres, vous étiez un peu… fatigué.

— Qu'est-ce que j'ai dit ? J'étais ivre, je sais, je parle trop, j'en ai gros sur la patate, c'est toujours moi qui prends, il faut que je parle, je n'ai personne ici avec qui causer, je suis seul. J'ai dit quoi ?

— Que vous aviez tué votre père, enfin, que vous l'aviez laissé « crever », c'est le mot, après l'accident.

— C'est sans doute vrai, puisque vous le dites, je ne sais plus trop, j'étais aussi saoul que lui, mais c'est lui qui conduisait, alors j'aurais pu y passer aussi quand on y pense.

— Si je comprends bien, la police vous soupçonne et vous a dit de rester à sa disposition. Vous m'avez dit aussi que le corps de votre père était au frais, à la morgue, pas de permis d'inhumer avant de savoir de quoi il est mort exactement. Vous êtes dessoulé ?

— À cette heure-ci, oui, pourquoi ?

— Vous l'avez tué ou pas, votre père ? Si vous avez les idées un peu plus claires, essayez de les rassembler, c'était quoi le plan ?

— Je n'ai jamais eu de plan. Si j'avais eu le courage, je l'aurais tué pour de vrai. Il est mort maintenant, c'est pareil. Je suis dans la m… de toute façon, plus d'argent, plus de courage, et les flics…

— Oui, les inspecteurs vont débarquer c'est sûr, mais vous n'avez rien fait, rien à craindre, n'est-ce pas ?

— Hein ? Quoi ?

— J'ai dit : vous ne l'avez pas tué donc vous n'avez rien à craindre, je me trompe ?

— Non, non, j'ai voulu, mais je n'ai pas pu. Il est mort, c'est tout pareil…

— Pour la police, ce n'est pas « tout pareil », pas vraiment… Pour eux, c'est : COMMENT est-il mort ?

— Qu'est-ce que ça change ? C'est pareil…

— Arrêtez avec ce mot ! Agaçant ! Vous êtes bouché ou quoi ? Vous savez quoi ? Il y a marqué le mot COUPABLE en gros caractères sur votre front. Un mec de la PJ vous cuisine dix minutes et vous serez presque fier de lui annoncer que oui, vous avez tué votre père. Et hop, après les aveux, au trou pour un certain temps, c'est ça que vous voulez ?

— Qu'est-ce que ça peut vous faire ? Vous êtes qui pour me dire tout ça ? Je vous ai parlé hier soir, je vous reparle aujourd'hui, ça ne fait pas de nous des copains de bordée. Foutez-moi le camp ! Allez fourguer vos saloperies ailleurs ! Dégagez, j'vous dis…

— Calmez-vous, je m'en vais, débrouillez-vous. Ce que j'en dis…

— Je m'en fiche.

— Au revoir.

— Adieu.

Je tombe sur ce type, le dernier que je souhaitais rencontrer aujourd'hui.

Tu parles, le premier, oui !

Quoi ?

Tu as pris ce chemin par hasard ?

Ben… oui…

Mon œil, tu savais. Il te l'avait dit, où il habitait, ne me dis pas…

Ah, ça va ! C'est quoi ton problème ?

Moi, rien, no problem, tu t'ennuies dans ce boulot. Je comprends, remarque, mais tu ne trouves rien de mieux à faire que de jouer au détective. Prends des leçons de peinture, je ne sais pas, c'est joli l'aquarelle.

La ferme !

Cool, je te laisse à tes investigations.

C'est ça, fiche-moi la paix.

Police judiciaire, Rennes. 22 boulevard de la Tour d'Auvergne.

— Il l'a tué son père ou il ne l'a pas tué ? Faudrait savoir. On le met en garde à vue, on le cuisine un peu. S'il a quelque chose à avouer, il finira par lâcher le morceau.

— Ça, mon vieux, je n'en suis pas si sûr que toi. C'est un gars de la campagne, un taiseux comme on dit. Et puis, qu'est-ce qu'on a ? Des rumeurs de mésentente, une enfance épouvantable, une sœur morte en bas âge par négligence du père, morte prématurément, alcool à tous les étages. C'est certain, il a toutes les raisons de le supprimer, son vieux, mais bon, si on va par-là, tu as une moitié de l'humanité qui a toutes les raisons de supprimer l'autre.

— Mouais, l'accident est suspect : elle a pris feu très vite, cette auto. D'après le témoin qui a entendu le choc, il a regardé par sa fenêtre, vingt, trente secondes après, le véhicule flambait déjà. C'est plutôt rare de nos jours, tu ne crois pas ?

— Et ?

— Je dis que la bagnole était trafiquée, comme qui dirait, prête à s'embraser…

— Avec lui dedans ? Dans l'état où il était ? Gonflé, le gars ! Il pouvait y rester lui aussi. S'il avait voulu trucider son paternel, un accident de chasse aurait été plus crédible. On a trouvé quelque chose sur la voiture ?

— La scientifique regarde, examen non terminé.

— Si tu y tiens, on peut toujours convoquer le gars, l'air de rien, et discuter avec lui. Il faut aller le chercher dans son coin de cambrousse par contre, plus de moyen de transport, et le ramener chez lui si ça ne donne rien. Qui veut y aller ? Personne. Bon, Éric, c'est toi qui t'y colles, tu t'en occupes. En rentrant ici, pour commencer, mets-le en confiance, je prendrai le relais.

Une mort suspecte attire l'attention de la gendarmerie du secteur qui appelle pour enquête complémentaire, c'est la procédure dans les suspicions d'homicide. Rien de folichon. Dans la ruralité profonde, voir arriver la PJ est chose rare. Les portes se ferment, les visages aussi, la parole se fait rare.

Quarante-cinq minutes de route, cinq minutes de départementale, et trois minutes de… n'importe quoi, le tout fait atterrir l'inspecteur Éric Dumoulin et son adjoint Thierry Le Person dans une cour de ferme que nous connaissons déjà.

L'inspecteur se tourne vers son collègue :

— C'est un peu chez toi ici, non ? dit-il d'un ton goguenard.

— Ça ne va pas, non…

— Tu n'es pas né dans le département ?

— À cinquante kilomètres, au bord de la mer, non mais, tu as vu le coin ? Et la baraque ? Nom de D…, qu'est-ce qu'on fout ici ?

— On vient chercher un type accusé… non, soupçonné d'avoir trucidé son père, un certain Joseph Le Cam. Fais gaffe à tes chaussures…

— Tu es sûr que c'est là ? Il n'y a personne ici…

— J'ai l'adresse : « Le bois de la lande, 22 Coëtlogon », j'ai mis le GPS, il a trouvé. Bingo, droit au but, c'est ma devise. Allez, on y va. Va voir derrière, je passe par devant, on ne sait jamais.

— Il est dangereux ?

— Je ne crois pas, mais on ne sait jamais, dans un moment de folie, la peur fait faire des choses…

Derrière la fenêtre, Jo observe la scène. Il a vu arriver la voiture, immatriculée dans le département d'à côté, il sait. Deux gars, un costaud et un petit, sec et nerveux, sont sortis de la voiture. Petite conversation entre les deux, le costaud se dirige vers la porte d'entrée, l'autre longe la cour et se dirige sur le côté, à gauche de la maison. Où va-t-il, celui-là, se demande Jo, il n'y a rien, pas de porte à l'arrière, juste la remise avec quelques outils, il finira par revenir.

C'est le bordel ici, rien de propre, les bouteilles traînent près de la cheminée, les assiettes sales s'empilent dans l'évier, la télé est allumée, il s'est endormi devant hier soir, les bottes aux pieds, écroulé dans le fauteuil défoncé, trop cuit pour se traîner jusqu'à son lit, dans la pièce du fond.

Ils n'ont pas perdu de temps.

On frappe à la porte.

« Entrez, c'est ouvert », grommelle Jo en s'asseyant sur le banc crasseux, assise incertaine longeant la table de chêne sans âge sur laquelle s'empilent les journaux, prospectus et autres factures. Le courrier non ouvert s'étale au milieu de restes de repas, non datés, enveloppes souillées, taches de café et de vin mêlées.

Ils auraient pu prévenir, se dit-il. Oui, mais comment ? Plus de téléphone et il y a longtemps qu'il n'ouvre plus le courrier. L'inspecteur entre, marque un arrêt :

— On peut allumer ? On ne voit rien ici.

— À droite de la porte…

— Merci, voilà qui est mieux. Vous êtes Joseph Le Cam ? demande le policier d'un ton neutre.

— Ben oui, je ne vois personne d'autre. J'habite ici, et vous, vous êtes qui ? répond l'intéressé d'un air las.

— Lieutenant Éric Dumoulin, Police judiciaire, et mon collègue…

— Il n'y a pas de porte derrière, il va être obligé de refaire le tour votre collègue, coupe Joseph.

— Je disais, mon collègue : lieutenant Thierry Le Person… Le voilà, tu peux rentrer Thierry, M. Le Cam est là, on fait la causette, n'est-ce pas ?

— Si vous le dites…

Le Person parcourt la pièce du regard sans faire de commentaire, notant au passage la présence d'une arme, un fusil de chasse appuyé contre le mur du fond, sous un râtelier sur lequel sont disposées des boîtes de cartouches, neuves, trop propres dans un tel environnement. La chasse est ouverte ?

— Monsieur Le Cam.

— Bonjour monsieur.

— Vous connaissez le motif de notre visite, je suppose, reprend Dumoulin.

— Vous allez me le dire, c'est en rapport avec la mort du père ?

— C'est ça. Il va falloir nous suivre, M. Le Cam…

— Vous m'arrêtez ?

— Non, monsieur, on ne vous arrête pas, mais on doit procéder à quelques éclaircissements sur les circonstances du décès de votre père. Vous prenez quelques affaires, il se peut que vous passiez la nuit à Rennes.

— Je n'ai pas d'argent pour dormir là-bas.

— Ne vous inquiétez pas, c'est la police qui invite.

— Dans ce cas, vous me laissez cinq minutes, le temps que je me change et que je me débarbouille.

— Prenez votre temps.

Jo se lève de son banc, péniblement, et se dirige vers la chambre du fond. À aucun moment, il n'envisage d'inviter les inspecteurs à s'asseoir, encore moins à boire quelque chose. Trinquer avec ces gars-là, jamais, qu'ils aillent au diable, mais là, c'était bigrement compliqué de les envoyer promener. Il faut suivre, ils sont deux, surtout le grand, le chef, pas commode, et l'autre, avec son regard de fouine, l'air de rien, qui avait bien vu le fusil et les cartouches, achetées la veille. Pas malin non plus, acheter des cartouches quand tout le monde pense… pense quoi ? Je fais ce que je veux. Si je veux me faire sauter le caisson, c'est mon affaire, ça n'étonnerait personne, c'est comme qui dirait une tradition familiale.

J'ai la tête qui cogne ce matin.

Je prends le minimum, un coup de gant sur le museau, les bottes à la remise, un pantalon et une chemise propres. Heureusement que la voisine repasse le linge, dommage qu'elle ne fasse pas le reste, mais depuis que le vieux y est passé, elle ne veut plus, je vois bien qu'elle a peur de moi, qu'est-ce que j'y peux ?

Qu'est-ce qu'ils font les deux à côté ? Ils causent, toujours pas assis, ils pourraient, c'est gratuit.

J'ai tout ce qu'il faut, le petit sac, la toilette, ouais. Je dormirais bien, moi, mais ils ne vont pas aimer.

Dans l'autre pièce, les deux inspecteurs tournent en rond dans la pièce encombrée.

— Quel foutoir ! Et l'odeur, bon sang, il ne se lave jamais ce type, je ne savais pas que ça existait encore ce genre de gourbis.

— Ouais, répond Dumoulin, on ne peut pas dire que le gars est soigneux, c'est sûr. Bon, qu'est-ce qu'il fait ? Hé, M. Le Cam ! dit-il en avançant vers la porte de la chambre, vous êtes prêt ?

— J'arrive, j'arrive, répond une voix derrière la porte qui s'ouvre aussitôt, laissant apparaître un Jo tout neuf, ou presque, un sac de sport à la main. Voilà, c'est bon, on peut y aller.

— C'est parti.

Les deux policiers sortent en premier, Jo donne un tour de clé au verrou et met celle-ci sous un cache-pot ébréché sur le rebord de la fenêtre.

— Ça ne craint rien, de laisser la clé comme ça ? C'est le premier endroit où je chercherais si j'avais à rentrer chez vous…

— Y'a rien à voler… C'est pour la voisine, elle vient de temps en temps… pour le ménage, vous avez dû voir qu'il y en avait besoin.

— Pas de problème. Montez à l'arrière, donnez-moi votre sac, on le met dans le coffre, c'est la procédure, on vous le redonne en arrivant, ne vous inquiétez pas.

— Oh, je ne m'en fais pas, si mes affaires ne sont pas en sécurité ici, elles ne le seront nulle part, répond Jo, en s'asseyant sur la banquette arrière. Jolie voiture que vous avez là.

Peu de voitures circulent, un véhicule qui remonte vers le bois, encore moins. Ils sont passés à côté du café, virage à gauche, comme notre assureur. De la fenêtre du bar, on distingue le chemin qui mène chez Jo. Deux autos dans la même journée, chez le vieux gars, bizarre, deux types dans la deuxième, la police peut-être ?

Être au courant de ce qui se passe dans la commune est une question de survie dans un bistrot de campagne. Ici, on vient boire un coup, voire deux, et surtout on vient aux nouvelles. Et là, il y a du grain à moudre chez Jo.

Je vais téléphoner à Catherine sa voisine, pour qu'elle passe voir. Elle fait le ménage, enfin, elle le faisait, elle a peur, m'a-t-elle dit. Elle est curieuse, comme nous tous, elle va y aller. La clé doit être sur la fenêtre, rien de changé depuis le vieux.

« Allô, Catherine ? C'est Françoise, du café. Dis donc, Jo a eu de la visite aujourd'hui ? Ce matin, assez tôt, et puis là… attends une seconde, voilà l'autre voiture qui redescend, Jo est à l'arrière, bon sang, les flics qui l'embarquent ! Tu peux aller voir chez lui ? Pour quoi faire ? Ben, je ne sais pas, moi, il a peut-être laissé un mot… Vas-y, qu'est-ce que tu risques ? Il n'y a plus personne. C'est bon, c'est ça, pour le ménage, tu passes quand tu veux, j'ai reçu le pain, je t'en ai mis un de côté. À plus tard. »

Le ménage, tu parles, c'est un camion-benne qu'il faudrait, à la déchèterie… Son taudis, quelle misère !

L'autre voiture n'est pas redescendue, il a dû repartir par le bois, il n'a jamais eu autant de visites le Jo, mais celle-là, il s'en serait bien passé.

Je suis reparti par le bois. Inutile d'alimenter les conversations du bar, la patronne essuie ses verres en regardant par la fenêtre.

Quel pays !

Je vais faire quoi maintenant ? À cette heure, il n'y a personne chez les gens : la femme à l'usine, l'homme au volant de son tracteur. La condition humaine ici-bas n'a rien de folichon. Le travail ne manque pas, trop sans doute, un horizon se recrée chaque jour, pluie ou brouillard donnent au bocage une allure fantomatique, le vert se teinte, délavé par l'humidité omniprésente.

Le chemin d'accès à la vallée a été goudronné. Je n'ai personne à voir de ce côté. Je connais cet endroit, la maison près de la rivière, ah, la voilà… Quel décor ! La lisière de la forêt est à quelques mètres de la pelouse qui enserre la bâtisse. Un véhicule est garé devant la porte du garage, la cheminée laisse échapper une fumée blanche. Habiter ici est possible, un choix ? Une contrainte ? Une jeune femme sort, ferme à clé la porte d'entrée, jette un œil aux alentours, son regard s'arrête sur ma voiture qui avance lentement, je change de vitesse, accélère, elle m'observe puis se dirige vers son auto, s'y engouffre. Je passe mon chemin, une femme se rend à son travail, simple scène matinale. La route nouvellement viabilisée poursuit sa sinueuse errance entre talus et rivières, les ruisseaux ont grossi suite aux pluies continues des dernières semaines, certains prennent leurs aises dans ce fond de vallon saturé d'eau, les gerbes provoquées par mon passage témoignant d'une liberté aquatique indéniable. Je quitte l'humide vallée. Quelques lacets me hissent au sec, lisière d'un bosquet de bouleaux et de hêtres, arbres jeunes, bois tombé, enchevêtrement sans nom.

La nature n'a pas de maître.

Ce n'est pas ici que je vais trouver de quoi alimenter mon compte en banque.

Le dédale de chemins d'exploitation et de routes vicinales est fort heureusement présent sur mon GPS, aide précieuse. Je quitte ce coin de campagne pour en rejoindre un autre, habité par un client potentiel, déjà inscrit dans les fichiers. Je l'avais visité il y a quelques mois, improbable contact. Il a vraiment beaucoup plu et de gros nuages noirs n'annoncent rien de bon. J'ai laissé l'imperméable à la maison et pas de parapluie dans l'auto. J'espère qu'il est chez lui, le jeune marié. Elle était belle son épouse, une métisse. Et la mère qui me regardait d'un sale œil la dernière fois que je suis passé, pas commode la belle-mère apparemment. Quelques kilomètres de départementale me laissent le temps de repenser à mon vieux garçon de ce matin, pas facile non plus. Il semble être dans de sales draps. Je retournerai faire un tour au bistrot, pour causer.

Tu recommences !

Tu n'as pas mieux à faire ?

Je te signale un léger détail : un courrier de la banque t'attend et un autre est en route, de ton propriétaire, deux mois de loyer de retard.

À peine arrivé... monsieur joue au détective.

Monsieur n'a rien vendu depuis trois jours.

Monsieur...

Oh, ça suffit la petite musique !

Je sais, je sais que c'est la poisse, que c'est un boulot de m… que l'autre folle me ment.

Eh ! Attention, il me fait quoi, lui, avec sa camionnette ? Et la pluie qui recommence, c'est le déluge. Nous y voilà. Un torrent d'eau boueuse traverse la cour de la ferme, une ravine s'est formée, que s'est-il passé ici ?

La porte de l'habitation est ouverte, un volet claque, malmené par le vent qui se lève. La pluie cesse, j'avance ma Renault dans ce qui fut une cour empierrée.

Il semblerait que ce jour soit placé sous le signe de la désolation. Il est où notre homme ?

Je descends prudemment, pas de chien en vue.

Le vent redouble, m'obligeant à fermer la portière.

Personne.

Le volet continue sa valse assourdissante, j'y mets fin, l'accroche glisse avec l'humidité, un bout de fil plastique me permet une réparation de fortune.

La porte s'agite quelque peu.

« Il y a quelqu'un ? »

L'eau a inondé les lieux, c'est ouvert depuis un certain temps, une odeur de moisi flotte dans l'air. L'obscurité de la pièce rend l'atmosphère pesante. Je cherche un interrupteur, à droite, je le vois, j'allume.

Deux heures qu'il attend.

Jo commence à trouver le temps long. Il a soif, il l'a dit, on lui a montré la fontaine à eau.

— Pas ça, vous n'avez pas autre chose ?

— Eh, dis, ce n'est pas marqué « bistrot », dit le gars en faction derrière le comptoir d'accueil, mimant l'écriture sur son front, non mais, il se croit où le paysan ?

Jo bougonne, il a vraiment soif. Tant pis, allons pour le château La Pompe, appellation contrôlée. Il n'a pas envie de rire, le Jo.

Qu'est-ce que la police va lui demander ? Il ne sait pas. Avec ces gars-là, on est toujours coupable de quelque chose et il sait qu'il n'est pas clair, à commencer par son état ce soir-là. La mémoire est défaillante, il peut jouer là-dessus : quand je suis saoul, je ne me souviens plus de rien, enfin, de presque rien.

C'est le *presque* qui le chiffonne.

Les deux inspecteurs l'ont posé là et sont rentrés dans les bureaux. Une porte permet d'accéder à un long couloir sur lequel s'ouvrent de multiples portes, bureaux vitrés ou aveugles, la sortie de secours ferme le tout.

— Il doit être mûr, je vais le chercher ?

— Vas-y, il y a des affaires plus urgentes, ça devrait être réglé ce soir.

L'inspecteur Le Person remonte le couloir d'un pas tranquille quand la porte d'accès s'ouvre brutalement.

— Votre gars, le paysan, il est parti. Il a dit qu'il avait assez attendu et qu'il avait autre chose à faire que de faire le poireau chez les flics. Il a pris son sac et il s'est tiré.

— Mais ? Tu l'as laissé filer ?

— Est-ce que je sais, moi, qui c'est ce type ? Ça fait deux heures qu'il est assis sagement sur sa chaise, il m'a demandé à boire un coup, je lui ai montré la fontaine, il voulait boire autre chose. Va savoir, il est au bistrot du coin…

— Il n'y a pas de bistrot dans le coin, tu le sais, et merde… Éric, on a un problème, notre « suspect » s'est fait la malle…

— C'est quoi, cette connerie ? On ne peut rien te confier. Pas fichu de surveiller un gars de la campagne. Allez, on y va, il faut le retrouver, il ne doit pas être bien loin, comme si on avait que ça à faire.

Jo en a marre. Il a bu un peu d'eau, s'est assis puis s'est relevé. C'est décidé, je m'en vais.

— Je pars. J'ai du travail à la ferme. Dites à vos gars qu'on ne fait pas poireauter Jo Le Cam pour rien. Bonjour chez vous.

— Monsieur…

— Salut.

Un étage à descendre, le voici dans la rue. Une avenue bordée d'arbres, couloir de bus, voie cyclable et un trottoir accueillent Jo, un peu perturbé par son audace toute neuve.

Non mais, ce n'est pas correct de faire attendre les gens sans rien leur dire. Je rentre chez moi, ils savent où me trouver. La gare, il faut que je trouve la gare, celle des autocars.

Je vais marcher un peu et demander, et la police qui ne va pas être contente ; s'éloigner du quartier me semble plus prudent. Jo ne connaît pas la ville, Jo a l'air perdu. Son aspect rustique le sauve.

— Vous cherchez quelque chose ? s'enquiert une dame.

— Oui, la gare des autocars ?

— La gare routière, vous voulez dire ?

— Oui, pour rentrer chez moi.

— Je comprends. Vous avez de la chance, ce n'est pas à côté, mais c'est direct. Vous allez marcher tout droit et tourner à gauche avant le pont de chemin de fer. Ensuite, c'est tout droit jusqu'à la gare des trains, les bus sont derrière. Vous allez où ?

— Vers Loudéac…

— Il y a sûrement un autocar, comme vous dites. Bon courage.

— Merci madame.

— À votre service.

Sympathique et serviable, cette dame, allez, en route, se dit Jo, son sac à la main. Il rajuste sa casquette et d'un pas alerte entame la remontée de l'avenue.

Quelques minutes plus tard, les deux policiers déboulent sur la rue, un peu tard pour apercevoir Jo qui vient de prendre à gauche vers la gare, comme mentionné par la citadine. Les deux hommes sont furieux et vexés de s'être fait avoir par un cul-terreux.

— Il est capable de rentrer chez lui cet idiot…

— Idiot, idiot, pas tant que ça. Il nous fait le numéro du bouseux primaire, plus futé que nous sur ce coup-là. On fait quoi maintenant ?

— On se calme, ce n'est pas l'ennemi public numéro un. Tu envoies quelqu'un à la gare, aux gares routière et ferroviaire, vérifier s'il y a un bus pour… pour où déjà ?

— Loudéac.

— Et le train ?

— Pas de ligne dans ce coin.

— Simple. Tu envoies Max, ça l'occupera.

— Et s'il ne prend pas le bus ?

— Nous retournerons faire un tour à la campagne, et boire un coup au bistrot du village, histoire de… Moins simple qu'il n'y paraît, ça sent l'embrouille.

Jo remonte le boulevard qui longe la voie ferrée. Il rentre à la maison, il verra sur place ce qu'il doit faire. Les flics y seront peut-être déjà.

Je ne me suis pas présenté ; le type qui vend des produits phytosanitaires, celui qui joue au détective, qui suinte l'ennui par tous les pores, il s'appelle Arthur, Arthur Simon.

Arthur pousse un cri.

Jo marche dans la ville.

Arthur plonge dans l'horreur, sort de la maison précipitamment et vomit ses tripes…

Jo voit passer une voiture de police sur le boulevard, sirène hurlante. Pour lui ?

Arthur s'éponge le front. Il recommence à pleuvoir.

Jo s'arrête, la voiture s'éloigne. Fausse alerte.

Arthur se retourne vers la maison, la lumière vacillante d'une ampoule nue que le vent fait bouger dessine des ombres mouvantes.

Jo reprend sa marche en avant, plus décidé que jamais à prendre ce car. Il approche. Il lit : « Gare routière ».

Arthur reprend ses esprits et marche sous une pluie battante.

Jo est arrivé, regarde les panneaux et voit : « Loudéac 16 h 53. Quai 7. » Il est 16 h 40. Il regarde, le bus est là, il approche et monte.

Arthur est rentré et fixe la scène.

« Un billet pour Plémet, s'il vous plaît. » Jo paie, prend le billet et va s'asseoir.

Arthur tremble. Il prend son téléphone et compose le 17.

Il est 16 h 53, Jo quitte la ville.

Max, policier de son état, arrive à la gare à 16 h 55 et ne peut que constater l'absence du bus de Loudéac. Celui-ci n'est plus à quai. Il ne peut en aucun cas procéder à l'arrêt du véhicule, qui ne doit pas être loin, et doit en référer à ses supérieurs, ça sent l'engueulade.

Le 17 sonne occupé. C'est possible ça ? Je ne vais pas rester une minute de plus ici.

Nouvelle tentative.

— Allô ? Allô ! La gendarmerie ? Bonjour. Je m'appelle Arthur Simon. Il faut que vous veniez au plus vite. C'est un vrai massacre. Quoi ? Oui, des gens ! Oui, morts, vraiment. Écoutez, il y a du sang partout, c'est une horreur… Qui je suis ? Arthur Simon, je suis commercial, j'étais en visite chez monsieur… Ogier, oui… je suis seul. Où est-ce ? La Basse Ville, commune de Saint-Jacut… Je ne touche à rien ? Non, ça ne risque pas, non, je ne bouge pas. Dans combien de temps ? Un quart d'heure… Dépêchez-vous, c'est pénible, oui, je me calme, je SUIS calme, je raccroche, oui, c'est bon, à tout de suite….

Max remonte dans son véhicule de service. Quand il faut y aller, il faut y… aller. Quelle connerie ! S'il a pris ce bus, on le cueillera chez lui. S'il ne l'a pas pris, on lancera un avis de recherche. Vu le gars, ce ne sera pas long. Il remonte les quais, ça bouchonne. Le gyrophare aidant, il prend la ligne de bus, passe le feu, tourne à gauche sur le boulevard et ne tarde pas à franchir les portes sécurisées de la PJ. C'est marrant, se dit Max à cet instant. Nous sécurisons les accès véhicules et un type sort de chez nous comme du café du coin. Va savoir…

Branle-bas à la gendarmerie de Merdrignac

— Il avait l'air secoué le gars au téléphone, on y va. Jérôme, allez-y avec Sandrine et Charles… Il est où Charles ?

— Je suis là, chef.

— Toutes les précautions d'usage… Une fois sur place, si tout ceci se vérifie, ne touchez à rien, rappelez-moi et on lance la procédure. Les cadavres, si cadavres il y a, ne bougeront plus. Allez, en route ! Eh, Charles !

— Oui ?

— Laisse tomber tes copains localiers, pour la presse, on aura assez de boulot par la suite…

— Merde, Max, ce n'est pas possible… Il fallait le suivre ce bus, et l'arrêter.

— Mais je n'ai pas le droit…

— Pas le droit ? Vous êtes con ou quoi ? Vous travaillez dans la police, pas à l'Armée du salut. Un type s'est fait la malle, a quitté nos locaux sans autorisation alors qu'il y était convoqué pour une affaire d'homicide ! Un meurtre, Max, pas un vol de sac à main ! Et vous voulez une autorisation écrite en trois exemplaires pour avoir le droit de vérifier les occupants d'un car ? Je rêve ! C'est bon, Max, retournez taper les rapports, on vous appellera.

— Chez Ogier ? Ce n'est pas le type qui a été chercher une femme en Afrique ?

— À Madagascar. Elle est venue, puis repartie. Je ne sais plus trop. Il n'était pas très bien, son voisin nous avait appelés un jour. Il tournait en rond dans sa cour, un peu perdu.

— Tu dis qu'elle était repartie, la fille ? Elle ne serait pas revenue ?

— Aucune idée. Après le coup de téléphone du voisin, on avait appelé les pompiers, il avait fait un séjour en observation à l'hôpital, le voisin s'était occupé de ses bêtes, deux ou trois jours puis il était revenu. À peine merci, il n'est pas près de le revoir.

— Qui ça ?

— Le voisin !

— Ouais. Voilà, nous y sommes. Le type dans la voiture doit être celui qui a téléphoné. Prends l'immatriculation du véhicule. J'y vais. Va voir chez Morel s'il est là. Ne dis rien si c'est Agathe.

Charles descend la route, tombe sur Agathe : non, Patrick est parti jusqu'à demain ou après-demain, c'est pourquoi ? Charles reste évasif, remonte et donne l'info à Meyer : Patrick Morel n'est pas là, absent pour deux jours environ. L'adjudant-chef fait la grimace, pas bon, ça.

Jo regarde par la vitre. Les rues de la ville sont encombrées en cette fin d'après-midi. Il se dit que non, décidément, ce n'est pas pour lui tout ce monde, le bruit et tout. Il rentre et c'est mieux pour lui. Il s'inquiète un peu, pas suffisamment pour l'empêcher de s'assoupir, petit somme réparateur. Il se réveille, entend « Plémet ». Il est arrivé, enfin, pas tout à fait, encore cinq kilomètres. Il descend du car, qui redémarre aussitôt. Il y aura quelqu'un qui le prendra dans sa voiture, il y a toujours un peu de passage, c'est la fin de la journée, le retour du travail. Jo ne se fait pas de soucis et puis, s'il faut marcher jusqu'à la maison, il ira au bout.

Le village qu'il traverse a perdu de sa superbe depuis longtemps. Les façades granitiques prolongent la grisaille du ciel d'hiver. La rue que prend Jo n'a plus qu'une modeste épicerie à offrir au passant, à peine éclairée par un néon tremblotant. Il passe devant sans même un regard, trace son chemin, laisse sur sa droite le seul café ouvert, parking bien rempli, éclats de voix entre chien et loup. Jo presse le pas, un véhicule le double, puis un autre. Il se retourne, tend le bras au passage d'une troisième auto qu'il croit reconnaître, ne se souvient plus. La voiture s'est arrêtée, à cheval sur le trottoir, feux de détresse allumés. Jo s'approche, se penche vers la portière, vitre ouverte.

— Vous ? Vous êtes toujours en vadrouille ? lance Jo au conducteur invisible.

— Et vous ? Vous faites quoi avec votre sac ? Vous êtes parti en vacances ? Montez.

— En vacances ? J'étais chez les flics, à Rennes. Je suis parti, marre d'attendre, j'ai pris le bus jusqu'ici, je rentre chez moi.

— Vous vous êtes enfui ?

— Oui, et je rentre chez moi… Vous pouvez me ramener ?

— Chez vous ? La police est déjà chez vous, sinon, ça ne va pas tarder. J'ai une meilleure idée. Nous allons chez moi, j'habite ici, dans la rue d'à côté. La maison est immense… En attendant de réfléchir à la suite…

— Je ne veux pas vous causer d'ennuis. Je sais que la police viendra tôt ou tard. Avec les ragots et ma fuite, mon compte est bon.

Si vous ne me transportez pas chez moi, vous êtes complice, dès que je suis dans votre voiture, vous êtes complice, dès que…

— Ça va, j'ai compris, ça me regarde. Avec ce que j'ai vu aujourd'hui, j'ai besoin de quelqu'un avec qui parler, on est en territoire connu…

— Ah…

— Vous allez voir aux infos, la presse est passée dans l'après-midi…

— De quoi ?

— Vous allez comprendre. Avec un peu de chance, vous serez peut-être tranquille quelques jours. Nous y sommes. Attendez dans la voiture, j'ouvre le garage, vous sortirez ensuite.

Jo avait reconnu le type avec qui il avait bu un coup, le même qui était revenu le lendemain pour lui vendre des produits désherbants. Un brave gars, assurément.

— Vous pouvez sortir.

— Merci, vous n'étiez pas obligé.

— Non, mais un peu quand même. Dépêchez-vous, les infos, c'est maintenant.

Dans le salon, Jo ne sait pas trop où se poser. C'est propre, rien ne traîne. La télévision s'allume sur le présentateur du journal et les mots s'enchaînent :

« Massacre… du sang partout… la gendarmerie se perd en conjectures. Le témoin qui a prévenu les autorités a pu rentrer chez lui, il sera convoqué ultérieurement, un commercial, que nous n'avons pas pu interroger. La ferme où a eu lieu le drame a été bouclée. C'est un lieu isolé, juste un voisin, absent ce jour, activement recherché… ce coin de campagne d'habitude si tranquille… Dans le bourg le plus proche, la nouvelle s'est répandue. Sous le choc, les gens se ferment, pressent le pas, vous repoussent d'un geste de la main : "Non, on le voyait peu, un sauvage, sale caractère avec ça…" Nous n'en saurons pas plus. Le procureur a ouvert une enquête : trois homicides.

La police scientifique est sur les lieux pour résoudre ce qui apparaît déjà comme le crime le plus sanglant depuis un demi-siècle dans ce département, jusqu'ici épargné par la criminalité. Nous reviendrons bien évidemment sur ce fait divers dans nos prochaines éditions. »

— Pas d'images, que la campagne qu'on connaît. Et vous ? Vous êtes qui dans cette histoire ?

— Le témoin qui a trouvé les morts, le commercial qui est parti, avec l'autorisation de la police et qui va la revoir. Vous voyez, on a un point commun : nous allons tous les deux discuter avec l'ordre établi…

— L'ordre… établi, c'est quoi ?

— Laissez tomber : les gendarmes ou la police, ou les deux. Voilà, je suis tombé sur cette horreur en vous quittant ce matin, une heure après environ, une visite de travail.

Comme le dit Arthur, la gendarmerie ne va pas tarder et il serait malencontreux que celle-ci le trouve en compagnie d'un suspect, après avoir signalé trois morts violentes.

À cette pensée, il met fin à la conversation. Il va transporter Jo jusqu'à son domicile, il serait prudent de partir, il y a fort à parier que Jo ne dormira pas chez lui ce soir.

— Je vous ramène chez vous, il ne faut pas traîner.

— C'est bon, je comprends, c'est bien aimable. J'aurais pu rentrer à pied, je connais le chemin.

— N'importe quoi, allez, c'est parti.

Pas un mot sur la route, il ne tient pas trop à en rajouter dans le pathos, la journée a été assez chargée comme ça.

— Ça y est, nous y sommes. Il n'y a personne. La police est trop occupée avec l'autre affaire. Avec un peu de chance, vous pourrez dormir tranquille. Bonne soirée.

— Merci, vous êtes un brave type, vous savez, ça faisait longtemps…

— Quoi ?

— Que quelqu'un ne m'avait pas parlé comme vous faites, normalement…

— Bonne soirée, répéta-t-il, un peu gêné par le ton du bonhomme.

Arthur rejoint sa voiture et prend la route du bois, inutile de passer devant le bistrot, ni vu, ni connu, la même route qu'à l'aller.

Quelle histoire !

Comme je le dis souvent :
Qui sème le vent récolte la tempête.

Ah, ça va avec tes proverbes à deux balles !

À deux balles peut-être, mais monsieur traîne là où il ne devrait pas et fréquente des gens peu recommandables. Quant à l'horreur de tout à l'heure, monsieur aurait pu s'éviter une visite chez un type insolvable, si monsieur avait regardé son fichier client plus sérieusement...

Qu'est-ce que tu me chantes là ? Insolvable ? Et comment le sais-tu ? Tu fouilles dans mes affaires maintenant ?

Je suis ce que je suis et je sais tout, c'est ma fonction première de t'empêcher de sortir des rails, je sais car je suis...

Tu es ?

Une présence, le lanceur d'alertes, celui qui sonne le tocsin quand il y a le feu et là, il y a le feu, tes neurones grillent les uns après les autres, tu perds toute mesure. Encore un effort et nous allons nous retrouver en prison avec beaucoup d'explications à donner...

Tu me lâches un peu, dis ?

OK, je te laisse. Juste un détail : tu n'as pas vu Ariane depuis... un certain temps et je serais toi, je ferais un saut, histoire de vérifier si tout va bien... À plus tard.

C'est bon, j'irai tout à l'heure avant de rentrer. Merci. Excuse le ton, un peu à cran.

Arthur prend la route.

Elle ne l'attend pas ce soir.

Tant pis. Elle sera d'une humeur massacrante. La vie de famille est peu compatible avec celle d'enquêteur. Il se doit d'être présent mais elle ne veut pas de ce logement, préférant le logis des parents, qui n'en demandaient pas tant.

Jo traverse la cour boueuse, prend sa clé sous la jardinière et ouvre la porte de son chez-lui. Pas très reluisant, cela n'a rien à voir avec la maison bien rangée du gars qui l'a transporté.

Ouais, c'est sûr, les flics vont revenir le chercher. Ils ne seront pas contents, je les comprends. Mais pourquoi m'ont-ils fait poireauter de la sorte ?

Je ne comprends rien.

Jo pose sa valise, accroche son manteau sur la patère et se frotte les mains vigoureusement.

Il ne fait pas chaud, je vais faire du feu dans la cheminée. Ce n'est pas qu'elle chauffe beaucoup la pièce, mais j'aime bien. C'est comme une présence, les flammes qui tressautent, l'odeur du bois et le bruit, craquements de la combustion, le fagot qui s'enflamme, puis le petit bois, enfin les bûches qui prennent feu tranquillement, donnant vie à cette belle cheminée, un foyer profond à côté duquel on pouvait s'asseoir, larges proportions, lieu de convivialité, mais de ça, Jo n'en connaissait que le ouï-dire. Ici, la convivialité se réglait à coups de ceinturon et de mauvais vin. Pas ou peu de feu, trop risqué.

Pensez donc ! L'alcool ne fait pas bon ménage avec les allumettes, pas plus qu'avec la conduite automobile.

L'alcool n'est bon à rien, sinon à ruiner les âmes et les cœurs, à détruire… Jo rumine tout en froissant le papier journal destiné à enflammer les brindilles. Dans le cellier attenant, il récupère quelques branchages très secs, les fractionne, dispose ceux-ci sur le papier dans l'âtre.

Il s'arrête un instant, contemplant son ouvrage. Le petit bois est présent sur le côté, quelques éléments suffiront, disposés en quinconce. Il retourne dans le cellier avec le panier, les bûches s'y trouvent.

Prêt pour une bonne flambée, il se sent réconforté. Les allumettes sont dans un des tiroirs du coin cuisine, une grosse boîte, toujours, plus économique et celles-ci se conservent mieux, prenant moins l'humidité.

Il présente la flamme en trois points de la composition boisée, l'odeur monte, le papier prend bien, les brindilles s'enflamment, les flammèches lèchent le petit bois qui à son tour noircit. La lumière du foyer illumine la pièce d'une lueur vacillante, puis soutenue quand la première bûche s'enflamme.

Ça y est, se dit-il, présentant ses mains à la chaleur du feu. Il traîne une chaise et s'assoit face à la source de chaleur ainsi créée. Il semble heureux à cet instant. La lumière mouvante accentue les traits tirés de son visage, il a faim.

Pas grand-chose à se mettre sous la dent, personne n'a fait les courses. Jo donne la liste à la personne qui fait le ménage, mais il ne l'a pas vue, et pour cause. Tiens, une bouteille traîne. Pas besoin de demander, l'alcool vient tout seul. Jo se pose la question, se pose plein de questions.

Et maintenant ?

Jo prend la bouteille, se verse un verre de vin, bon marché, l'horrible piquette de chaque jour va remplir son office. Un deuxième verre suit la trajectoire du premier, vite avalé, suivi d'un troisième, geste automatique mille fois répété, la bouteille vide va rejoindre les autres, roulant sur le carrelage. Jo se lève, titube, retombe sur la chaise. Les yeux injectés, il grommelle, fouille dans la poche de sa parka, qu'il n'a pas ôtée, sort un paquet de cigarettes, en allume une avec une braise qu'il saisit maladroitement avec le tisonnier qui retombe bruyamment. La braise lance mille étincelles, frôle le papier journal.

« Le feu, dit-il, me poursuit. »

En finir.

Le fusil n'est pas loin, lui fait des clins d'œil appuyés. Une autre bouteille posée sur le buffet rentre dans la danse, la concurrence est rude. Une autre lampée s'impose, histoire de chasser les idées noires.

Se lever relève du miracle, équilibre instable sur jambes flageolantes, tangage, Jo s'accroche au dossier de la chaise, la position verticale est acquise. Le premier pas vers le buffet est suivi d'un deuxième, le troisième plus incertain propulse Jo dans celui-ci, il saisit la bouteille et s'écroule assis au pied du meuble, la main refermée sur le précieux breuvage.

Le café est ouvert. Deux véhicules stationnent sur le parking en face. La lumière filtre par la vitre du pignon, la condensation a été essuyée sur quelques centimètres carrés, ouverture sur le monde.

— Jo est rentré, dit-elle en regardant par la baie vitrée.

— Ah ?

— Vois toi-même, il a fait du feu dans sa cheminée. Je ne sais pas si ça chauffe beaucoup. Il y a sans doute autant de fumée dedans que dehors.

— Non, j'ai ramoné il y a trois semaines, le vieux m'avait demandé. Il faut dire qu'il y avait grand besoin, tu aurais vu ! À croire que la maison avait été construite autour de la suie, durcie par le froid, vingt centimètres par endroit, j'en ai bavé toute l'après-midi, monter, descendre, ramasser ce qui était tombé et recommencer.

— Toujours est-il que le Jo est rentré… Je n'ai pas vu passer de voiture ni lui à pied.

— Par le bois, plus discret. La police l'a lâché vite, c'est bizarre.

— Catherine est passée voir dans la journée. Un foutoir. Elle a laissé tomber le ménage. Il y avait même le fusil qui traînait dans un coin, les cartouches à côté et les bouteilles qui trônaient un peu partout. Il ne va pas aller bien loin, je te le dis. Ceci dit, il faudrait aller jeter un œil. Le feu dans la cheminée, avec un type comme ça. Dis, Francis, en passant, tu t'arrêtes deux secondes, histoire de…

— … l’empêcher de mettre le feu à la baraque, quelle misère ! Je passe et je te tiens au courant. Au revoir, bonne soirée à vous.

— Bonsoir Francis, merci.

— C’est curieux qu’il ait fait l’aller-retour dans la journée, tu en penses quoi ? interroge-t-elle son compagnon appuyé au bar, concentré sur la lecture du journal local, rubrique sportive.

— Qu’est-ce que j’en sais ? Jo est un brave type sur qui tout le monde tape, comme s’il n’avait pas eu assez de saloperies. Fichez-lui la paix ! Si sa maison brûle, il finira comme le père, une tradition familiale en quelque sorte et il sera débarrassé, le bougre, une vie comme la sienne, je n’en voudrais pas pour tout l’or du monde, ça, non.

Il replonge dans les résultats du championnat de foot, ayant assez parlé pour la soirée.

Il n’en pense pas moins, n’en dit pas plus, écoute, et si les flics viennent l’interroger, il saura quoi leur répondre.

— Tu l’aimes bien, je sais, vous étiez copains de classe.

— Ouais, on cause quand on est gosse, ou pas, on regarde, on voit les bleus, l’œil au beurre noir et les bosses sur le crâne. Allez, arrête, parle d’autre chose. À propos, il y a eu un massacre à Saint-Jacut, trois morts, pas beau à voir, il paraît. Un témoin, un démarcheur est tombé là-dessus. J’imagine la tête du bonhomme. On en saura peut-être un peu plus ce soir aux infos. Tu fermes bientôt ?

— Vers huit heures et demie.

— Je vais fermer l’atelier.

Elle voit par la fenêtre les lumières d’un véhicule qui sort de chez Jo. C’est Francis. Tout semble en ordre, la fumée sort toujours de la cheminée, elle distingue une lumière à la fenêtre, une ombre bouge devant celle-ci. Notre homme est debout.

Françoise retourne à ses verres. Deux clients sont attablés, la conversation est apaisée, deux ouvriers agricoles travaillant dans l’entreprise de location de la commune. Françoise les connaît, ils passent chaque soir boire une bière après le boulot. Ils ne sont pas du coin, un accent étranger jamais entendu par ici, ils roulent les « r », aimables et polis. Costauds, grands et blonds, des gars de l'Est qui sont venus conduire les engins que personne ici ne voulait, ou ne savait mener.

— Nous vous devons combien d'argent ?

— Cinq euros, s'il vous plaît.

— Je vous pose le billet sur la table, dit l'un en se levant. L'autre se lève en poussant sa chaise.

— Au revoir madame, disent-ils à l'unisson, ouvrent la porte, la referment et disparaissant dans la pénombre.

— Au revoir messieurs, répond Françoise tout en souriant à leur politesse d'un autre âge.

Si tous les clients étaient aussi délicats… mais ne rêvons pas, ceux-ci sont de passage, comment sont-ils chez eux ?

Elle regarde l'horloge, 20 h 15, un coup de balai et je ferme.

J'y pense, Catherine n'est pas passée chercher son pain. Zut, on verra demain.

Fermeture des verrous, descente des volets, l'enseigne est éteinte, je n'oublie rien. Une routine s'est établie, rassurante, dans ce bistrot sans prétention qui dégage un petit bénéfice, rien d'extraordinaire, un complément au salaire de Chris. Les enfants ne sont plus là tout le temps, le week-end de temps à autre, la vie d'un couple d'âge mûr s'écoule, au rythme des petites histoires d'un village.

Jo était un camarade de Chris, un ami d'enfance. La commune est petite, l'école existait encore en ce temps-là, fermée depuis longtemps. Les liens subsistent, surtout pour ceux qui sont restés, par choix, comme Chris, ou contraints, comme Jo. Pas nombreux à être restés au pays, on se côtoie, même si les humeurs de chacun engendrent des chamailleries, vite dissipées. Il faut se supporter et s'entraider.

Pas toujours, et dans le cas de Jo, jamais, sauf Chris qui n'oubliait pas son pote de récré.

Arthur, lui, se sent seul, au fond du trou.

Il est arrivé.

Il frappe à la porte, ayant vu la lumière à travers les volets, déjà clos, du domicile des parents d'Ariane.

Il attend.

Il sait qu'il n'est pas le bienvenu, mais enfin, il n'y est pour rien.

Il entend le bruit d'une chaise que l'on pousse, quelqu'un se lève. Un pas lourd se dirige vers la porte, le verrou que l'on manipule, la porte s'ouvre sur un visage fatigué, le père :

— Ah, c'est vous Arthur, entrez, vous tombez bien, j'allais vous appeler.

— Bonsoir, comment allez-vous ?

— Comme un retraité qui a fait sa part. Rentrez, ne restez pas planté là.

— Madame, bonsoir, désolé de vous déranger, mais je voulais voir Ariane.

— Ce n'est pas possible…

— Pourquoi ?

— Notre fille n'est pas là, plus là, elle est partie, avant-hier, avec… quelqu'un.

— Partie ?

— Elle nous a dit que vous ne vouliez plus la voir. Elle a appelé Alain Postic, vous connaissez, je crois.

Arthur, abasourdi, s'est assis. Alain Postic qui n'attendait que ça, la langue pendante, l'amoureux transi…

— Nous, vous savez, avec notre petite retraite, c'est déjà compliqué et… vous ne donnez pas beaucoup de sous. Alain, lui, il a une bonne situation, il l'apprécie. Nous n'avons rien contre vous, et puis on ne sait pas vraiment ce que vous faites…

Il n'en revient pas. Elle a fini par céder.

— Je peux avoir un café, sans vous obliger…

— Mais bien sûr… Tu sais, mon gars, tu n'as pas décroché le gros lot avec Ariane. Avec Chantal, on t'aime bien.

Chantal se tait, regarde Arthur d'un air de compassion. Il n'aime pas, vraiment, il n'aime pas être pris en pitié, c'est déjà assez humiliant, si en plus…

— Excusez-moi, mais vous pouvez me dire où elle est allée ?

— On n'a pas le droit de te le dire, pas encore…

— Pas le droit ?

Le ton monte, Arthur s'en rend compte, il ne veut pas, ce sont de braves gens, un peu dépassés, mais il est en colère.

— Écoute, nous, on répète ce qu'elle nous a dit…

— Excusez-moi, je ne voulais pas.

— Je comprends. Prends ton café. Tu as dîné ?

— Non, pas faim. Elle est loin ?

— En ville, à Rennes, c'est tout ce que nous savons.

— Je ne me fais pas de souci. Je vais vous laisser, merci pour le café.

— Écoute, je t'appelle dès que j'ai du nouveau. Sois prudent sur la route, pas de bêtise.

— Merci, murmure Arthur, encore sonné par la nouvelle.

Un dernier geste de la main et la porte se referme. Il pleut de nouveau, un crachin tenace vaporise l'atmosphère d'une humidité pénétrante.

Si c'est ce qu'elle veut…

Quel gâchis !

Déjà dit. Elle n'en veut pas de ce type, elle me l'a dit. J'attends, rien à faire d'autre. Les parents me préviendront.

Je rentre. Les infos du soir parleront sans doute de la boucherie du jour. La police ne va pas tarder à se manifester, demain risque d'être une journée désagréable.

De retour dans la grande maison, Arthur prend un somnifère et se couche, les images se juxtaposent dans un sommeil agité, trempé de sueur, il s'assoit sur le lit quelques minutes au milieu de la nuit, reprend un cachet, pas raisonnable, il le sait, et s'écroule d'un mauvais sommeil.

La pluie dehors redouble. Il n'a pas regardé le journal du soir qui mentionnait un suspect, témoin numéro un dans l'affaire du triple homicide et un autre homme, activement recherché.

Demain est un autre jour.

J + 1

Le jour se lève sur un brouillard épais.

À la gendarmerie de Merdrignac, le calme ordinaire d'une brigade rurale a fait place à une effervescence inhabituelle.

Le patron des lieux a les traits tirés, l'adjudant-chef Vincent Meyer marche de long en large dans son bureau, chemise déboutonnée.

La nuit a été longue, sans sommeil pour les gendarmes de la brigade, mobilisés autour du triple homicide, sous toutes réserves à cette heure, perpétré à Saint-Jacut.

Un colonel doit débarquer d'un moment à l'autre, fort ennuyé par cette sordide affaire. Il aura à établir un point presse, les journalistes sont déjà fort nombreux, BFM, TF1, etc., et la presse régionale, locale. Chacun aura droit à sa pitance, maigre en l'occurrence.

Un mouvement se dessine dans la foule massée, la voiture du gradé rentre dans la brigade, le portail se referme.

— Mon colonel, si vous voulez me suivre…

— Alors, Meyer, où en sommes-nous ? Sale histoire. La scientifique est sur place ?

— Oui, mon colonel, elle est arrivée hier soir vers 20 heures. C'est moche, très moche.

— J'ai vu les images qu'on m'a transmises. Le… pendu est le meurtrier des deux femmes, je suppose, une histoire moche comme vous dites, mais simple : l'échec de la vie d'un homme qui se termine dans un bain de sang. Un fait divers. La presse va adorer, la solitude, la misère affective, etc., etc.

— Non…

— Comment ? Enfin, Meyer, quoi d'autre ?

— Ce n'est pas possible, techniquement.

— Expliquez-vous !

— Le pendu était déjà mort quand il… s'est pendu. Il a été mis là pour faire croire à un crime passionnel, sans trop de conviction. Le médecin qui est venu constater les décès est formel : le type est mort avant les deux femmes, une heure environ.

— C'est absurde. La mise en scène est grotesque. Pourquoi tous ces efforts en sachant que la supercherie serait éventée rapidement ? Et les femmes ?

— L'une, la plus jeune, n'a pas souffert, gorge tranchée, par l'arrière, surprise. La deuxième, par contre, s'est défendue, a dû jeter des objets à la tête de son assaillant, on a retrouvé des débris de vaisselle, des couverts à terre puis finalement, deux coups de couteau, un dans le ventre, l'autre en plein cœur. Elle l'a griffé avant de mourir, on a retrouvé des lambeaux de peau sous les ongles de sa main droite, à l'analyse, pour l'ADN.

— J'ai lu le rapport préliminaire. Merci pour le travail remarquable effectué ici. Nous avons donc un triple assassinat, dans un coin de campagne. Qui étaient les femmes ?

— La femme et la belle-mère de M. Ogier, d'origine malgache.

— Ah oui, je vois, les emmerdements à l'international. Les Affaires étrangères vont vous contacter, vous faites suivre vers mes services. Bon. À nous de trouver qui a fait ça. La cellule d'investigation ne va pas tarder, ils vont siéger ici, vous allez vous serrer un peu. Nous n'avons guère le choix. Il y a un hôtel dans votre ville ?

— Des gîtes, oui, pas d'hôtel.

— Ça devrait faire l'affaire. Le capitaine Marchal sera secondé par les lieutenants Brignoud et Cottin. Je vous laisse, j'ai un souci avec la PJ de Rennes qui a laissé filer un suspect. Vous connaissez le village de Coët ?

— 10, 12 kilomètres d'ici, dépend de la gendarmerie de Plémet.

— Le type est de là-bas, à récupérer, sans casse si possible. Je vais à Plémet, des « locaux » seront plus à même de le cueillir chez lui, s'il y est. Au revoir, Meyer, je ne vous lâche pas, je suis l'affaire.

— Mon colonel, bonne journée.

À La Basse Ville, un fourgon de la police scientifique stationne dans la cour de la ferme d'Ogier. Un type en combinaison entre et sort du lieu du crime. Les corps ont été évacués vers la morgue, au Centre hospitalier de Saint-Brieuc, en attendant les autopsies qui ne manqueront pas d'être ordonnées. La pièce a été minutieusement quadrillée. À chaque quadrilatère correspond un bac dans lequel des éléments ont été déposés, autant d'indices, de pièces à conviction potentielles. Le désordre de la pièce semble maîtrisé, sa division en petites surfaces sécurise les recherches. Des morceaux d'assiettes ont été récupérés un peu partout, les impacts sur les murs, traces de nourritures diverses, donnent une vague idée de la violence qui s'est déchaînée ici. Elle ne s'est pas laissé faire la belle-mère, une casserole cabossée gît près de l'évier, non répertoriée, les traces de sang apparaissent sur le plancher non loin de là. La chaise de ce côté de la table est rouge, la paille de l'assise imbibée du liquide vital. Elle s'est vidée, littéralement. Un couteau de cuisine maculé a été récupéré, l'arme du crime ? Il se trouvait sur l'évier. L'agresseur a été blessé, semble-t-il.

Les conjectures se multiplient au fil des observations, seules les analyses et leurs déductions donneront une orientation à l'enquête.

Le meurtrier attendait à l'intérieur. Il pleuvait beaucoup. La porte était ouverte, comme souvent à la campagne, il s'est mis à l'abri après son premier forfait, l'agriculteur a été étranglé, une cordelette, non retrouvée, fut l'instrument du crime.

Il reste à fouiller méthodiquement les bâtiments de la ferme. Où a-t-il été tué ? Des traces de lutte ? Possible, Ogier était un gaillard solide, il n'a pas dû se laisser faire, une bagarre a peut-être eu lieu.

Ce sera long, se dit l'expert en charge des éléments de preuve. Trois morts d'un coup, cela promet un suivi en haut lieu.

Précis et méticuleux, il le sera comme d'habitude, un peu plus sans doute, son collègue collecte les artefacts dans la pièce principale, pas de souci avec lui, un maniaque du relevé sur site, tous les deux arpentent les scènes de crime depuis quelques années, en binôme, complémentaire. La hiérarchie ne s'y trompe pas, qui les envoie là où s'impose une rigueur de recherche jamais prise en défaut.

Il déambule, fouine au hasard des hangars et autres constructions à vocation agricole. Quel métier que celui d'agriculteur ! Les homicides sont rares dans ce milieu. Autre chose à faire, trop de travail pour envisager de s'entretuer, il imagine une journée de travail, ici, au milieu des animaux. À ce propos, il n'en voit pas, les étables sont vides, les enclos extérieurs aussi. Une ferme sans animaux dans une région d'élevage, ce n'est pas normal, ce gars-là avait des problèmes.

Tiens, une fourche qui traîne, c'est dangereux.

Ramassant l'outil, il remarque une rambarde en bois, fendue en son milieu, celle du dessus endommagée, comme si un objet lourd avait heurté les deux barrières, un objet ou… un corps.

On s'est battus ici. Un mur en parpaings fait face, le passage mesure un mètre cinquante de large, un peu étroit pour une bagarre, aucun recul. Le mur est rugueux, ajustement approximatif, le ciment a bavé, de quoi se blesser ou déchirer un habit. Son regard perçant scrute, on ne voit rien ici, il cherche un interrupteur, le trouve, la lumière inonde le couloir, néon, lumière blanche.

Face aux barrières brisées, rien de particulier n'attire son œil aguerri, quelques pas sur la droite, son regard parcourt du haut en bas, de droite à gauche la paroi.

Arrêt sur image.

Trop facile, se dit-il. Un morceau d'étoffe, coton, est accroché à une bavure de ciment, chemise doublée, à vérifier. Il sort une pince à épiler de sa poche revolver, une boîte plastifiée de son sac en bandoulière, saisit le tissu, ouvre la boîte, le dépose délicatement dans celle-ci et la referme.

Victime ou agresseur, à qui appartient ce bout de chemise ? La qualité au premier abord le ferait pencher pour un type de l'extérieur, trop chic pour un gars d'ici, sans préjuger des goûts et moyens du bonhomme. Une autre pièce du puzzle.

Les observations continuent : une bagarre dont on connaît l'issue fatale, étranglement, larynx broyé et cervicales en miettes, du travail de pro, l'affrontement n'a pas duré très longtemps. Corps projeté contre les barrières, le paysan repousse son agresseur contre le mur, celui-ci y prend appui, attend l'autre qui fonce tête baissée, le retourne et le saisit avec une corde autour du cou, il tombe à genoux, cherche l'air, bat des bras, et notre assassin finit le travail par une clé, mouvement sec et franc sur le côté, le corps s'affaisse. Deux minutes, guère plus, il n'avait aucune chance.

La question est : pourquoi ?

Pourquoi un tueur professionnel éliminerait-il un agriculteur modeste en proie à des difficultés financières ?

L'ADN des morceaux de peau trouvés sous les ongles de la femme, le morceau d'étoffe, un peu de sang : beaucoup de traces ont été laissées. Un professionnel, pas sûr, occasionnel, prêt à tuer trois personnes et monter une mise en scène, volontairement grossière, que cache ce désordre dans l'exécution de ce qui semble être un contrat ?

Il était seul à ce moment-là, les femmes sont arrivées plus tard, les bras chargés du ravitaillement sans doute.

Je laisse tout ça à la cellule d'investigation, pas mon boulot.

Comme il pleuvait, qu'il ne pleut plus, empreintes de chaussures, mais tout a été piétiné depuis par les collègues, la presse et quelques curieux.

De ce côté, à gauche, c'est le couloir d'accès aux porcheries, vides et nettoyées il y a quelque temps. Ces stalles n'ont pas vu de cochons depuis longtemps, des résidus, des feuilles mortes apportées par le vent, une porte ouverte dans le fond claque. Là, des traces de pas, de la terre moulée, sculptures de semelles à peine sèches. Quelqu'un est passé par là récemment, mais qui ? Le tueur, la victime ou un curieux aurait tapé ses chaussures pour enlever la terre, pour… ne pas salir, curieux dans un tel endroit, réflexe d'un individu soigneux, un citadin, un type d'ailleurs.

La porte donne sur la ferme voisine.

Le soleil matinal est encore assez bas sur l'horizon. Le brouillard s'est levé, ciel clair, pas un nuage. L'air semble lavé, d'une pureté cristalline. Après la pluie, comme souvent ici, les éléments se remettent de leurs émotions, la nature calme et tranquille incite à la contemplation.

Hélas, nous n'avons pas le temps de méditer, les évènements récents bousculent l'ordonnancement d'une paisible matinée, ce sera pour une autre fois.

La ferme qui jouxte l'exploitation semble plus animée. Il entend un moteur thermique, un tracteur, semble-t-il, puis d'autres bruits plus lointains.

Il y retourne et ramasse les morceaux de terre sculptés, les met en boîte, mitraille, photos multiples d'une mise en situation. La mémoire visuelle ne suffit pas, une fois quittés les lieux du crime, des crimes.

Il rejoint son collègue, toujours affairé, minutieuse recomposition, images toujours, avant et après la dispersion des pièces à conviction.

Hier soir, avant que les corps ne soient enlevés, d'autres photos ont été prises, macabres angles de prise de vue nécessaires à une possible compréhension des faits. Le médecin connaissait les victimes, l'homme surtout, les deux femmes ne l'avaient consulté qu'une fois, lors de leur arrivée, obligation sanitaire et compte-rendu épidémiologique, au vu de leur provenance d'un pays à risque. Il n'y avait rien à dire de ce côté, elles étaient en bonne santé, aucune n'avait de pathologie. Le fermier, s'il n'était pas physiquement malade, était fragile psychologiquement, sous antidépresseurs, avait précisé le praticien, de là à tuer son prochain et se supprimer ensuite, il en doutait. Tout ceci avait été enregistré.

Ils avaient pris le relais en fin d'après-midi et commencé le travail jusqu'à une heure avancée dans la soirée. Les corps avaient été déplacés avec beaucoup de précautions. La mise en scène se devait de rester en l'état, mais l'hygiène commandait une mise au froid des corps, opération de routine en pareilles circonstances, véhicule frigorifique réquisitionné : avec trois cadavres à transporter et à préserver, un fourgon réfrigéré fut trouvé, le propriétaire fort réticent à prêter son outil de travail. Il avait fallu toute la persuasion et l'entregent de l'adjudant-chef Meyer.

Cette affaire traumatisait toute la région, personne n'allait mettre les bâtons dans les roues de la gendarmerie, une solidarité « territoriale » s'était dessinée, effaçant les possibles récriminations.

Deux gendarmes étaient restés sur place pour garder les lieux après leur départ, jusqu'à ce matin.

La cellule d'investigation, les « enquêteurs » ne tarderaient plus maintenant.

Normalement, ceux-ci arrivaient sur les lieux le jour même.

Police, gendarmerie, les attributions géographiques pour un homicide multiple n'étaient pas claires, chaque service se refilant la patate chaude.

La cellule d'investigation de la Gendarmerie nationale fut mandatée dans un premier temps. Si des éléments venaient à faire évoluer l'affaire vers d'autres milieux, le transfert vers la Police judiciaire serait envisagé. Un retard à l'allumage est toujours préjudiciable, les preuves éventuelles souffrent du temps qui passe, de possibles suspects sont déjà loin, sans parler de la médiatisation, plaie nécessaire, la population toujours prompte à surréagir, l'émotionnel, etc.

Loin de toute cette agitation, Jo, la soirée précédente, avait été réveillé par Francis qui passait par là, venant aux nouvelles.

Jo, avachi au pied du buffet, la bouteille à la main, grogna et jura quand Francis, après avoir frappé à la porte, rentra sans attendre de réponse. Il haussa les épaules quand il vit notre homme dans une position qu'il ne connaissait que trop.

Décidément, ça ne s'arrange pas.

Il remit du bois dans le feu qui se mourait.

— Alors, tu fais quoi là, par terre ?

— Mmmm… je me suis endormi.

— C'est dans un lit, pas sur le carrelage, allez, donne-moi ta main que je te soulève. Qu'il est lourd, le gaillard ! Voilà, c'est mieux comme ça.

— Merci, Francis, tu veux boire un coup ?

— J'en viens. Tu vas bien ? La police…

— Laisse tomber, je suis reparti, ils m'emm….

— Tu es reparti ? Je vois. Ils vont revenir, quelle misère ! Tu n'as besoin de rien ? Je vais prévenir Catherine, qu'elle passe demain matin. Il faut manger, Jo, pas boire. Tu es sûr que tu n'as besoin de rien ? Fais attention au feu. Va te coucher si tu veux mon avis.

— Je vais faire ça, j'ai mal au crâne…

— Tu m'étonnes. J'y vais, prends soin de toi. Bonne nuit. Attends, je vais remettre en place le pare-feu.

— Merci Francis.

La porte se referma, laissant Jo debout, hagard au milieu de la pièce. Se coucher, il était fatigué, un peu saoul aussi. Le feu brûlait joyeusement, les flammes dansaient, projetant une ombre guillerette dans la pièce par ailleurs fort sinistre.

Il ferma la porte à clé, jeta un œil par la fenêtre, distingua la lumière tremblotante de l'enseigne du café encore ouvert à cette heure. Il se gratta le cuir chevelu, traversa péniblement la pièce jusqu'à sa chambre et s'écroula sur son lit.

Dans la minute qui suivit, un ronflement sonore s'éleva dans la pièce.

Arthur et Jo dorment, chacun d'un sommeil de plomb.

Le colonel arrive à Plémet. Il est attendu. Rien à voir avec la gendarmerie de Merdrignac. Aucune activité particulière ne perturbe la tranquillité de ce bourg rural.

Je vais les occuper, c'est la planque, ces brigades, se dit le gradé, agacé par cette journée particulière.

Le portail s'ouvre devant le véhicule officiel. Ils l'ont vu depuis le *desk* à l'entrée.

L'adjudant-chef Perrault sort à sa rencontre :

— Mon colonel…

— Bonjour Perrault, c'est assez calme ici.

— Le territoire n'est pas criminogène, des excès de boisson de temps à autre, chiens errants et querelles de voisinage, la routine de notre métier. Il y a bien eu la mort suspecte du vieux Le Cam à Coët. La PJ de Rennes s'est saisie de l'enquête.

— Rentrons, si vous le voulez bien, pas chaud.

— Mon colonel, suivez-moi, froid et humide, fin novembre, c'est normal.

— La PJ de Rennes m'a appelé…

— Un problème ?

— On peut le dire. Le fils du vieux Le Cam comme vous dites, embarqué pour interrogatoire préliminaire, a quitté les locaux de Rennes, las d'attendre, on suppose qu'il est rentré chez lui.

— Jo Le Cam est un alcoolique notoire.

— Il doit être rapatrié dans les locaux de la force publique, chez vous dans un premier temps, Rennes viendra le récupérer si nécessaire.

— Et s'il n'est pas chez lui, on déclenche le plan « Recherche personnes disparues » ?

— Il a pris un bus vers Loudéac. Ce ne sera pas utile, il me semble. Voilà, ce sera tout. Tenez-moi au courant, Perrault.

— Mon colonel, il y a cette affaire de triple meurtre, non loin…

— J'en viens. Vos collègues sont sur le pont. S'ils ont besoin, ils feront appel à vous, mais ils seront dessaisis très bientôt, la brigade d'investigation va prendre les choses en main. Quoiqu'il en soit, si vous avez des éléments, bien sûr, n'hésitez pas. En attendant, retrouvez-moi ce suspect qui se promène. Au revoir.

— Mon colonel…

Il faut agir. Le message est clair.

Qu'est-ce qui est passé par la tête de cet olibrius ? Il le connaît, le Jo. Il l'a rencontré dans le café de ce village perdu, poste d'observation idéal dont les propriétaires sont des personnes fiables, de bons auxiliaires, même si Chris reste méfiant à son égard. Le flic n'est jamais en odeur de sainteté auprès des patrons de bistrot, celui qui attend à la sortie du bourg pour faire souffler dans l'éthylomètre. Mais c'est de bonne guerre, Perrault n'est pas du genre à se fâcher avec les gens du coin. Il vient d'être nommé ici, un an déjà. Pas facile de se faire accepter, le caractère méfiant du monde paysan est resté, même si ceux-ci ne sont plus majoritaires dans la population, méfiant et taiseux, comme chez lui, dans le Berry. C'est pour cette raison qu'il est là. S'adapter ici sera plus simple pour lui que pour son prédécesseur, parti après six mois, dépressif. Originaire de Provence, les ciels d'hiver ont eu raison de sa bonne humeur.

Il est onze heures. Perrault appelle un de ses hommes :

— Thomas Macé est-il disponible ?

— Je suis là, chef, je tape le rapport de la main courante posée par le père Commault, concernant les nuisances sonores des jeunes de son hameau.

— Laissez tomber, on va rendre visite à Jo Le Cam et l'inviter à un séjour gratuit.

— C'est parti.

La Peugeot toute neuve trône sur le parking.

— On prend la neuve ? demande la jeune recrue.

— Elle est là pourquoi, à votre avis ? Prenez le volant. Vous connaissez la route de Coët, je crois ? Près du café, vous tournez à gauche et c'est encore à gauche en haut de la côte.

Thomas est tout jeune, toujours prêt à quitter les bureaux. Il connaît la route fort bien, son amie du moment habite dans la commune de Jo.

— Je mets le gyrophare ? demande le jeune homme.

— Pour quoi faire ? Il n'y a aucune raison d'ameuter toute la région. La lumière bleue sert en cas d'urgence, uniquement.

Perrault sourit intérieurement, il voulait épater sa copine. Elle travaille à cette heure-ci. Il garde un œil sur ces hommes, de loin, celui-ci est fougueux, la petite amie semble sérieuse, c'est ce qu'il faut.

— Doucement dans le bourg, prenez à gauche, puis le chemin gravillonné encore à gauche, doucement je vous dis, ce n'est pas un 4 x 4. On s'approche de la maison. Coupez le moteur.

Le soleil brille au-dessus du bois, l'ombre porte sur la maison, la cour est au soleil. Il a une jolie vue le bougre. Regardez-moi ce foutoir.

— Il n'y a pas de voiture.

— Il n'en possède pas. Un danger public, ivre la moitié du temps. Le tracteur est dans une remise derrière. On y va. Restez derrière moi, trois pas, sur le côté.

— Il est dangereux ?

— Ne vous excitez pas trop, nous ne sommes pas au cinéma.

— Oui chef, répond le gamin d'un air un peu déçu, s'exécutant d'un pas vers la gauche, aux aguets.

Perrault se méfie un peu. Le bonhomme a mauvais caractère. Il se doute qu'il a un fusil, sans permis de chasse, il en jurerait.

Il frappe à la porte. Il entend une chaise glisser sur le sol carrelé, un pas lourd avance et Jo ouvre la porte d'entrée.

— Ah, c'est vous, je vous attendais.

— Bonjour Jo. Thomas Macé, un de mes hommes.

— Bonjour gamin, alors on vient arrêter le méchant ?

— Fiche-lui la paix, Jo. On peut rentrer ?

— C'est bon, je peux vous offrir un café, j'en ai et la vaisselle est propre. Catherine est passée tout à l'heure, gentille fille, elle a même fait des courses pour moi, mais j'ai le sentiment que ça ne me servira pas, je lui ai dit. Je me trompe ?

— Je ne sais pas, Jo, j'ai ordre de t'emmener au poste et ensuite…

— Ensuite ?

— J'avise la PJ de Rennes. Ils n'ont pas du tout aimé le coup que tu leur as fait, mais alors, pas du tout.

— Je fais le café.

— Qu'est-ce qui t'a pris ?

— Ils m'ont fait attendre deux heures, sans rien dire, j'en ai eu marre, je suis parti.

— Je les appellerai, ils viendront te chercher. Je peux t'assurer que tu ne partiras pas deux fois et puis, avec les soupçons qui pèsent sur toi…

— Voilà le café, tu en prends mon gars ?

— Oui, merci.

— Les soupçons… Les gens parlent trop, ils ne savent rien, je parle trop aussi, je sais, je bois trop, je fais tout de travers. De toute façon, vos copains de Rennes me prennent pour un plouc, un paysan tout juste bon à nettoyer le cul des cochons, que je sois coupable ou non, ils s'en fichent, il leur faut un coupable, pour passer à autre chose. Ne me dites pas le contraire…

Jo parle tout seul, Perrault l'écoute, le regarde et se demande s'il ne serait pas plus simple de le laisser tranquille, mais non, ce n'est plus possible, encore moins depuis qu'il a tourné en ridicule une cellule de la PJ, des fiers à bras, rouleurs de mécaniques que lui-même n'apprécie que modérément. La guerre des polices comme le rapportait la presse régulièrement, un autre monde, plus urbain, plus dur, moins porté sur l'écoute, l'efficacité avant tout. Jo est mal tombé.

— Je comprends, dit-il, il faut qu'on y aille maintenant, je vois que ton sac est prêt, c'est bien. Thomas, prends son sac, merci.

Jo jette un œil sur la pièce en sortant, ferme la porte et glisse la clé sous la jardinière, comme à son habitude.

Perrault prend le volant, Thomas est à l'arrière avec Jo, la procédure du suspect que l'on ne peut laisser seul.

Thomas ne dit rien, semble impressionné par l'homme qu'il côtoie à cet instant. Il reste silencieux tout le temps du trajet. Personne ne dit mot.

Non loin, Arthur se réveille péniblement.

Il est onze heures. Le somnifère de trop l'a propulsé dans les limbes d'un univers connu de lui seul. La descente de l'escalier s'avère périlleuse, bois vitrifié devenu patinoire. Il ne quitte pas la rampe, la porte à gauche, cuisine-salle à manger, il sait où il se trouve, repère la machine à café, le café, le sucre, tout à portée de main.

Le téléphone sonne.

Pas déjà, laissez-moi, implore-t-il en levant les yeux vers un hypothétique interlocuteur… qui lui répond.

Qu'avais-je dit ?

Ah, ça va !

— Allô ? Je suis Arthur Simon, oui, c'est pour quoi ? Vous souhaitez me rencontrer, vous êtes qui ? Le capitaine Marchal chargé de l'enquête sur le triple homicide… homicide ? Si j'ai bu ? Non, je me réveille, oui, je sais, il est tard, un somnifère de trop. Sale journée hier, mal dormi… Vous comprenez ? Merci, vous êtes bien aimable. Vous passez me voir à mon domicile ? Quand ? Maintenant, dans une demi-heure, le temps de me… oui, c'est ça, de reprendre mes esprits. À tout à l'heure.

Ils ne traînent pas.

Un café, une banane, une douche, caféine, sucre et massage aquatique.

De toute façon, je n'ai rien à me reprocher. Quand je vois la police, je me sens toujours coupable de quelque chose. J'ai vu, découvert une scène atroce, je suis secoué, je préviens l'autorité malgré tout et je suis le premier témoin, normal qu'ils vérifient si je raconte la même histoire qu'hier.

Ce n'est pas aujourd'hui que je vais bosser. Et Ariane qui est partie…

Il tourne en rond.

La sonnerie retentit, stridente, désagréable au possible. Arthur se précipite, hâte de se débarrasser de ce souci supplémentaire. Il ouvre la porte à trois hommes, jamais une femme chez eux ? Bien que… réflexion idiote.

— Messieurs, si vous voulez vous donner la peine d'entrer, dit-il sur un ton qu'il veut le plus neutre possible, il est juste obséquieux, un poil ironique. Ça commence mal.

— M. Simon, capitaine Marchal et les lieutenants Cottin et Brignoud, répond l'officier en désignant les deux hommes en retrait.

— On va s'asseoir dans la cuisine, je vais chercher des chaises, je vis seul, excusez-moi.

Ils viennent à trois en plus. Deux chaises de la pièce d'à côté viennent rejoindre les autres.

— Vous faites quoi dans la vie, M. Simon, comme métier ?

— Commercial, je visite les particuliers. Je vends des produits phytosanitaires, mais c'est temporaire.

— Marié, concubin ?

— Concubin, mais elle n'est pas venue, n'a jamais habité ici, elle habitait chez ses parents et… elle est partie. Désolé, mais ça s'est passé hier, aussi. Sale journée.

— En effet. Hier, vous passiez chez M. Ogier que vous aviez déjà rencontré ?

— Il y a trois mois. C'était un client. Ça s'était mal passé.

— Pourquoi ?

— Il était dans la cour de sa ferme. Il marchait de long en large, le regard perdu, il ne m'a pas vu. Je l'ai interpellé, plusieurs fois, il m'a regardé et a repris sa déambulation.

— Et hier, vous repassiez, malgré cet accueil ?

— Vous savez, dans ce travail, si on se laisse décourager par un accueil froid, distant ou hostile, il est préférable d'arrêter de suite. Sur le nombre de contacts, il y aura toujours quelqu'un qui vous écoutera. J'avais vu les femmes.

— Elles étaient là ?

— Oui, dans la maison, j'avais vu un visage par la fenêtre. Je me suis approché, j'ai poussé la porte. Deux femmes d'origine africaine, la mère et la fille, j'ai supposé, la fille, très belle et… très triste. Je leur ai demandé ce qui se passait, pourquoi Ogier tournait en rond dans la cour. Elles m'ont regardé bizarrement, ne m'ont pas répondu. Je suis ressorti, mal à l'aise et suis reparti.

— Et hier, il était quelle heure quand vous êtes arrivé ?

— Début d'après-midi, il tombait des cordes. J'ai attendu dans la voiture que ça se calme. C'était bizarre, la porte était ouverte, le volet claquait. Et le souvenir de ma dernière visite me revenait en mémoire, comme un malaise.

— Il n'y avait personne dehors ni aux alentours ?

— Non, il pleuvait vraiment beaucoup. Si vous êtes passé là-bas, vous avez pu voir. C'est sinistre et quand il y a la tempête… Néanmoins, j'ai attendu, un bon quart d'heure. La pluie s'est calmée et… j'y suis allé.

— Et vous êtes entré…

— J'ai hésité. La pièce n'était pas éclairée. J'ai fixé le volet qui claquait dans le vent. Je ne voyais rien à l'intérieur, j'ai demandé bêtement : « Il y a quelqu'un ? » Et j'ai poussé la porte, je ne distinguais pas grand-chose, il faisait vraiment très sombre. J'ai cherché un interrupteur, il y en a un à droite de l'entrée, j'ai appuyé et là…

— Oui ?

— Vous avez vu la scène ?

— En photo seulement, c'est pour ça que nous sommes là. Je sais, M. Simon, que ce n'est pas facile, mais vous devez nous décrire ce que vous avez vu à ce moment-là.

— L'ampoule se balançait avec le vent, la lumière dessinait des ombres qui bougeaient, et sous la lampe, le corps d'Ogier suspendu et son regard vide, les bras ballants, les jambes dans le vide, au bout de la table… sur laquelle avaient été disposés deux couverts, assiettes et verres, un saladier, une miche de pain. Je suis sorti précipitamment, ai vomi mon déjeuner dans la cour, tremblant, trempé d'une sueur glacée. La pluie avait cessé.

Les trois policiers se regardent. Quelques instants de silence, la respiration d'Arthur s'est accélérée.

— Et je suis revenu dans la maison : les deux femmes gisaient, avachies sur les chaises, le haut du corps sur la table et la tête dans l'assiette, le tout maculé de sang, du sang, partout du sang…

— C'étaient les femmes que vous aviez vues la première fois ?

— Oui, le visage de la jeune était le même, pas de peur, une expression de surprise peut-être, je ne sais pas, et la mère, je suppose que c'est la mère, par contre, un mélange de peur et de colère déformait ses traits. Dans la pièce, des débris d'assiettes et de nourriture, je n'ai pas regardé dans le détail et je me suis dit qu'il ne fallait rien déranger, rien toucher. J'ai quitté la pièce, éteint la lumière et appelé vos collègues. Voilà, c'est tout, je crois. Si vous…

— Je crois que ça ira pour le moment. Vous avez été aussi précis que l'on peut l'être en de pareilles circonstances. Une dernière question : lors de votre première visite, y avait-il des animaux dans la ferme ? Des bruits de bétail, de cochons, de la volaille, etc.

— Cela fait trois mois. Il est vrai que la vue de ce type zigzagant dans sa cour m'avait un peu perturbé. Si je rembobine le film, il n'y a pas de son en effet, d'où le malaise. Je n'ai eu aucun contact sonore avec ce lieu, une ferme est un lieu de vie, pas de mort… Pourquoi cette question, si je puis me permettre ?

— Vous pouvez. Nous supposons qu'Ogier avait de gros soucis d'argent et que sa femme souhaitait le quitter, découvrant qu'il n'avait rien à lui offrir. Les bêtes ont été vendues, il y a peu.

— Ça n'explique pas le bain de sang.

— Non, mais… Le voisin a disparu, on le recherche activement.

— Vous pensez que c'est lui ?

— Je ne crois pas, mais il sait des choses.

— Nous allons vous laisser, merci encore pour cet exercice pénible. Nous avons enregistré votre déposition, nous l'enverrons à la gendarmerie pour signature.

— Vous… me tenez au courant ? Je sais que ce n'est pas dans les habitudes, mais…

— Nous verrons. Reposez-vous. Bon courage pour la suite.

— Merci, au revoir.

Les trois hommes regagnent leur véhicule, banalisé. Mieux pour moi, se dit Arthur en les voyant partir.

Il s'en est bien sorti. Que dire de plus ? Les faits, rien que les faits, aucune interprétation n'avaient sa place. Non coupable, je suis non coupable, se dit Arthur en souriant. Ce fichu sentiment de culpabilité l'habite depuis aussi loin qu'il puisse s'en souvenir.

Le capitaine Marchal ne sent pas bien cette affaire. La géographie est fâchée avec lui et la contrée environnante lui donne le bourdon. Quand hier, le téléphone a sonné et la voix du colonel a énuméré les éléments, il cherchait mentalement où pouvait se trouver ce village. Un massacre à la campagne, loin des cités, défraie la chronique. Il voit les titres, entend et voit l'info en continu, les morts de faim des chaînes TV répétant les mêmes mots, jusqu'à la nausée, se nourrissant de cadavres et de souffrances, en boucle.

Roulant vers les lieux du drame, il construit son schéma d'enquête. S'imprégner de l'endroit, le voisinage, important, envoyer les collègues interviewer les autorités locales, le bistrot du coin, prendre la température et surtout, ne pas laisser refroidir, le temps est l'ennemi, presque une journée de perdue, une de trop.

Nous y sommes.

Deux uniformes en faction, c'est l'heure du déjeuner, la scientifique est allée se restaurer.

— Brignoud, allez nous chercher des sandwichs, il doit bien y avoir une boulangerie dans un village avoisinant.

— J'y cours.

C'est un citadin, le capitaine, pas très à l'aise dans les cours de ferme.

Un coup d'œil panoramique : le ou les types qui ont tué ne sont pas partis à pied, c'est certain. Peu de circulation, un véhicule se remarque, mais personne ou presque pour regarder. Une autre ferme à cent mètres, y aller dès que possible.

Une voiture se gare dans la cour.

— Adjudant-chef Meyer de la gendarmerie de Merdrignac. Vous êtes le capitaine Marchal ?

— Désolé de ne pas être passé chez vous, mais on a perdu assez de temps, je suis allé rendre visite au premier témoin, un peu secoué, mais clair dans l'énoncé et le descriptif. Vous connaissiez les victimes ?

— Aucunement. Un agriculteur, marié depuis peu avec une Malgache, comme ça se fait par ici, les filles du coin s'en vont, certains vont chercher ailleurs via des agences. Un type taciturne, pas un marrant, des problèmes financiers, beaucoup en ont ici.

— Je ne suis pas très au fait du monde agricole, c'était quoi son domaine ?

— L'élevage. Il a tout vendu récemment, je vous l'ai dit, des soucis.

— Et la ferme voisine ? Vous les avez interrogés ?

— Pas eu le temps, c'est arrivé hier, en fin de matinée. Vous savez, ici, les effectifs sont juste nécessaires à une surveillance de territoire, conflits de voisinage, excès de vitesse ou de boisson, souvent les deux, mais ÇA ? Les gens sont choqués, ne comprennent pas et nous, on essaie de les rassurer, le téléphone sonne à la brigade, les gars ne savent pas trop quoi répondre…

— Je comprends. Assez discuté. Je vais chez le voisin, qui n'est pas là, je sais, mais il a une femme, cet homme-là ?

— Oui : Morel, c'est son nom, Agathe, le prénom.

— Merci. Je passerai dans vos locaux, pour parler à vos hommes.

Vincent Meyer regarde Marchal prendre la route, cent mètres à faire. Elle doit être là Agathe, c'est l'heure du repas, l'ouvrier agricole est là, il a entendu le tracteur pendant la conversation avec le capitaine. Agathe, la jolie Agathe, pas gâtée non plus, fera face, mais jusqu'à quand ? Son Patrick est une tête brûlée, toujours prêt à s'enflammer. Bosseur, courageux, plein d'idées novatrices et… susceptible. S'il est parti, ce n'est pas pour fuir. Il a mal choisi son moment. Il y a un lien, mais lequel ?

Meyer connaît le couple, il connaissait Agathe avant son mariage, il la connaissait bien, mais non, elle ne voulait pas, se marier avec un « flic », non merci. Elle est du coin, elle a épousé un gars du coin, pas un pigeon voyageur, à la merci d'une mutation. Fréquenter les femmes des collègues du mari, pas son truc.

Marchal sera plus à même d'éclaircir le mystère du départ précipité de son mari… le jour de l'assassinat de son voisin.

En descendant la route, le capitaine songe au temps perdu, aux procédures perdues, pas de route coupée, pas d'alerte lancée, mais pour arrêter qui. S'il était venu hier soir, comme il en avait l'intention, plusieurs heures s'étaient écoulées depuis la tuerie, trop tard déjà. Pas de regret à avoir.

Il rentre dans la cour des Morel. Pas le même standing, bitume, jardinières, pierres apparentes, rénovation récente, un SUV stationne devant l'entrée, un tracteur gros modèle sous le hangar, un autre en attente derrière le SUV. Il entend des grognements, cochons non loin, et l'odeur, quelques meuglements, les vaches s'y mettent. La fumée sort de la cheminée, poêle à bois à n'en pas douter. L'homme de la maison n'est pas là, la femme veille au grain, la vie suit son cours.

Brignoud passe sur la route, de retour de sa quête de nourriture. Marchal a laissé Cottin : à lui de renifler dans la ferme, c'est un limier, Cottin, un bon chien de chasse. S'il y a un truc pas net qui traîne, il le trouvera, la pièce du puzzle qui donne à l'ensemble l'équilibre du raisonnement infaillible, le complément de l'intime conviction.

Je crois que je vais me faire inviter à déjeuner, pense-t-il en sonnant à la porte.

— Entrez, monsieur le policier, je vous ai vu arriver. Une voix féminine l'accueille, franche et joviale, trop. Je vous invite à déjeuner, avouez que vous choisissez votre heure, ajoute-t-elle.

— Je n'ai pas choisi, les nécessités du service… mais avec plaisir, répond Marchal quelque peu décontenancé par le charme et le naturel d'Agathe Morel. Vous êtes Agathe Morel ?

— Elle-même, voici Éric, notre employé. Vous excuserez mon mari, il a dû s'absenter…

— Je suis au courant.

— La police sait tout, c'est votre boulot.

— Je travaille pour la Gendarmerie nationale, cellule d'investigation, suite au…

— J'habite à côté, vos collègues passent et repassent sur la route depuis hier après-midi. Vous êtes le premier à venir, pas curieux les gendarmes et puis vous allez me dire ce qui se passe parce que, moi, je ne sais rien, rien de rien. Ça doit être grave pour…

— Vous ne savez pas ?

— Je travaille, figurez-vous et je n'ai pas le temps de fouiner chez le voisin avec qui nous ne sommes pas en très bons termes. Patrick passe le voir de temps en temps, lui donne un coup de main, un pauvre type, enfin, c'est mon opinion. Et alors ?

— Il est mort, sa femme et sa belle-mère aussi, coupe Marchal sèchement, votre problème de voisinage est résolu. Ne me dites pas que vous ne savez rien. Ça paraît un peu gros, vu de ma paroisse, vous ne croyez pas ? Votre voisin, M. Ogier, sa femme et sa belle-mère ont été quasiment découpés en rondelles à cent mètres de chez vous et vous me dites que non seulement vous ne saviez pas et, en plus, vous allez me soutenir que vous n'avez rien vu ?

Le ton de la voix se fait plus autoritaire. Les mondanités font place à la suspicion. Marchal joue le méchant, il n'aime pas ça, mais cette gentille et jolie dame lui raconte des cracks et ça, il aime encore moins.

Éric, l'ouvrier, ne dit mot, le nez dans sa soupe. Il lève les yeux vers sa patronne, livide.

— Je vous assure, répond-elle, la voix tremblante. Depuis que Patrick est parti, je n'arrête pas.

Au bord des larmes, la voix se fissure…

— Elle dit vrai, monsieur, croyez-la, elle est courageuse, ajoute l'ouvrier d'une voix blanche.

— Il est parti quand, votre mari ?

— Avant-hier, dans l'après-midi. Le matin, il était allé chez le voisin avec un monsieur, bien habillé. En fin de matinée, le bonhomme est reparti, dans une grosse voiture, une Mercedes, je crois. Patrick était soucieux, n'a pas dit un mot au déjeuner, je ne l'embête pas dans ces cas-là, il est assez susceptible. Après le repas, il est monté dans la chambre, a pris quelques affaires dans un sac de sport, m'a juste dit : « Je pars deux, trois jours, ne t'inquiète pas, des affaires à régler. Éric te dira ce qu'il y a à faire avec les bêtes, pour le reste, tu laisses, rien d'urgent. » Il m'a embrassé, a pris la Clio et il est parti. Ils sont morts comment, elles sont mortes comment ?

— Et depuis, des nouvelles ?

— Non, aucune.

— Ces trois personnes ont été tuées, les détails importent peu. Excusez ma brutalité, mais trois meurtres dans une ferme, le voisin qui disparaît la veille et une visite extérieure chez la victime, accompagnée de votre mari, et vous ne voyez rien ?

— J'ai une confiance aveugle en mon mari. C'est un type bien, un peu soupe au lait, mais il est droit, travailleur. Je ne sais pas qui était ce type. Il est arrivé tôt, vers 8 heures, s'est enfermé dans le bureau avec Patrick. Je leur ai apporté un café et vers 10 heures, ils sont allés chez le voisin, sont revenus au bout d'une demi-heure, sont retournés dans le bureau et il est reparti vers 11 h 30 environ.

— Quel air avait-il ? Souriant, renfrogné ?

— Un type assez classe, *sportswear*, la quarantaine, une sacoche à la main, aisé, il m'a semblé. On en voit peu ici de ce genre. Il avait le visage fermé en partant, inexpressif, il m'a dit au revoir très poliment et est parti dans sa belle auto. Écoutez, je ne sais quoi vous dire, je m'excuse, c'est horrible. Personne ne mérite de mourir brutalement.

— Étranglé pour lui, la gorge tranchée pour sa femme, et double coup de couteau pour la vieille dame. Vous voulez d'autres détails ? Il a été pendu dans la cuisine au-dessus de la table, pour faire croire qu'il s'était suicidé après avoir trucidé les femmes.

Agathe s'écroule sur le sol.

— Vous êtes content, hurle Éric, ça ne va pas, non ? Nom de Dieu, comme si c'était elle qui les avait tués ! Madame, madame…

Il prend Agathe dans ses bras et la pose sur un des fauteuils du salon.

— J'habite ici, je dors dans la chambre d'amis, pour surveiller. Il y avait un chien, mort l'an dernier, empoisonné. Madame a soupçonné le voisin, allez savoir…

Marchal sait qu'il est allé trop loin, mais il cherchait le « je ne sais quoi », un début de piste. Fausse route. Elle ne joue pas. Elle protège son homme, elle ne sait pas de quoi, mais elle le protège et l'employé protège la dame. Éric le regarde d'un sale œil. Il tapote les joues de sa patronne qui, peu à peu, reprend ses esprits :

— Un peu d'eau, s'il vous plaît…

Marchal lui tend un verre qu'Éric attrape au passage.

— Ça va aller Éric, merci.

— Vous êtes sûre ?

— Merci, je te dis, c'est bon. Dites-moi, monsieur, monsieur comment ?

— Marchal, capitaine Marchal…

— Dites-moi, monsieur le capitaine Marchal, vous faites toujours le coup du drame sanguinolent à vos interlocutrices ? Ça marche ? Et je dors comment maintenant, avec un triple assassinat à ma porte ? Un psychopathe traîne peut-être dans le coin et vous ne trouvez rien de mieux que de jouer à Stephen King. Vous déjeunez toujours ? Parce que mon pot-au-feu va refroidir. Quelle histoire, j'ai la trouille moi et mon Patrick qui n'est pas là, il saurait quoi faire.

— Vous l'avez appelé, je suppose, laissé un texto ?

— « Tout va bien, ma chérie, etc. », c'est tout ce que j'ai comme réponse. Asseyez-vous et on parle d'autre chose ou on se tait, c'est vous qui voyez. Bon appétit !

— Vous êtes installée ici depuis longtemps ?

— C'était la ferme de mes beaux-parents. Nous sommes mariés depuis trois ans. Patrick a beaucoup investi, dans la ferme, les animaux et la maison, c'est lourd financièrement, mais on s'en sort, on essaie de diversifier, de se tourner vers une appellation « bio », nous y sommes presque.

— Vous êtes des agriculteurs écolos ?

— Pas vraiment, mais l'appellation bio permet de vendre plus cher moyennant quelques contraintes, on s'arrange et si ça ne marche pas, on fera autre chose.

— Quitter la ferme ?

— Peut-être, la terre peut rapporter beaucoup plus, tout dépend ce qu'on y cherche et ce qu'on y trouve…

— Éclairez-moi.

— Non, j'en ai déjà trop dit et je vous assure que ça n'a rien à voir avec votre enquête.

— C'est moi qui décide, vous savez. Je ne vous ennuie plus. Je m'excuse pour la méthode, je vais y aller, c'était excellent, merci.

Nous sommes appelés à nous revoir, nous avons lancé un avis de recherche concernant votre mari, dites-le-lui, nous gagnerons du temps et de l'argent et vous, un peu de sommeil et de tranquillité d'esprit.

— Un avis de recherche ?

— C'est la procédure en cas de départ précipité. Il y a eu crime, juste à côté. On a essayé de joindre votre mari sur son portable, plusieurs fois : pas de réponse. Nous avons jugé ce silence suspect, d'où l'avis de recherche.

— Vous pouviez attendre, passer voir. Et le numéro, vous l'avez eu comment ?

— On fait appel aux opérateurs. Je suis passé, il n'est pas là et vous ne savez pas où il est, ce qui confirme nos craintes. Tout est suspect dès lors qu'il n'y a pas d'explication. Prévenez-moi si vous avez du nouveau et j'aimerais une réponse à la devinette : qui cherche quoi trouve quoi ?

— À votre disposition, vous connaissez le chemin. Bon courage et bonne chance.

— À propos, je vous laisse un homme en faction, pour vous protéger. Ne vous inquiétez pas, vous pouvez aller et venir.

— Bien aimable, au revoir.

— Madame, à votre service.

Brignoud l'accueille avec les sandwichs.

— Désolé mon vieux, mais j'ai mangé un pot-au-feu ce midi et éclairci quelques points.

— La police scientifique est là. Ils veulent vous voir, c'est urgent.

— OK, OK.

— Cottin aussi veut vous voir.

— C'est bon, allons voir la scientifique, Sherlock Holmes, sa loupe et ses pincettes.

— Dans la maison. Ils vous attendent.

— Brignoud, si vous alliez traîner dans le bourg, s'il y a un bistrot, histoire de, mais avant je voudrais que vous alliez voir à la mairie, et demander s'ils ont été contactés pour une prospection quelconque. Restez vague, dites-leur que c'est la routine.

— Prospection ? Genre pétrole ?

— Par exemple, dans le même genre… Merci, Brignoud, à tout à l'heure. Ah, Cottin, quoi de neuf ?

— Le gars qui a fait ça s'est enfui par les champs…

— Il n'y a que ça ici, Cottin, des champs.

— Personne ne l'attendait sur la route, trop voyant. Il est parti par derrière, j'ai retrouvé sa trace, bien visible dans le champ. J'ai parcouru plus d'un kilomètre, jusqu'à un chemin d'exploitation où l'attendait visiblement un gros véhicule tout-terrain au vu des traces de pneumatiques. Relevé, moulures d'empreintes de pneus, de chaussures, les gars de la scientifique m'ont aidé, ils avaient terminé dans la maison. Le gars était blessé, quelques gouttes de sang et, cerise sur le gâteau : une empreinte digitale. Il avait des gants, on en est sûr, mais il les a posés trop tôt. Avant de sortir du hangar, il a franchi un muret et a pris appui sur une paroi métallique, la main posée à plat… sans le gant avant de rejoindre la campagne. Ce salopard a tout faux.

— Eh bien, il semblerait que nous avancions à grands pas. Bravo, mon vieux, super boulot.

— Mon job, c'est tout. Et la PS m'a bien aidé. Ils ont quelques éléments intéressants et une théorie, vous savez comme ils sont, *so british*.

— J'y vais.

Insensé, l'amateurisme…

Quand vous tuez, sauf sous le coup de l'émotion, vous ne laissez pas traîner votre carte d'identité derrière vous. Tout est en place pour que nous trouvions le tueur rapidement, à moins que celui-ci soit déjà loin et… intouchable. Des protections, pas ici, pas en France, ailleurs. Il est déjà loin à l'heure qu'il est. Une telle sauvagerie, la mise en scène macabre est un pied de nez, il se fout de nous.

— Bonjour messieurs, quoi de neuf ?

— Bonjour capitaine. L’homme a été tué dans le bâtiment agricole, une courte bagarre, étranglement et cervicales brisées, un travail de pro, vers 10 h 30. Il y a laissé un bout de sa chemise, parti au labo. Il était passé par l’arrière de la porcherie, une porte donne sur la ferme d’à côté…

— La ferme des Morel ?

— Je ne connais pas le nom, mais c’est la seule dans le coin. La porte ne donne pas directement, mais il y a juste un talus à franchir.

— Vous l’avez… ?

— Non, pas le droit… Je ne dépasse pas mes attributions.

— OK, j’irai voir tout à l’heure. Ensuite ?

— Le corps de la victime est resté un certain temps, couché sur le flanc, une heure environ, transporté par un seul individu, les empreintes sont plus profondes dans la terre, le poids de deux hommes, le type est sûrement un gaillard solide. Il l’a porté jusqu’à l’intérieur, assis sur une chaise. Le reste est du domaine de mon collègue.

— Les femmes étaient absentes à 10 h 30 ?

— On le suppose, le combat entre les deux hommes, quoique bref, devait être bruyant et se déroulait pas très loin de l’habitation. Si elles avaient été là, elles auraient entendu quelque chose et nous n’avons rien trouvé dans la cour sur une altercation autre. Les deux femmes sont mortes à l’intérieur.

— Dites moi comment vous voyez la scène.

Marchal apprécie le professionnalisme concis du duo.

— Le tueur était dans la place quand elles sont arrivées. Caché derrière une porte, celle des toilettes peut-être. Je le pense, car la jeune, après avoir posé son sac, s’est déplacée dans cette direction et n’a pas eu le temps… Il l’a prise à bras le corps, l’a retournée et lui a tranché la gorge, elle est tombée, il l’a enjambée, l’autre hurlait et lui balançait tout ce qui lui tombait sous la main, de l’autre côté de la table, d’où les débris éparpillés. Il avait un couteau, style commando. Elle s’est reculée vers l’évier, a pris une casserole, et un couteau de cuisine, mais c’est une vieille femme et lui, un grand costaud, il pare les coups, elle le blesse, le couteau tombe dans l’évier, elle essaie avec la casserole, mais il est trop tard, il porte le coup fatal, droit au cœur et le deuxième dans l'abdomen, de bas en haut, pour tuer une deuxième fois, finir le travail. Il est 11 h 30. Vous verrez avec le médecin légiste, on attend votre feu vert pour l'autopsie, et celui du procureur. La suite…

— On souffle un peu, si vous voulez bien, on s'y croirait.

L'enquêteur en chef sort prendre l'air sous le regard amusé des deux narrateurs.

— C'est la routine, vous savez, les éléments se mettent en place au fur et à mesure et nous, on assemble le tout.

— Vu comme ça, c'est quasiment un passe-temps pour vous, une énigme à résoudre, comme dans un jeu vidéo…

— Dix ans que l'on fait ce travail. Si nous prenions les faits au premier degré, nous serions bons à enfermer. Ici, c'est franchement tordu et on ne comprend pas vraiment pourquoi il s'est donné tout ce mal. Il a transporté le corps jusqu'ici, l'a soulevé et suspendu au crochet de l'ampoule du plafond. Le cadavre fait dans les 80 kg : le poser sur la table, le mettre debout dessus, la corde est déjà autour du cou, assurer la prise et nouer l'autre bout au crochet, redescendre, pousser la table, les jambes se balancent, attendre et vérifier si l'installation est solide. Et ce n'est pas fini : il récupère la jeune femme, l'assied sur une chaise, fait de même avec l'autre, leur pose la tête dans une assiette, disposée comme si elles déjeunaient, avec le sang qui coule toujours. Il dispose du pain, les couverts, éteint la lumière et s'en va. Hallucinant !

— Et le premier témoin les trouve tels quels trois heures plus tard. Heureux qu'il ne soit pas passé plus tôt, on aurait un mort de plus. Bon, vous me mettez tout ça noir sur blanc. Si vous remarquez un détail qui vous aurait échappé… Merci, et mon collègue Cottin vous remercie chaleureusement pour le coup de main.

— On plie et on rentre au bureau, un peu d'administratif… Je vous renvoie le tout par mail, les photos avec, que vous visualisiez ce que l'on vous raconte. Mine de rien, le témoin a eu un sacré sang-froid. J'en connais qui seraient partis en courant. Il est costaud votre témoin ?

— Pas spécialement. Pourquoi cette question ?

— Comme ça. On a vu des meurtriers prévenir la police, l'air de rien, participer, donner un coup de main à l'enquête, mais ils finissent par se prendre les pieds dans le tapis.

— Drôle d'idée. Non, notre homme est du genre « gentil », un peu paumé, je ne le vois pas, non, répéta Marchal avec un sourire, inoffensif au possible.

Le duo de limiers monte dans le fourgon et s'en va.

— Cottin, viens avec moi, on va jeter un œil derrière la porcherie, comme un pressentiment.

Les deux hommes rentrent dans le bâtiment, descendent près des stalles et poursuivent jusqu'à la porte. Curieux, elle n'a pas été forcée. Il n'y a plus rien ici, mais étrange quand même. Le talus qui sépare les deux exploitations est symbolique. Pas de sentier. Cottin observe le sol humide, l'herbe a été foulée récemment, de manière régulière, 60-70 centimètres d'intervalle, le pas d'un homme. Cottin s'écarte des traces, suit du regard les végétaux écrasés, avance et trouve ce qu'il cherche : le passage du talus, d'évidence une reptation. L'autre versant est quasi vertical, a nécessité un à-plat du corps, l'individu s'est saisi d'une branche de noisetier en amont pour se hisser de l'autre côté.

— Mon capitaine, c'était ça, votre pressentiment ?

— Le type est venu par ici, mais qui est-ce, et que faisait-il chez les Morel ?

La question ne nécessite pas de réponse, trop tôt.

— Je crois que Brignoud est rentré, il a peut-être des éléments à nous donner sur ce qui se trame par ici.

Cottin et Marchal retrouvent le troisième homme, qui les cherchait du regard.

— J'ai du neuf, une piste peut-être. J'ai rencontré le maire qui n'était pas content, il avait appelé le colonel, bref, il attendait notre visite.

— Rien ne l'empêchait de se déplacer… Et alors ?

— Il a eu un coup de téléphone il y a plusieurs semaines, suivi d'une visite. La BRGM, le Bureau de recherche géologique et minière est passé l'informer de la présence de géologues sur la commune dans les semaines à venir, c'était il y a trois mois environ.

— Oui, mais encore ? Ils cherchent du pétrole ?

— Il ne sait pas, il n'a pas eu d'autre contact. J'ai appelé le BRGM pour en savoir un peu plus, très aimable, sympa. Effectivement, quelqu'un de chez eux est venu, suivi d'une équipe de prospection…

— Mais ils cherchent quoi ? s'agace Marchal.

— Rien de précis sauf que, sujet sensible, un minerai suscite les convoitises : le lithium, pour les batteries, les éoliennes et d'autres applications.

— Et il y en a ici ?

— Des traces, d'après la fille que j'ai eue au téléphone, mais le plus étrange, m'a-t-elle confié : « Vous ne le répéterez pas, mais l'équipe n'était pas seule. »

— Comment ça ?

— Un tout-terrain arpentait le même territoire qu'eux, un véhicule de location, avec deux types et un équipement pro, comme dans les sociétés minières. Ils prélevaient. Les gars du BRGM sont allés les voir, à la fin. On leur a répondu qu'ils avaient les autorisations, ils sont partis juste après. La fille était très bavarde : renseignements pris, il n'y a eu aucune autorisation délivrée dans le coin et la mairie n'a rien vu non plus.

— Nous avons des types qui s'intéressent à ce qu'il y a sous la terre. Et ces gars cherchaient où sur la commune ?

— Ah, ça… Pas pu me dire. Le maire vous attend. Je lui ai dit que vous étiez pris, il a insisté, il sera à son bureau tout l'après-midi. J'ai oublié, il a vu la presse et ne savait pas quoi leur dire, je crois que c'est ce qui l'a vexé, d'être tenu à l'écart.

— Et au bistrot ?

— Rien de spécial. Ogier n'était pas très apprécié, pas du genre à aller traîner au café. Un pilier de bar m'a tout de même dit que c'était un bosseur, mais pas très malin. C'est tout.

— Les gars, nous avançons. Je vais voir l'élu, histoire qu'il puisse raconter quelque chose à la télé…

— Et nous, on raconte quoi, à la presse ? Vous avez vu, ils sont toujours là.

— L'enquête avance, un homme est recherché, un os à ronger, surtout rien sur les prospecteurs.

Le téléphone sonne, c'est Meyer.

— Oui ? Si j'ai encore besoin de vos gars ? Jusqu'à demain, le temps que la presse se calme un peu et dégage le terrain. Pas très envie de découvrir des images sur Internet demain matin. Et on protège la voisine. Pas de trace de Morel ? Non, toujours pas. Vous vouliez me voir ? Pour faire le point, vous avez raison, j'aurai besoin de vos services, nous avons quelques éléments nouveaux. Je vais voir le maire de la commune, et je vous rejoins. À tout à l'heure.

Marchal remballe son portable.

— J'y vais. En attendant, allez faire un tour dans les autres fermes, plus haut sur la route. C'est plus loin, mais on ne sait jamais, il n'y a pas grand monde, un mouvement suspect est vite repéré, un 4 x 4 par exemple sur un chemin. Je rentre chez moi après la visite à la brigade. Faites de même, on se retrouve demain, ici.

— À demain.

— À demain.

Les trois voitures démarrent et sortent de la cour. Le gendarme en faction ronge son frein. Il sera relevé vers 18 heures, un relais jusqu'à minuit, puis un autre vers quatre heures et demain, il reprendra à huit heures. Plus bas sur la route, surveillance de la ferme, protection nécessaire, a dit le chef. Deux véhicules de la presse démarrent simultanément. Un troisième est stationné plus bas, deux personnes à bord. À surveiller aussi.

Le soleil descend sur l'horizon, la journée s'achèvera dans une relative tranquillité. La fumée s'élève au-dessus de la ferme des Morel, Agathe a allumé le poêle et attend son mari.

Deux jours plus tôt

Patrick Morel est nerveux au volant de la voiture de sa femme. Il lui a laissé l'autre véhicule. Il n'a que 70 kilomètres à parcourir, la Clio suffira. Tout cela va mal finir, se dit-il.

L'entrevue de ce matin avec Ogier a été houleuse, celui-ci insultant envers le visiteur et ses propositions plus que généreuses. Comment peut-il refuser ? Lui ne refuse pas. L'avocat est resté posé, a pris acte du refus sans mot dire, il n'y avait aucun argument à opposer à un homme visiblement perturbé avec lequel toute conversation était impossible. Il n'avait pu le raisonner, l'autre le fusillant du regard à la moindre tentative de prise de parole.

Me Matthews et lui-même, de retour à la ferme, ont conclu un préaccord. L'avocat lui a remis les billets de train pour Londres : il sera attendu à St-Pancras. On se reverra demain pour l'accord de cession final, dans un salon réservé à l'hôtel où une chambre lui aura été réservée.

Aucune mention d'Ogier, qui finirait bien par céder, d'une manière ou d'une autre, avait ajouté l'homme de loi.

D'une manière ou d'une autre, Morel n'aime pas l'expression, mais cela ne le regarde pas. L'autre a toujours été une tête de mule, un peu bas du front, pense-t-il, pas fichu de trouver une femme dans le coin, obligé de s'abaisser à « acheter » une fille de là-bas ; acheter est le mot, avec la belle-mère, sinistre sorcière qui donne des frissons à Morel rien qu'en regardant. Tu as trop d'imagination, lui dit Agathe, elle n'est pas d'ici, elles ne resteront pas, tu verras. Depuis la vente des bêtes, Ogier broie du noir, il y a de quoi. Il vit le quotidien sur le fruit de la vente de son cheptel, un des deux tracteurs a été vendu lui aussi. Il n'a plus les moyens de cultiver sa terre, techniquement. Il ne peut que vendre, que faire d'autre ? Et Morel dans la voiture, rumine ce refus. Incompréhensible. La firme ne va pas aimer. Matthews sous ses airs civilisés est un animal à sang-froid et le rapport risque d'être salé.

À Rennes, il laisse la voiture dans le parking de la gare.

16 h 35, c'est l'heure du TGV. 21 h 30 à Londres, heure anglaise et une voiture à l'arrivée.

Patrick Morel s'installe dans le train. Une heure et demie plus tard, il arrive à Montparnasse. Deux heures de battement, il a le temps de dîner avant de changer de gare.

20 h 13 : gare du Nord. Deux heures et dix-sept minutes plus tard, il entre en gare de St-Pancras, son terminus.

Effectivement, on l'attend, pancarte à son nom, véhicule aux couleurs de l'hôtel Sofitel, non loin du siège de la firme. Patrick Morel ne sait comment appeler l'entreprise qui l'a contacté il y a plusieurs mois déjà. Il n'a pas été question d'argent lors de la première entrevue, juste une demande d'autorisation d'arpenter ses terres, rien de précis, quelques prélèvements, sans dommage aucun pour ses cultures et quelques renseignements sur son voisin. Il l'appelle LA FIRME, son nom n'a aucune importance. Il est à Londres ce soir, le rendez-vous a lieu demain pour la signature, vers 10 heures, dans une salle de l'établissement réservée à cet effet. Il s'étonne quelque peu que ce ne soit pas au siège de l'entreprise, mais ne pose pas de question. Les us et coutumes de ce milieu lui échappent complètement.

Sa petite valise lui est retirée des mains, les clients ici ne portent pas leurs bagages :

— *Don't worry, we carry all luggages into the room of the customer. You're welcome, enjoy your stay.*

Il se plie volontiers au rituel, il est fatigué et ne va pas traîner. La journée a été longue, debout depuis 6 heures.

Agathe est couchée, 23 heures, heure française.

Un simple texto : *Tout va bien, ma chérie, je t'embrasse.*

Il aime sa femme plus que tout. Il veut lui faire la surprise. Elle ne dit rien, mais il sent que la vie de ferme ne lui convient pas, d'autres horizons l'attirent. Il la surprend parfois, le regard au loin, entre deux tâches harassantes. Elle l'a épousé… par défaut, il se doute que ce n'est ni son physique (petit et râblé) ni sa fortune personnelle qui l'ont poussée dans ses bras. Elle voulait se débarrasser de Vincent Meyer, le gendarme qui lui faisait une cour assidue et dont elle ne voulait pas, mais ne savait comment lui dire. Rien de mieux – facile pour une jolie fille – qu'un autre galant et hop, me voici, se dit Patrick en se regardant dans l'immense miroir qui fait face au lit, *king size*, pour amants déchaînés.

Ce sera pour une autre fois, avec Agathe, se faire pardonner cette escapade, avec elle, fêter une nouvelle vie, et les moyens qui vont avec, d'autres projets, des idées, il en avait toujours eu, pas de raison que ça change.

Il regarde songeur par la fenêtre, voit le Parlement et la Tamise dont il distingue les eaux argentées par les lumières de la ville. Saint James's Park jouxte l'hôtel, pénombre entrecoupée par quelques réverbères. Le calme règne.

Le sommeil le prend dès qu'il s'allonge sur le lit.

Matthews descend de l'avion privé qui vient d'atterrir à Gatwick.

Ils ne vont pas être contents.

Activer le plan B n'est pas au programme, mauvais pour les affaires en général, si le plan A n'est pas bon, c'est toute l'affaire qu'il faut reprendre ou… abandonner. Ils ne voudront jamais.

Rendez-vous à 17 heures à Saint-James.

17 heures, salle du directoire, *Chief manager* Europe.

— Vous avez un quart d'heure.

— Le deuxième propriétaire ne vend pas.

— D'autres interlocuteurs possibles ?

— Non.

— Et si plan B ?

— Le terrain tombe dans le domaine public, on peut discuter avec l'autorité locale, discrètement, c'est jouable, serré, mais faisable.

— Le délai ?

— Quelques semaines jusqu'à plusieurs mois, l'administration française et… quelques militants potentiels si…

— Discrétion totale, rien ne doit filtrer. Faites le nécessaire. Activez le Plan B et pas de bavures. Le premier acheteur est toujours partant ?

— Il sera à Londres ce soir. Rendez-vous demain matin au Sofitel.

— OK, n'oubliez pas, pas de bavures. Ce n'est pas un projet majeur pour nous, juste nécessaire pour asseoir notre présence. À demain matin. Ce sera tout. Merci.

— À demain.

Téléphone en main, Matthews sort de la salle :

— Activez le plan B et surtout pas de blague, je veux du travail propre, que cela soit crédible. C'est ça. Il est sur place ? Demain matin, plus vite sera le mieux. Tenez-moi au courant. Je serai en rendez-vous entre 10 et 11 heures demain matin, appelez-moi dès que le travail sera fait. Bonsoir, à demain.

Jour J

Le jour se lève sur Londres.

Il fait beau en ce mois de novembre, chacun profite de ce répit dans le parc St-James, les adeptes du jogging se mettent en ordre de marche, prémices d'une journée de labeur au bureau, décompression au petit matin dans la fraîcheur du sous-bois. Tonique, se dit Morel en jetant un œil par la fenêtre. Il connaît bien le coup de fouet du vent qui pique, de la pluie qui fouette le visage ou la caresse du soleil matinal, filtré par une brume qui s'effiloche. Ce n'est pas un poète, le Patrick, il est ici, ce matin, dans la capitale anglaise pour donner un autre sens à sa vie, à leur vie : Agathe et lui vont changer de direction. La poésie du chemin creux dans le bocage ne l'a jamais fait vibrer, il a hérité d'une terre ingrate qui ne donne que ce que tu lui arraches, de bestiaux dont tu deviens l'esclave, de marchands qui te plument, le tout pour des clopinettes.

Il ne connaît pas encore le montant de la transaction. Deux, trois millions, c'est ce que l'avocat anglais lui a laissé entendre. Ogier est idiot. Sa ferme est plus petite, mais 1,5 million, ça ne se refuse pas, et sa Malgache, elle ne va pas rester bien longtemps, il peut en être sûr. Quel c… !

Il a demandé le service en chambre, pourquoi se priver ?

Il a tout le temps, un petit tour ensuite dans le parc en attendant le rendez-vous, s'aérer avant le grand saut.

10 heures.

Le hall de l'hôtel voit passer moult gens affairés, le tout dans un silence impressionnant. Les luxueux tapis atténuent fortement les pas rapides et volontaires de décideurs en route vers leurs rendez-vous. Tel apparaît Jeremy Kenwood, *Chief executive officer* des relations extérieures de LA FIRME, également sommité juridique, accompagné de Me Matthews, qui, apercevant Patrick Morel, presse le pas en désignant celui-ci à son supérieur.

Morel déambule nonchalamment et voit arriver les deux hommes, s'arrête un instant puis se dirige vers eux, le bras tendu, main ouverte et le sourire aux lèvres.

— Messieurs, vous êtes ponctuels, merci. Désolé, je ne parle pas anglais…

— Pas de souci, M. Morel, M. Kenwood parle français, il a travaillé dans votre pays, à Paris pendant quelque temps. Nous avons réservé un petit salon, celui du prince Edward, ici à gauche.

— M. Morel, bienvenue en Angleterre, vous êtes bien installé ? s'enquiert Kenwood avec un large sourire.

— Tout va bien, je vous remercie, répond Morel un peu hésitant face à une telle avalanche de mondanités.

— Nous y voilà, installez-vous. Nous avons préparé le contrat de cession afin de gagner du temps. Un café, un thé ?

— Un café, s'il vous plaît, vous êtes bien aimable.

L'hôtesse d'accueil sort discrètement de la pièce et revient quelques minutes plus tard, un expresso en main.

— Voici le contrat, poursuit Matthews.

Kenwood prend le relais, le tout dans un ballet parfaitement orchestré.

— Un point important : nous avons rajouté une clause de rétractation, obligatoire en France au cas où vous changeriez d'avis, mais j'ai cru comprendre que vous aviez des projets d'avenir. C'est bien, vous êtes jeune, vous avez le temps d'entreprendre, rien de tel que l'entreprise pour donner un sens…

Matthews tousse.

— Je m'égare, excusez-moi. Vous avez une question ?

— Oui, très simple : combien ? Quel est le prix ? Le prix était en suspens, vous attendiez un prix de référence de la terre agricole dans ma région, je vous l'aurais donné si vous me l'aviez demandé.

— Nous préférons prendre des références officielles récentes, nulle méfiance à votre égard, mais c'est ainsi que nous procédons.

— Et vous avez trouvé ce que vous cherchiez ?

— Bien sûr, Me Matthews va vous donner tous les éléments. Allez-y.

— L'hectare de terre agricole est à 6 000 euros. Nous avons décidé de vous acheter votre terre à 20 000 euros l'hectare, plus 400 000 pour les bâtiments, ce qui nous fait un total de trois millions pour l'ensemble : 130 ha, la maison d'habitation de 130 m^2, deux hangars, une stabulation pour vaches laitières de 500 m^2, une porcherie de 2 000 m^2, le tout vidé des animaux, de l'instrumentation et autre matériel que vous vendrez facilement, sans aucun doute. Nous nous sommes permis de contacter votre banque via notre établissement bancaire, nous soldons également le crédit immobilier des bâtiments d'exploitation, soit un montant de 127 283,75 euros pour être précis. Je crois que je n'ai rien oublié. Vous avez certainement des remarques ?

Morel ne dit mot. Impressionné par le professionnalisme des deux personnages, il ne pouvait qu'acquiescer, le rêve prenait forme. Il restait à prendre rendez-vous chez le notaire.

— Il faut passer chez le notaire…

— Nous avons contacté Me Boscher, votre notaire, me semble-t-il, nous attendions votre approbation pour confirmer un rendez-vous pour le compromis, puis un autre trois semaines plus tard, nous pouvons raccourcir les délais au vu de l'importance du dossier. Rien d'autre ?

— Je ne vois pas, vous avez tous les éléments. J'ai quelque chose à signer ?

— Un contrat, entre les deux parties, comme quoi l'affaire est conclue, en attendant l'officialisation devant l'officier ministériel dans votre pays. Dernière chose, nous vous donnons aujourd'hui un chèque de cent mille euros, comme gage de notre volonté d'aboutir, un bonus en quelque sorte.

— Merci à vous, que dire de plus ?

— Bonne chance pour votre nouvelle vie à venir. Vous restez à Londres jusqu'à demain, il me semble. Profitez de votre journée, elle s'annonce splendide.

— C'est prévu. Merci encore.

Les trois hommes se lèvent et sortent du salon, Matthews a les yeux rivés sur son iPhone. Il devient livide et déglutit.

— Quelque chose ne va pas ?

Kenwood se penche vers l'avocat qui lui montre l'écran sur lequel s'affiche un message.

— *Bloody hell* !

— Un souci, messieurs ? demande Patrick Morel vaguement inquiet.

Les deux Anglais le regardent bizarrement.

— Non, répond le *Chief officer,* le premier à recouvrer ses esprits, les affaires, juste les affaires. Nous vous laissons, bonne journée M. Morel. À bientôt.

Matthews lui fait un vague salut et les deux hommes se précipitent vers la sortie, visiblement troublés.

Ah ! Les affaires, quel univers impitoyable, blague-t-il, très peu pour moi. Wouah ! Il sauterait presque de joie, il se retient, l'endroit est trop feutré et pétri de bonnes manières. Une satisfaction intérieure l'envahit.

Morel appelle sa femme, lui dit que tout va bien, elle l'écoute, lui parle de la ferme, des soucis quotidiens, lui demande :

— Où es-tu ?

— Je te raconterai, je rentre demain. J'ai une grande nouvelle, je te fais la surprise.

Elle lui redemande, insiste, il ne cède pas, une surprise… Elle n'aime pas, elle le sent fébrile et avec lui, elle n'est pas rassurée, il s'emballe tellement vite et le type hier, la Mercedes, la visite chez Ogier… Que prépare-t-il ?

Éric et elle font tourner la ferme depuis hier, s'occupent des bêtes quand il n'est pas là, heureusement Éric sait. Pour certaines choses, il faut être deux, elle remplace son mari. L'ouvrier la rassure, maladroitement, il va rentrer. J'espère qu'il va rentrer, il est drôle lui avec son air benêt, costaud comme un bœuf. Il lui rappelle une lecture, il y a longtemps, ce type un peu simple, comment s'appelait-il déjà ? Un petit bouquin, ah oui ! Lenny, *Des souris et des hommes*, deux ouvriers agricoles aux États-Unis, un grand costaud et son copain, de ferme en ferme… Ça se termine mal.

— Tu rentres demain, c'est bon ? Il y a du bruit derrière toi, j'entends mal, je t'aime.

Il a raccroché et cette cloche en bruit de fond lui rappelle… Elle ne se souvient plus.

— Madame, madame, il faut mettre les vaches dans le pré derrière comme le patron a dit. J'ai branché la clôture électrique. Pas difficile, elles connaissent le chemin, mais il faut fermer la barrière derrière elles, j'ai besoin de vous.

— J'arrive répondit-elle, je te rejoins.

Le bruit d'une grande ville. Où est-il ? Elle ferme machinalement la porte de la stabulation, elles sont sorties malgré le temps, les bourrasques sont fortes, mais Patrick a dit de les faire prendre l'air quelques heures. Elles rentreront aussi facilement qu'elles sont sorties, rien de sorcier.

Éric doit prendre le petit tracteur, du bois à aller chercher, avant et après déjeuner, jusqu'au soir et demain matin aussi. Il faut rentrer les bûches avant d'attaquer l'hiver, la chaudière mixte a faim, une idée du patron, qui n'en manque pas, se dit l'ouvrier, mais beaucoup de manutention. Il n'est pas fainéant et puis en cette saison, les travaux des champs sont très ralentis, il faut s'occuper, justifier le gîte, le couvert et le salaire. Ils ont été bien, les Morel, avec lui. Personne ne voulait de ce garçon un peu bizarre, qui parle tout seul, l'air en dessous, comme on dit ici, un solitaire, inquiétant, mais eux n'ont pas craint le qu'en-dira-t-on. Il est costaud et dans une ferme, un homme fort est utile si on lui dit quoi faire et quand le faire. Il a été embauché il y un an, à l'essai au début, justement pour ramasser le bois avant l'hiver. Il a sa chambre avec une entrée indépendante et la douche, ah la douche, c'est bête, mais c'était la première fois qu'il avait un cabinet de toilette pour lui seul, remerciant Patrick qui ne comprenait pas pourquoi tant de joie sur le visage du géant.

Il part avec le tracteur, preuve de confiance.

— J'y vais, madame.

— À tout à l'heure, à 13 heures, pour manger.

— Je serai là.

Elle est soucieuse, mais confiante malgré tout. La matinée se passe, Éric rentre déjeuner et repart, l'estomac plein. Elle doit nettoyer la porcherie, vérifier s'il y a des malades, passer le jet. Elle n'aime pas, l'odeur surtout et les cochons stressés peuvent être agressifs, entre eux et quelquefois avec les humains, c'est arrivé.

Vers 16 heures, elle s'octroie une pause. Il fait vraiment un temps pourri. Dans la cuisine-salle à manger, elle regarde par la fenêtre et voit passer un véhicule puis deux, les gendarmes, cela y ressemble. Le pignon est aveugle au rez-de-chaussée. Curieuse, elle monte à l'étage, une chambre donne du côté de la ferme d'Ogier. Elle distingue sous la pluie battante deux véhicules de gendarmerie et une Renault, comme la sienne.

Chacun ses problèmes, le voisin ne lui a jamais été très sympathique, rien à en dire, un ours qui vous regarde, ne vous dit pas bonjour et passe son chemin.

Elle a du travail, la nuit tombe vite et avec ce temps, dans une heure, il fera nuit.

Éric rentre au crépuscule, le tracteur dans le hangar, et se réfugie en courant dans sa chambre, une douche et un jeu vidéo, en attendant le dîner. Il a vu des voitures chez le voisin. Il demandera à madame Agathe, elle sait peut-être.

Agathe n'en sait rien et s'en fiche. Elle le lui dit. Elle est fatiguée et ne traînera pas ce soir devant la télé. À l'étage, toutefois, elle regarde de nouveau. La lumière est allumée dans la cour ainsi que dans la porcherie vide. Un homme ouvre la porte du bâtiment, regarde dans sa direction, vers la maison. Elle a un mouvement de recul bien qu'il lui soit impossible à cette distance de la voir, et la lumière de la chambre est éteinte. Qui est cet homme ? Un véhicule de gendarmerie quitte la ferme. Un fourgon est garé devant l'habitation, porte arrière ouverte.

L'homme referme la porte.

Après le dîner, Éric est retourné dans sa chambre. Elle range la cuisine, jette un œil sur les e-mails.

Il est 21 heures.

Un dernier coup d'œil à côté, la cour est toujours éclairée, le fourgon toujours ouvert.

Elle est fatiguée.

Son homme lui manque, terriblement.

Le livre de chevet reste inerte sur la table. Elle éteint la lumière, s'allonge, les yeux ouverts dans l'obscurité. Patrick la trompe-t-il ? Elle chasse cette idée de son esprit. Espèce d'idiote ! Il a une surprise, pour elle, pour eux. Une maîtresse ? Il n'est pas homme à se compliquer la vie. Je verrai demain, songe-t-elle en se tournant sur le côté, position qui l'entraîne rapidement vers un profond sommeil.

Elle entend au milieu de la nuit un bruit de moteur qui démarre puis s'estompe ; sans inquiétude aucune, elle se rendort.

J + 1

Le ballet des véhicules de police reprend ce matin et la presse aussi, un camion de télévision.

Agathe, devant son café, se réveille. Elle a remarqué l'inhabituelle circulation sur la route. Elle est allée dans la chambre, la lumière brûle toujours chez le voisin. Le fourgon n'est plus là. Elle aperçoit un gendarme en uniforme qui fait les cent pas. Il se passe quelque chose de grave. Un homme monte la garde.

Qu'y a-t-il à garder ?

Quelqu'un va venir les voir, elle ne comprend pas. En général, les voisins sont visités par la police, témoins possibles, mais de quoi ?

Le travail m'attend. Il est trop tôt pour un coup de téléphone de Patrick. Il rentre aujourd'hui, même s'il n'appelle pas…

Arthur tourne en rond dans sa grande maison. Il n'y a plus de raison particulière de garder la bâtisse. Ne pas se précipiter toutefois, sait-on jamais ? Mais il ne souhaite pas vraiment. Il a agi comme il devait, il a bien pesé, il s'est trompé.

Les faits divers dont il croise la route en ce moment sont de nature à lui occuper l'esprit. Il n'a plus guère envie d'arpenter la campagne à la recherche de pigeons à plumer, et tomber sur des drames familiaux. Il a du temps à tuer.

Aller voir Jo, ce type porte le poids du monde sur ses épaules, presque attachant, l'aider, de quelle manière, il ne sait pas. Et puis, l'enquêteur de ce matin peut avoir besoin, une idée, là aussi, il y a matière, compliqué.

J'irai voir de ce côté, se dit-il. La presse dit ce qu'on lui transmet : drame familial, c'est la version officielle. Difficile de contester, il a vu le tableau, il sait. Il le sait d'autant plus qu'il a osé. Le temps d'attendre les gendarmes, vingt minutes.

Suffisant.

Il n'a pas résisté. Il est retourné dans la maison. A pris des photos, plusieurs, beaucoup.

Depuis hier, il n'a pas regardé, pas le courage. Inutile de mentionner ce « détail » au policier.

L'instinct a eu raison de son épouvante, l'instinct de quoi, du chasseur d'images, de l'exceptionnel. Si la presse… même pas en rêve, gros ennuis en perspective et puis, non, observer, voir ce que la police n'a pas vu. Présomptueux, un amateur, le regard de l'innocent voit ce que l'œil aguerri d'un homme de terrain ne distingue plus.

Il regardera ce soir. En attendant, il retourne chez Jo, s'il y est encore.

Son portable vibre. Il doit signer sa déposition à la gendarmerie, c'est sur la route.

Jo fixe le sol bétonné de la cellule de dégrisement dans laquelle il se trouve. Jo en rigole presque. Il n'a jamais mis les pieds ici, lui qui roule sous la table plus souvent qu'à son tour, qui a conduit sans permis, dans un état second, souvent. Il est ici en transit. Les gars de Rennes viennent le chercher. Franchement, est-ce que j'en vaux la peine ?

Arthur rentre dans la gendarmerie.

— Bonjour, je m'appelle Arthur Simon. J'ai une déposition à signer.

— Une pièce d'identité, s'il vous plaît. C'est bon, merci. Veuillez signer là.

— C’est tout ?

— Oui monsieur, on vous recontactera, le procureur ou le juge, pour affiner, si des détails vous reviennent. Merci de votre collaboration.

Des détails, se dit Arthur, rien de sûr, mais on verra ce soir.

Il reprend la route, direction la campagne de Jo.

Jo a entendu la voix d’Arthur, la cellule est la pièce à côté de l’accueil. Garçon sympathique. Pas sûr qu’il le revoie, pas sûr qu’il rentre de Rennes.

La porte s’ouvre de nouveau, autres voix, de vieilles connaissances, Dumoulin et Le Person, pas la même chanson.

— Alors, M. Le Cam, vous n’étiez pas bien chez nous ? Nous obliger à revenir, c’est pas sympa. Vous comptiez aller où comme ça ?

— J’sais pas.

— On y retourne. C’est parti. Excusez le dérangement.

— Pas de quoi. Bonne route.

Venir à deux pour me pêcher ici, ils me prennent pour qui ? Je leur fais peur ou quoi ? Jo monte à l’arrière de l’auto, avec l’un des deux. « Au cas où je sauterais en route », marmonne-t-il.

— Vous dites ?

— Rien, je me dis que venir à deux pour un gars comme moi, vous n’avez pas grand-chose d’autre à faire…

— À deux parce que c’est la procédure et tu nous as déjà faussé compagnie une fois, on ne va pas tenter le diable. Il sera trop tard pour discuter en arrivant. Tu es logé gratis, et on causera demain matin, si oui ou non, tu as…

— Occis le vieux, j’ai déjà dit que non.

— On en reparle demain.

La voiture glisse sur le bitume, temps sec.

45 minutes plus tard, elle pénètre dans le parking de la PJ. Jo et son sac, entouré des deux inspecteurs, marche d’un pas mesuré, l’air absent.

Les cellules de nuit sont au sous-sol, prévues pour de courts séjours, interrogatoires, gardes à vue. Un lit, une table, une chaise, une cuvette de w.c. C'est propre. Jo constate qu'ici les draps sont changés, pliés sur le lit.

— Le dîner est dans une heure, on t'apporte ça sur un plateau.

— Merci.

Arthur trouve porte close chez Jo, s'arrête au café.

Accoudé au bar, il prend un thé. Pas d'alcool.

Peu de clients.

Un seul, petit vieux devant son verre de vin, semble parler tout seul.

Françoise, derrière son bar, essuie ses verres avant de rejoindre l'arrière-cuisine. Le tic-tac de la pendule publicitaire accrochée au mur accompagne les murmures du vieil homme.

Françoise, de retour dans le bar, apostrophe avec douceur le bonhomme :

— Arsène, il faut que tu rentres, ta fille va s'inquiéter encore.

— Qu'est-ce que tu dis ? marmonne l'Arsène.

— Tu sais bien. Il fait semblant, répond-elle en regardant Arthur. C'est comme ça tous les jours. Allez, soit raisonnable. Tu paieras demain.

Le vieil homme se lève, ajuste sa casquette, ouvre la porte et s'en va sans un mot.

Arthur se sert le thé. Il a trop attendu. Celui-ci sera trop fort.

— Vous avez un sucre, s'il vous plaît ? Trop fort pour moi.

— Trop infusé : une minute, voire deux, pas plus…

— Je sais, je regardais ce monsieur qui parlait tout seul.

— Vous habitez dans le coin ? Je vous ai vu l'autre soir avec Jo, je ne sais pas si c'est le moment…

— Il m'a raconté. Je l'ai rencontré sur votre parking. Pas en forme ce soir-là, lui comme moi. Il m'a raconté…

— Jo raconte n'importe quoi si on lui paie un coup.

— Oui, je veux bien, mais ce qu'il m'a dit l'autre soir…

— Qu'il a tué son père… Dès qu'il a un coup dans le nez, il raconte ça à tout le monde.

— Ce n'est pas banal, et les ennuis qui vont avec…

— Justement, les flics de Plémet sont revenus le chercher. Il est à la gendarmerie, en attendant qu'il retourne à Rennes. À force de raconter ça et avec d'autres qui l'enfoncent, ils vont y croire, à sa culpabilité.

— Il ne l'est pas… J'ai reparlé avec lui, à jeun.

— J'ai vu votre voiture monter l'autre matin. Je ne vous espionne pas, mais d'ici, on voit tout et… il ne se passe pas grand-chose dans le village.

— Non, pas hier matin, hier soir…

— Vous ne vous quittez plus ?

— Une coïncidence, je l'ai trouvé hier dans la rue à Plémet, il rentrait de Rennes, en bus et marchait vers chez lui. Je l'ai pris, je rentrais chez moi après… après l'après-midi que j'avais passé et je voulais voir les infos à la TV avant de le ramener chez lui. On a parlé un peu, de lui, de sa famille, de son père et de l'accident, le feu et la suite… Ce type n'a tué personne, il se tue, lui, par contre, à pleurer sa vie, bon sang, je ne savais pas que c'était possible.

— Chris n'est pas là, mais…

— Chris ?

— Mon compagnon. Jo est un vieux copain à lui. Je doute qu'il vous lâche un mot sur l'histoire de Jo.

— J'aimerais l'aider, mais je ne sais pas comment et puis… il y a l'autre histoire, vous avez vu les infos, ces trois morts…

— L'horreur ! Quel rapport ?

— C'est moi qui ai trouvé les corps… Je suis commercial, je visite les gens chez eux, et là, je devais… et… Arthur se fige… Excusez-moi.

— Et vous avez prévenu la gendarmerie. Ils ont parlé d'un témoin, c'est vous ? Ce n'est pas banal, vous ne vous ennuyez pas, si je peux me permettre, je sais, ce n'est pas de très bon goût, mais pourquoi s'intéresser à un pauvre gars après ce que vous avez vu ? Partez quelque part, au soleil…

— Impossible. Restez discrète, je tiens à mon anonymat dans cette histoire. Quant à Jo, je pense que s'ils le laissent parler, à jeun, il sera disculpé. Ils n'ont rien que des ragots. Je vous donne ma carte si vous le voyez réapparaître, faites-moi signe, je vous en serai reconnaissante, ce type…

— Vous êtes du genre : « 3615 Causes désespérées ».

— 3615 ?

— Rien, laissez tomber. Je prends la carte. Je vous offre le thé. Ça va aller ?

— J'y vais. Oui, je rentre, quelques soucis personnels à régler. Merci pour le thé.

Arthur au volant rumine. Il parle trop. Gros défaut récurrent. En l'espèce, ce n'est pas le moment de se vanter d'avoir été le premier à… Elle, dans le café, doit parler régulièrement avec le localier et se faire mousser, l'autre fait son boulot, et la Terre entière saura qu'Arthur Simon était le premier sur les lieux du crime du siècle dans le département. Et merde !

Puisque j'y suis, je rentre, allons voir le musée des horreurs, sur grand écran, c'est pas vrai, je me prends au jeu. Tous sont morts dans cette ferme, nom de Dieu…

Les yeux se brouillent, trop, pas de taille à… Il le faut, il doit trouver un truc, il y a quelque chose qui cloche dans cette scène, mise en scène, personne n'y croit, alors pourquoi ?

De retour dans la grande maison, une grande frayeur le saisit.

Trop grand pour un homme seul, un peu flippant. Pas de médoc, pas d'alcool, rester lucide est un impératif.

Je ne le sens pas trop, ton nouveau passe-temps.
Âmes perdues, psychopathes en vadrouille.
Ça t'arrange qu'elle soit partie avec l'autre !

Je sais surtout qu'aujourd'hui, je ne peux rien faire. Je m'occupe, j'essaie de me rendre utile.

Utile ?
Le pauvre type dans sa campagne.
La famille massacrée dans sa campagne.
À qui le tour ?
Une veuve et son orphelin, non, tu as déjà donné !
Allons-y, en route.

Je sens comme une ironie amère.
J'ai du travail, en route comme tu dis. Visionnage.

Morel occupe sa journée.
De bonne humeur, il ne boude pas son plaisir.
Il ne connaît pas la ville, il a pris un guide. À l'hôtel, il lui a été proposé un *pass* avec un accompagnateur francophone. Voir l'essentiel dans la journée. Un peu court, mais il repart demain matin.
Il est déjà onze heures.
Piccadilly, tout près, Trafalgar Square ensuite, descendre jusqu'au Parlement et l'Abbaye de Westminster, un musée quand même, Turner à la Close Gallery. Morel a vu un livre un jour sur le peintre anglais. Il n'y connaît rien en peinture, mais sur celui-là, il a flashé. Agathe lui a dit qu'il avait bon goût, il était tout fier. L'occasion de voir les tableaux « en vrai », comme un gosse. Et Abbey Road...
Le guide n'a pas saisi, il n'y a rien à voir. Mais si, le passage piétons. Le guide sourit. Ah, ces Français, l'album des Beatles et les quatre garçons, le mythe absolu. Il va être déçu, mais pas certain non plus. Sherlock Holmes, il a existé ? Euh, non, mais on peut voir son appartement. Il n'a pas existé et on peut voir son appartement… Blagueur, ce guide. La journée passe très vite. J'ai une course à faire pour ma femme : Harrod's, c'est bien ? C'est cher ? Que répondre ? Les deux. On peut ? Bien sûr que l'on peut, vous avez l'argent,

j'espère... Oh, oui, plein... *A lot of money*, c'est préférable. Se garer ici est un cauchemar, mais avec la voiture de l'hôtel, je me mets dans la rue transversale, derrière les Bentley et Rolls des émirs. Je vous laisse, non, je reste là, je garde l'auto, je vous attends ; à tout à l'heure. Morel chez Harrod's : il se perd, regarde les étiquettes, ouvre des yeux grands comme des soucoupes. Il aime Agathe mais là, franchement... Ah, le rayon lingerie. Une hôtesse repère le Français (à des kilomètres), comprend son besoin, les mensurations de madame. Morel sort une photo de son portefeuille, en pied. Je vois ce qu'il vous faut, suivez-moi. Dessous chics, noir et rouge, affolants, l'imagination du monsieur est sans limites, un paquet-cadeau s'il vous plaît.

Morel, content, sourire béat, retrouve le guide après une demi-heure. Déjà ? J'ai trouvé, dit-il en montrant le paquet, comme un trophée. Mention est faite du rayon, sourires entendus.

Le retour à l'hôtel est rapide, le magasin de luxe n'est pas loin de l'établissement.

Morel est attendu.

Matthews et Kenwood font les cent pas sur le trottoir, manifestement nerveux.

Marchal sort du bureau de Meyer, un brave type, un peu désabusé, mais il fait le job. Il a parlé d'Agathe. Cette histoire le touche plus qu'elle ne devrait. Il s'inquiète, en tant que chef d'une brigade, trois morts d'un coup, ça n'arrive jamais et puis Morel qui disparaît. On le retrouvera, il l'espère. Il flaire un gros coup, une histoire de pognon, beaucoup d'argent et Morel n'est pas du genre à... quoi, mais à quoi ? Il irait bien voir Agathe, voir si le mari n'est pas rentré.

Vibration du portable.

— Marchal à l'appareil. La voiture de Morel ?

— À la gare de Rennes, dans le parking Nord.

— Rien d'autre ?

— Non.

— Merci de m'avoir prévenu. Attendez. Vous êtes ?

— Max Le Bellec, à la PJ de Rennes.

— Vous connaissez le motif de ma demande ?

— En lien avec les trois morts des Côtes-d'Armor, sale affaire.

— Comme vous dites. Votre patron est là ? Le commissaire, j'ai oublié son nom.

— Le Guyader, il est là. Il est occupé, un quart d'heure, vous pouvez attendre ?

— Qu'il me rappelle, ce soir…

— Il est réglo, le patron.

— Merci, je n'en doute pas.

Marchal éteint le smartphone. Laisser la femme de Morel hors du coup pour l'instant, il faut lancer les recherches, élargir le cercle, vite. Vibration.

— Le Guyader.

— Merci de m'avoir rappelé aussi vite. Voilà. Je dois procéder à la recherche d'un individu ayant pris un train dans l'après-midi d'hier à la gare de Rennes.

— Pour où ?

— Nous ne savons pas : Paris, Lyon, ou ailleurs. Il faut être discret, pas de presse, les vidéosurveillances à Rennes et surtout les gares parisiennes.

— Avez-vous une photo ?

— Non pas sur moi, mais avec le fichier des permis de conduire, je pensais…

— Pas de problème, mais c'est un gros boulot, qui demande des effectifs. Le visionnage peut être efficace. Donc, il est parti hier après-midi de Rennes : Montparnasse entre 17 et 20 heures hier, Lyon Part-Dieu de 18 heures à minuit ou Roissy, gare du Nord, de l'Est, Saint-Lazare… la gare de Lyon pas la peine pour le moment : s'il va à Lyon, il y a des directs. N'attendez rien avant demain midi, dans le meilleur des cas. Envoyez-moi une photo, en pied, dès que possible, c'est plus parlant. Il est suspect ?

— Non, pas directement, mais en lien avec les meurtres, c'est possible, trop de coïncidences.

— Je vous tiens au courant, bonsoir.

— Bonsoir, encore merci.

Marchal se félicite de cette collaboration, finies les bisbilles entre services.

Agathe, ma belle, j'ai besoin d'une photo de ton homme.

Le capitaine de gendarmerie démarre, sa voiture toujours garée sur le parking de la brigade de Merdrignac. Il est 18 heures. Elle va croire que je m'invite pour l'apéro et le dîner. Pas de blague. Le mari n'est pas rentré, si elle l'attendait aujourd'hui, elle ne va pas être très en forme, donc, du tact et de la délicatesse, et je ne traîne pas.

Arthur transfère les images du smartphone sur l'ordinateur.

Beaucoup de photos documentaires, un carnet de notes lui sert de fil d'Ariane, repères de lieux ou de rencontres.

Nous y voilà, sur l'écran s'affichent en vignette les clichés volés, volés à qui, à la police ? L'âme des défunts a trouvé un support visuel, d'outre-tombe, les morts parlent aux vivants, à lui, Arthur, dans un silence sépulcral, on arrête, pas besoin d'en rajouter.

La définition est excellente, ces appareils sont vraiment redoutables, l'amplificateur de lumière dissipe la pénombre jusque dans les coins les plus sombres de la pièce. L'écran de 24 pouces, format 16/9... l'accroche de Netflix, film gore, mais non, là, c'est réel.

Attends. Il se parle, Arthur, il a comme une angoisse, un tremblement quand il reprend la souris, il distingue sur un plan large, par-delà les corps à la blancheur cadavérique…

Zoom avant, la porte des toilettes, ouverte… entrouverte, une main posée sur le chambranle. Un frisson parcourt l'échine du jeune homme, il se retourne, a cru entendre un bruit, non, c'est le vent, dans cette maison, tout devient vite sujet à interprétation.

L'image est fortement agrandie. C'est bien une main, le bras n'apparaît pas, le reste non plus.

Arthur transpire abondamment maintenant, sueurs froides qui dégoulinent. « Je me calme », dit-il en dissociant les mots. « C-A-L-M-E », il épelle, inspire et expire.

Voyons l'image suivante. Il est rentré dans la pièce, plans de chacun des corps, contournement de la table, photos en rafales, au jugé, les suivantes défilent sur l'écran.

Stop, là : la même porte, la main, un visage, un regard, effrayé, effrayant, qui le voit, lui n'a rien vu, il ressort, tétanisé par sa propre audace, n'a pas regardé jusqu'à ce soir.

Ce soir, un peu plus de 24 heures après les faits, il a...

Qu'a-t-il ?

La suite montre la maison en extérieur, les gendarmes arrivent quelques minutes après qu'il a rejoint sa voiture. Il ne sait pas à cet instant que quelqu'un est ENCORE à l'intérieur.

Il reprend les images une à une, le cauchemar s'incruste.

Il y a en ce moment quelqu'un qui sait que lui, Arthur, l'a vu sur les lieux du crime.

L'assassin ?

DANGER. Le clignotant s'est allumé. Il est en danger, sans être parano, il y a un risque.

Une à une, il reprend le déroulé des images, s'arrête sur un plan : la pièce est en longueur, à l'arrière de celle-ci, agrandissement, une autre porte. Elle ouvre sur l'extérieur, la maison n'est pas très large, comme toutes ces longères bretonnes, tout en longueur.

Il est reparti par-là, avant l'arrivée de la cavalerie.

Et maintenant ? Où est cet homme ?

Il l'a vu prendre des photos, à deux mètres d'un triple assassinat.

Arthur a quitté les lieux une heure après, rentrant chez lui, est tombé sur Jo, à la maison d'abord puis le raccompagnant chez lui, ensuite, visite familiale, et retour ici. L'a-t-il suivi ?

Il n'a rien remarqué, mais dans l'état où il était, pouvait-il seulement envisager d'être suivi ? La réponse est non.

Marchal. Il doit appeler le capitaine.

Celui-ci, actuellement en route vers St-Jacut, réfléchit à ce qu'il va dire à la femme de Morel dont on a retrouvé la voiture. Musique dans l'auto, clé USB, sa *playlist* l'aide, active ses neurones, il fait presque nuit, la voix de Jim Morrison s'accorde à l'heure blafarde. Quelques kilomètres seulement le séparent de la ferme des Morel. Ces coins de campagne sont vraiment déserts. Il ne croise quasiment personne. Les phares balaient les talus à chaque virage, peu d'animaux, l'homme a définitivement pris possession des lieux.

Il gare son véhicule dans le sens du départ.

L'entrée dans la cour a déclenché une cellule photoélectrique, la lumière jaillit sur la façade. L'arrivée, qu'il voulait discrète, sera pour une autre fois.

Agathe sort à sa rencontre, visiblement agitée.

— Encore vous ? Mon mari n'est pas rentré si c'est lui que vous cherchez.

— Je sais. Nous avons retrouvé sa voiture, la vôtre, je crois, dans le parking de la gare de Rennes. Je peux rentrer ? J'ai à vous parler.

— Pour quoi faire ? Je vous ai dit tout ce que je savais.

— Je ne crois pas, Mme Morel, que vous m'ayez tout dit, vous avez oublié…

— Je n'ai rien oublié. Je l'ai eu au téléphone…

— Pouvons-nous rentrer s'il vous plaît ? J'ai de nouveaux éléments. Écoutez, je ne suis pas votre ennemi.

Elle le dévisage un instant, les yeux verts se mouillent, elle lui indique l'entrée, il la précède sentant la tension monter d'un cran. Qu'elle ne craque pas, surtout, il a besoin de savoir où se trouve Morel.

— Asseyez-vous. Vous voulez boire quelque chose ? Un alcool, c'est l'heure de l'apéro, dit-elle d'un ton faussement enjoué.

— Pas d'alcool, non merci, un coca, si vous avez…

— J'ai ce qu'il vous faut, je vais prendre une bière si ça ne vous fait rien.

— Faites comme chez vous.

Elle s'assoit face à lui, dans le fauteuil, lui dans le canapé.

— Londres.

— Pardon ?

— Mon mari se trouve à Londres et je suis follement inquiète.

— Pourquoi ne m'avoir rien dit ce midi ?

— Je ne savais pas ce midi. Je l'ai eu au téléphone, il n'a rien voulu me dire. Il avait l'air heureux, content, un peu excité, c'est ce qui m'inquiète, je n'aime pas quand il est... comme un gosse. Vous savez, c'est un gamin, naïf, il s'emballe, ensuite, difficile de l'arrêter.

— Londres ?

— Big Ben, j'ai entendu la cloche derrière sa voix, je n'ai pas reconnu au début, c'est après votre départ que j'ai fait le rapprochement, puis avec le type qui est venu hier…

— Un Anglais ?

— Il parlait français sans accent, c'est rare, mais en y repensant, un type très classe, c'est vrai, très *british*, là non plus je n'ai pas...

— Fait le rapprochement. Normal, vous êtes hors contexte. Vu d'ici, nous sommes loin de Londres et il faut que je vous pose une question précise. Vous m'avez parlé de ce qui se trouve dans le sol, non pas dessus, mais *dedans*, quelque chose comme ça, vous vous souvenez ?

— Patrick m'a parlé de prospection minière sur la commune. Le maire lui avait touché deux mots sur le sujet, en passant, un contact au téléphone. Et un jour, il est tombé sur deux types qui creusaient des trous dans un champ à nous. Pas content, il leur a demandé ce qu'ils fabriquaient, qu'il fallait demander, ça a failli mal tourner. Ils ont discuté…

— C'était quand ?

— Il y a trois mois environ.

— Ça colle avec ce que nous a dit le maire.

— Vous avez vu le maire ?

— La routine, les élus sont susceptibles… et ensuite, le monsieur avec la belle auto.

— Pas tout de suite. Les gars qui creusaient des trous sont passés ici. Patrick les a reçus dans le bureau. Je n'étais pas dans la confidence, on s'est engueulé deux ou trois fois sur le sujet. Je n'ai pas insisté.

Voilà, vous savez tout. Ils cherchent quoi ? Ils ont trouvé quoi ? Car ils ont trouvé quelque chose, n'est-ce pas ?

— Le lithium, ça vous dit quelque chose ?

— Pas vraiment.

— Je vous passe les détails, mais j'ai comme l'impression que votre terre en contient et… celle de votre défunt voisin.

— On tue des gens pour du… comment vous dites, lithium ?

— Possible, mais avouez que la coïncidence est troublante. Londres ! L'affaire se complique.

Le smartphone vibre.

— Excusez-moi. Oui, qui est-ce ? Arthur Simon ? Connais pas ! Le témoin, OK, je vois. Vous allez bien depuis ce matin ? Vous voulez me voir ? C'est urgent, vous avez du nouveau et… calmez-vous ! Vous êtes en danger, pourquoi ? Il y avait quelqu'un ? Où ? Sur la scène du crime ? Vous avez… Nom de Dieu ! Vous avez une voiture ? Écoutez, écoutez-moi ! Rejoignez-moi à la ferme voisine, oui, c'est ça. Je vous attends. Prenez quelques affaires, je sens qu'on a des choses à se dire… Quel merdier !

Puis, en se tournant vers Agathe Morel :

— Je vais devoir attendre le jeune homme qui a trouvé les cadavres… Ce petit con a outrepassé...

— Quoi ?

— Je vous en parlerai plus tard, chaque chose en son temps. Désolé, ce n'était pas prévu.

Patrick Morel, son cadeau à la main, marche tranquillement quand il voit les deux hommes. Un contretemps ? Rien n'est jamais acquis, il le sait.

Matthews aperçoit le Français, deux mots à Kenwood.

— M. Morel, vous avez fait du shopping ?

— Un cadeau pour ma femme.

— Vous avez eu votre épouse au téléphone ? Et vu les informations ?

Les questions fusent, Morel ne dit mot. Il lâche un « oui », puis un « non », réponses dans l'ordre des questions et ajoute :

— Un problème ? Vous semblez nerveux, se permet-il de dire.

— Ne restons pas là, le *pub* fera l'affaire, dit-il en montrant un établissement tout près.

— Que se passe-t-il ? J'ai eu ma femme ce matin, les travaux de la ferme, la météo, rien d'autre et non, je n'ai pas regardé les infos, je ne comprends pas votre langue, alors...

— Rentrons. Vous prenez ?

— Une Guinness, merci.

— Trois, s'il vous plaît. Il y a eu un évènement épouvantable près de chez vous, susceptible de retarder nos affaires, je dis susceptible…

— Oui ? Venez-en au fait, rétorque Morel, agacé par ces circonvolutions.

— Votre voisin, celui que nous avons vu, a, semble-t-il, commis l'irréparable. Il a tué sa femme et sa belle-mère et s'est donné la mort. La presse parle d'une scène digne d'un film d'horreur. C'est un commercial qui a découvert les corps.

— Et ça s'est passé quand ? demande Morel d'une voix mal assurée.

— Fin de matinée, début d'après-midi, on ne sait rien de plus. Votre femme ne vous a rien dit ?

— Elle n'aime… n'aimait pas trop Ogier, alors, ce qui se passe chez lui… Moins elle a de contacts, mieux elle se porte. Je devais l'appeler ce soir, lui dire que je rentre demain.

— Ce massacre, aussi épouvantable soit-il, ne remet pas en question notre accord qui reste pour l'instant un accord de principe. M. Ogier avait manifestement d'autres intentions.

— Et ses terres ? Vous les convoitiez aussi, non ? Sa mort vous arrange. Il n'a pas de famille, il n'en a plus, il n'y a plus qu'à ramasser, attendre un peu que les cadavres refroidissent…

— M. Morel, je vous trouve d'un cynisme détestable.

— Ne me faites pas pleurer ! Vous êtes des hommes d'affaires. Vous êtes présents, je me suis renseigné, sur toute la planète et LA

FIRME qui vous emploie n'a pas souvent d'états d'âme. La mort d'Ogier vous arrange et je n'en dirai pas plus…

— Poursuivez, je vous en prie. Attention à ce que vous allez dire.

— Je ne dis rien, juste un truc qui me chiffonne : Ogier était déprimé, dépressif, suicidaire, c'est possible, mais de là à trucider les deux femmes j'ai du mal à le croire.

— Vous nous accusez de…

— Je répète, je n'accuse de rien. Il est question de dizaines, voire de centaines de millions d'euros de chiffre d'affaires, c'est une aumône, ce que vous me donnez, je ne suis pas dupe. Et la cerise sur le gâteau : les terres d'Ogier sur un plateau, pour pas cher…

— Vous êtes ignoble…, balbutie Matthews.

— Ne jouez pas les vierges effarouchées. Ogier ne voulait pas vendre et vous sembliez fort contrarié avant-hier matin. Et le lendemain, celui-ci se supprime. Pas clair tout ça.

Les deux Anglais se regardent. Il est plus coriace et moins con qu'il n'y paraît, le paysan français. Kenwood, silencieux jusque-là, prend la parole :

— M. Morel, vous échafaudez des hypothèses qui n'engagent que vous, accusations très graves qui resteront entre nous. Cette conversation n'a pas eu lieu, vous me comprenez ?

— Pas très bien, mais vous m'intéressez, je suis tout ouïe, répond Morel, un léger sourire au coin des lèvres. Il sent que les hommes face à lui ne sont pas nets, être sur ses gardes, il est chez eux, il n'oublie pas.

— M. Morel, LA FIRME n'est pour rien dans cette tuerie, si Ogier, votre voisin, s'est donné la mort et a tué toute sa famille, nous n'y sommes pour rien. Sa situation personnelle n'était pas brillante et vous savez que nous lui faisions une proposition plus qu'honorable, vous étiez là, ne l'oubliez pas, avec Mr Matthews ici présent. Nous ne pouvons que vous donner un conseil : faites profil bas, rentrez chez vous et je vous le rappelle, cette conversation n'a pas eu lieu.

— Sinon ?

— Sinon quoi, M. Morel ? Nous représentons une entreprise comme vous l'avez dit présente sur les cinq continents, la moindre affirmation calomnieuse sera dénoncée en justice. Ne jouez pas à ça avec nous, vous n'avez rien à y gagner. Avec la police, dites ce que vous faisiez à Londres, rien d'illégal à cela, une coïncidence fâcheuse, nous nous occupons du reste et nos affaires communes suivront leur cours sans anicroche. Mr Matthews est avocat, nous irons au bout de notre transaction, et vous pourrez réaliser ce dont vous rêvez, avec votre charmante femme. Est-ce clair, M. Morel ?

— Très clair. Je rentre demain et reprends une vie normale, en attendant que tout cela se calme, j'ai bien compris, j'attends de vos nouvelles pour les rendez-vous chez le notaire.

Matthews et Kenwood se lèvent.

— Vous pouvez rester si vous le souhaitez, mes hommages à votre dame.

Kenwood reprend son manteau et sort.

— Je vous tiens au courant, rajoute Matthews. Surtout, restez tranquille, LA FIRME est une entreprise très… puissante. À bientôt au téléphone. Bonne soirée.

Morel reste assis quelques minutes puis se lève et sort à son tour. Il aperçoit Kenwood et Matthews qui marchent de concert sur le trottoir d'en face, se dirigeant vers le siège de l'entreprise, en grande conversation.

Il est épuisé.

Il doit appeler Agathe. Lui demander ce qui se passe. Elle a vu la police, c'était notre voisin le plus proche, ils sont venus la voir, depuis hier, les allées et venues et la presse, forcément. Bon sang ! Dans quel pétrin me suis-je fourré ? C'est là-bas que je devrais être.

Morel compose le numéro de sa femme : Sonnerie dans le vide. Il tape celui de la messagerie : « C'est moi, Agathe, rappelle-moi, s'il te plaît, je suis au courant pour Ogier, c'est passé aux infos ici, un suicide après l'assassinat des Malgaches. Et toi, tu as vu la police ? »

Il raccroche, trop brouillon, elle va paniquer, croire…

Agathe a laissé sonner, elle reprend son souffle après le coup de fil d'Arthur à Marchal. Elle a eu des coups de fil déjà, la presse. Comment ils ont eu son numéro ceux-là ?

Marchal rappelle Le Guyader, inutile de mobiliser toute la police d'Île-de-France pour les vidéos. La suite, c'est Londres et Morel.

C'est grand, Londres. Il est descendu quelque part. Il est arrivé à la gare de Saint-Pancras, je crois que c'est là que nous sommes arrivés avec Sophie pour un grand week-end. Pas sûr qu'il ait pris le train, on tente le coup.

Une voiture rentre dans la cour, un peu vite.

Arthur en sort, regarde derrière lui. La lumière jaillit de nouveau de la façade, aveuglante.

Il est déjà là le garçon ?

Agathe sort l'accueillir en tripotant son portable, elle vient de découvrir que Patrick lui a laissé un message, rappeler d'urgence.

— Vous êtes…

— Arthur, Arthur Simon, c'est moi qui…

— C'est vous qui avez trouvé les corps… et le chef des gendarmes n'a pas l'air content après vous, je ne sais pas ce que vous avez fabriqué, mais il est en pétard.

— Je me doute…

Arthur entend Marchal derrière Agathe :

— Vous allez m'expliquer qu'est-ce c'est que ce foutoir ? Vous avez un bureau ? demande-t-il à Agathe.

— À l'étage, première porte à gauche

— Merci, suivez-moi, jeune homme.

— Vous avez un ordinateur, j'imagine, je peux l'utiliser ? Arthur interroge Agathe, qui acquiesce en silence.

— Merci. Excusez-moi, capitaine, mais ce que j'ai à vous montrer…

— Suffira à me calmer… Avant, expliquez-moi ce que vous êtes retourné faire à l'intérieur, répond Marchal en montant les escaliers.

— Pour faire ce que vous allez voir maintenant et qui est susceptible de faire avancer votre enquête. Je ne le savais pas en retournant dans cette… boucherie, mais la suite me fait vraiment flipper.

Arthur allume le PC. Le mot de passe, il faut le mot de passe.

— Il nous faut le mot de passe, hurle Marchal dans la cage d'escalier.

— TURNER, T-U-R-N-E-R, répond Agathe, inutile de beugler de la sorte, je ne suis pas sourde et pour l'info, il faut que je rappelle mon mari, il a laissé un message, je lui dis quoi ?

— Attendez un peu, merci, il ne va pas s'enfuir, enfin, j'espère.

Arthur fait défiler les images :

— Regardez la main sur le pourtour de la porte. Et c'est la suivante qui est intéressante, un visage, effrayé.

— Nom de Dieu !

— Quoi ? Vous le connaissez ?

— Fermez ça ! Fermez, je vous dis ! répond-il à l'instant où Agathe rentre dans la pièce.

— C'est une projection diapos, un film de cul ? dit-elle sur un ton badin. Je l'appelle, mon homme ? Ou je le laisse en plan ? Parce qu'il avait l'air secoué au téléphone.

— Appelez-le et demandez-lui ce qu'il faisait à Londres et s'il compte rentrer.

— Il est au courant pour Ogier.

— Demandez-lui juste de rentrer dès que possible et… attendez, on s'en tient à la thèse du double meurtre suivi du suicide, pour ce qu'il fait à Londres, on en parlera à son retour. Inutile de lui mentionner ma présence. Merci, vous pouvez redescendre, je n'ai pas fini avec monsieur.

Marchal jette un œil, la jeune femme fait le numéro en descendant…

— Et alors, vous le connaissez, ce type ?

— J'ai mangé en face de lui ce midi. C'est l'ouvrier qui bosse ici : Éric, une sorte de géant inoffensif d'après sa patronne.

— Super ! Il habite où le gentil géant ?

— Il habite ici, mon bonhomme, et ça risque de faire du grabuge s'il vous voit là, le genre à péter un câble et, vu le gabarit…

— Vous comptez faire quoi ?

— Comme qui dirait : vous exfiltrer. Vous reprenez votre clé USB, prenez ceci.

— C'est quoi ?

— La clé de mon appartement à Saint-Brieuc. Je n'ai pas le choix. Vous m'apportez un coupable idéal sur un plateau, il faut vous protéger. Je ne fais jamais ce genre de choses, mais l'affaire est d'exception donc mesure exceptionnelle. J'habite au 44 boulevard Charner. Le code d'entrée dans l'immeuble est : 26 A. Deuxième gauche. Allez-y tout de suite, il y a de quoi manger. Ne traînez pas dans la cour, le gaillard habite une chambre, à droite en sortant avec une entrée indépendante.

— Il est là ?

— J'ai entendu le tracteur il y a une demi-heure environ. Il prend une douche et joue à des jeux vidéo en attendant le repas. Allez, filez, vite.

— Et vous, vous faites quoi ensuite ?

— Mon boulot. Allez-y, dehors maintenant, à plus tard.

Arthur, abasourdi, obéit sans discuter, dégringole l'escalier, un geste de la main à Agathe, ouvre la porte et court vers son véhicule. La voiture démarre et prend la route.

Marchal s'est peut-être précipité en expédiant Arthur, mais la sécurité prime.

Et ce gamin dans les pattes, non, il va trop vite en besogne, il l'horripile, le genre à tout comprendre avant tout le monde.

Dans l'instant :

— Mme Morel, vous pouvez monter deux minutes, s'il vous plaît ?

— J'ai eu mon mari au téléphone. Il va bien, s'inquiète pour moi et va rentrer demain, comme il l'avait prévu. Les décès le laissent dubitatif. Il trouve ça trop gros, les deux homicides et le suicide. Il ne m'a rien dit sur le pourquoi de son séjour.

— Il y a plus urgent, Mme Morel. J'ai des images à vous montrer, que l'on a copiées sur votre ordinateur. Je vous préviens, ce n'est pas beau à voir. Vous êtes prête ?

Agathe hoche la tête.

La scène du crime défile en de multiples plans. Agathe détourne le regard.

— Excusez-moi, mais ce n'est pas pour vous faire peur que je vous ai fait monter, regardez plutôt ceci, et ceci !

— C'est Éric ! Qu'est-ce qu'il fait là ? C'est le petit jeune qui a pris ces images, vous l'avez renvoyé parce que…

— Votre ouvrier est là ?

— Je suppose, je ne l'ai pas vu, il est censé transporter du bois jusqu'ici pour la chaudière. J'ai vu le tracteur, il est rentré dans sa chambre, comme tous les jours à cette heure.

— Écoutez, il y a plusieurs manières de procéder. Rien ne nous permet de l'accuser, en même temps, il était sur les lieux du crime, se cachait. Il est costaud, secret, il réagit vite, je l'ai constaté ce midi, méfiance.

— Je vais appeler quatre hommes, discrètement ils vont se positionner de chaque côté de la porte de son logement. Nous allons attendre l'heure du dîner, vous allez l'appeler et là, nous le neutraliserons, en douceur, je l'espère. Qu'en pensez-vous ? Vous vous sentez capable de faire ça, sans paniquer ?

Marchal compte sur le sang-froid de la jeune femme qu'il trouve étonnamment calme, comme si tout ceci était écrit, étrange sensation d'un scénario écrit par quelqu'un d'autre.

— C'est un gentil garçon, vous savez, j'ai du mal à le voir faire tout ça…

— Dans le doute, nous appliquons le principe de précaution. J'appelle le groupe d'intervention, dans une demi-heure, tout sera réglé. Pas de blagues, Mme Morel, ne le prévenez d'aucune manière, cela ne rendrait service à personne.

— Non, non, n'ayez crainte, je trouve que les évènements deviennent fous !

— Calmez-vous, je compte sur vous, vous êtes une femme forte, c'est le début d'une série d'épreuves. Trois morts violentes à cent mètres de chez vous ont obligatoirement des répercussions.

Marchal attend. Il s'est assis sur une chaise de la cuisine, prend un verre d'eau. Agathe s'affaire, préparant un repas, salade composée, dessert maison, rapidement exécuté, simple et efficace.

Un quart d'heure passe, un bip sonne.

— Ils sont là. Vous êtes prête ? Vous sortez pour l'appeler d'habitude ?

— Oui, je sors et crie un peu fort, les jeux vidéo couvrent ma voix.

— Ne changez rien.

Agathe sort sur le seuil, avance un peu, tressaille en voyant quatre hommes lourdement équipés,

— Éric ! crie-t-elle, le dîner est prêt. Sa voix est assurée, pas de fausse note ni de tremblement, elle est morte de peur.

Une voix lui répond qu'il arrive, rien de plus.

Deux hommes de chaque côté de la porte, plaqués contre le mur.

La porte s'ouvre, la carrure d'Éric se découpe sur la lumière de la chambre, il avance de deux pas, suffisants pour une immobilisation latérale, huit bras, quatre de chaque côté le saisissent et le plaquent au sol. Surpris, le géant débonnaire ne s'est pas débattu, mains menottées dans le dos, il est retourné.

Marchal est sur place.

L'ouvrier le regarde, apeuré, même visage que sur l'image de Simon, yeux écarquillés, un peu fous.

— Madame, appelle-t-il, madame ! Qu'est-ce que j'ai fait de mal ?

Agathe sort dans la cour, regarde…

— Le laissez pas par terre, bon sang, relevez-le, ce n'est pas un chien !

Les hommes regardent Marchal qui donne son assentiment d'un discret signe de tête.

Debout, il dépasse d'une tête les quatre hommes qui le maintiennent fermement.

On a eu chaud, pense Marchal.

— Vous êtes en état d'arrestation, accusé du triple meurtre de M. Ogier, de sa femme et de sa belle-mère. Vous avez été vu et photographié sur les lieux peu de temps après les faits, qu'avez-vous à dire ?

— J'étais venu voir M. Ogier, je suis rentré et juste après, une voiture est arrivée, je me suis caché. Je n'ai rien fait, dites-leur, madame, que je n'ai rien fait, madame, s'il vous plaît.

Agathe était rentrée, voit la silhouette, entend sa voix implorante par la porte ouverte et pleure. Ce n'est pas lui.

— Je suis là, Éric, dit-elle en sortant, séchant ses larmes. Je sais, mon grand, que ce n'est pas toi, on va le prouver, leur montrer, on va tout faire. Patrick rentre demain, on s'occupe de toi.

— Il faut dire au patron, il saura quoi faire, mais je n'ai rien fait, je n'ai jamais tué personne, moi.

Les gendarmes et Marchal ne disent rien, mais il faut y aller, ne pas laisser s'installer cet entre-soi très pénible pour tout le monde.

— Emmenez-le, la voix de Marchal retentit, autoritaire.

Un fourgon cellulaire jusque-là caché dans l'obscurité se gare devant la maison.

Le géant se plie pour rentrer dans le véhicule, un dernier regard à sa patronne, elle lui sourit, serre le poing,

— On s'occupe de toi, dit-elle dans un sanglot et rentre précipitamment dans la maison.

Moins d'une demi-heure, montre en main.

— Bravo, monsieur le policier, il n'avait vraiment aucune chance de s'échapper.

Agathe a la rage, et Patrick qui ne rentre que demain. L'autre, en face d'elle, l'attendra comme un pitbull qui ne lâche rien.

— Vous êtes marié ?

— Je l'ai été, pourquoi cette question ?

— Elle n'a pas supporté ? Ce que vous avez fait, là, tout de suite, et les horreurs sur l'ordi, vous ne pouvez les cacher bien longtemps et, à la longue, ça finit par se voir, non ? L'indifférence, le blindage se fissure, et dedans, ce n'est pas très joli-joli, j'imagine. À nettoyer les merdes des autres, on finit par ne plus rien sentir.

— Si vous avez quelqu'un sous la main, je suis preneur. Il faut des types comme moi et d'autres pour essayer de corriger le tir, d'éviter à des gens comme vous d'être blessés, de leur dire aussi, de temps en temps, sans morale aucune, les limites au-delà desquelles ils n'ont plus de repères, où ils sont dans un autre monde, sans scrupules, monde que nous fréquentons au quotidien. Effectivement, les mauvaises odeurs, au propre comme au figuré, je baigne dedans. Vous dire que j'aime ça serait exagéré. Votre « grand » garçon est innocent, mais je ne peux le laisser en liberté, je dois le protéger, lui aussi car il a vu, peut-être plus que ce que nous savons, et d'autres vont deviner. Il y a trop de monde dans le secret : M. Arthur Simon, je dois également faire attention à lui, ainsi qu'à votre mari qui, je le pense, a mis les pieds dans un univers qui n'est pas le sien. J'ai fini mon discours, désolé pour la leçon, mais à partir de ce soir, au lieu d'un planton, vous en aurez deux, d'un autre genre. Et vous regarderez derrière vous plutôt deux fois qu'une, jusqu'au dénouement de cette affaire.

— Vous mangez quelque chose ?

— Volontiers, ensuite, je rentre. Il y aura deux hommes armés en permanence et un chien. La ferme d'à côté dispose d'un gendarme, relevé toutes les deux heures, quatre, c'est trop, les gars ne tiennent pas.

— Merci, désolée, mais je me sens un peu dépassée. Patrick rentrera dans l'après-midi, avec ses questions, et moi, avec les miennes. Servez-vous, j'ai cuisiné simple.

Marchal se sert largement, l'après-midi interminable et les imprévus lui avaient ouvert l'appétit.

Un tête-à-tête étrange, Agathe Morel-Marchal. Ce dernier se pose la question de la solidité du couple d'agriculteurs, dans quel état une fois tout ceci résolu, si toutefois le ou les coupables sont démasqués.

Agathe enfourne sa salade sans mot dire, coupe une tranche de pain. Seuls les bruits des couverts brisent le silence de la longère.

— Je vais vous laisser et aller retrouver M. Simon à Saint-Brieuc. Vous allez y arriver, toute seule ?

— Non, mais il existe des organismes, agences d'intérim, rapide. J'aurais quelqu'un demain matin.

— Prévenez la personne, concernant le contexte.

— Ça va de soi.

— Nous sommes appelés à nous revoir, je vous dis à bientôt, et bon courage. Bonne nuit.

— Vous aussi. Au revoir.

Marchal quitte les lieux. La journée se termine. Arthur Simon est chez lui, il ne décrochera donc pas de l'affaire. Un peu de musique, de vieux standards des *70's*, rien de tel pour s'évader.

J + 2

Dans les locaux de la police scientifique, l'affaire du triple homicide occupe presque tout le monde.

L'ADN a été répertorié et transmis, l'empreinte digitale également.

Les empreintes de chaussures montrent une marque inconnue en France et les traces de pneumatiques sur le chemin sont peu exploitables, gros véhicule tout-terrain, pneus neufs difficiles à tracer. Le modèle de la voiture pourrait être recherché : avec un peu de chance, le poids, la pression permettraient de tomber sur un modèle peu courant. À suivre éventuellement.

Telles sont les recommandations de nos deux limiers. Ils attendent les ordres.

Marchal prend son café du matin avec Arthur, réveillé fort tôt, car écroulé sur le canapé en début de soirée la veille.

— Je récapitule les évènements de la veille, si vous voulez bien. Je le fais tous les matins, en général je suis seul.

— Désolé…

— Pas de quoi, vous m'avez mis fort en colère, mais quelques éléments nouveaux sont apparus. Nous avons récupéré Éric, le garçon de la photo, mis à l'abri.

— Et moi, je suis à l'abri aussi ?

— Pas pour le moment, vous ne deviez pas être présent à l'interpellation du garçon de ferme, c'est tout. Vous pouvez rentrer chez vous quand vous voulez, mon hospitalité s'arrête là et je suis en infraction qui plus est, sans gravité, mais bon…

— Je peux partir ?

— Vous n'êtes pas mon prisonnier.

Marchal sourit.

— Ne vous éloignez pas trop. Vous avez des projets de voyage ?

— Avec quel argent ? Non, rien et plus de boulot, une femme qui est partie chez un ami, ou amant, à elle, je ne sais pas trop où ils en sont. Je m'en fous, de toute façon, c'est une histoire pourrie. Voilà, vous pouvez être tranquille, je n'irai pas loin.

— Vous êtes disponible en quelque sorte ?

— Libre comme l'air, sans un rond, mais libre, un vrai anar. Marrant, un anar chez un flic !

— N'en faites pas trop ! Vous parlez anglais ?

— Je me débrouille, mieux que ça même, j'aime bien en plus.

— Voilà. J'attends de voir si Morel, chez qui vous étiez hier soir, rentre ou pas de Londres…

— Il est à Londres ?

— Encore à cette heure-ci. D'après sa femme, il doit rentrer aujourd'hui, mais je ne serai pas aussi affirmatif. S'il ne rentre pas, je vous envoie en Angleterre.

— Oui ? Pour y faire quoi ? Et sous quel motif ? Avec quel statut ? Je ne suis pas policier.

— Je sais tout ça. Une idée. Avant, je dois contacter quelqu'un à Londres, un copain qui travaille à Scotland Yard, que j'ai rencontré lors d'une formation commune sur Interpol. J'ai reçu les résultats des tests ADN : inconnus dans nos fichiers, idem pour l'empreinte digitale. Je m'en doutais un peu. Vous aurez un statut de supplétif, un auxiliaire occasionnel. L'essentiel de mon travail est ici, vous serez mes yeux et mes oreilles là-bas.

— Quel rapport avec moi et l'Angleterre ?

— Il y a un commanditaire pour ce triple homicide. Ce n'était pas prévu, j'en suis persuadé. C'est à Londres que se trouve la clé. Je pourrais y aller, mais c'est trop compliqué, paperasses et délais diplomatiques.

— Je vais à Londres, j'y retrouve votre ami anglais, et… on cherche quoi ?

— Morel, s'il ne rentre pas. S'il rentre, inutile dans un premier temps, ensuite en fonction de ce qu'il nous dit, ou pas, et des infos. Il va falloir que j'y aille, mes gars doivent déjà m'attendre là-bas. Prenez votre temps, mettez la clé dans la boîte aux lettres.

— Merci de votre confiance, je ne sais pas trop quoi dire.

— Ne me dites pas merci trop vite, vous aurez une habilitation et tout cela doit rester entre nous ou presque, discrétion obligatoire. À plus tard.

Arthur ne comprend pas. Un capitaine de gendarmerie sympathise avec lui et est prêt à lui confier les clés du camion.

Marchal ne sait s'il agit dans le bon sens, mais dans cette affaire pas ordinaire, il faut casser les codes, l'adversaire n'a pas hésité, il est dangereux, très…

Brignoud et Cottin l'attendent depuis un moment.

— Désolé, mais la journée d'hier s'est prolongée plus tard que prévu. Alors, les voisins ?

— Pas grand-chose sauf que tous ont été contactés pour leur demander l'autorisation de faire quelques trous, une prospection géologique, « vérification de risque sismique » leur ont dit les prospecteurs.

— Deux types ? Il y a longtemps ?

— Trois mois environ, deux types en effet.

— Un gros tout-terrain ?

— Je ne sais pas, répond Brignoud.

— Mais si, rappelle-toi intervient Cottin. Il y en a un qui a même fait la remarque sur la taille du 4 x 4 en disant qu'ils ne manquaient pas d'argent parce que ça coûtait une fortune, ce genre d'engin.

— Ça colle avec ce que nous a dit Agathe Morel. Ils ont fait le tour de la commune, et rien d'autre ? Ils ne sont pas revenus, n'ont pas téléphoné ?

— Non, pas de nouvelles ensuite. Ils ont vu les trous dans leurs champs, rebouchés grossièrement. Dites, capitaine, qu'est-ce que c'est que cette histoire ? Trois pauvres gens massacrés par on ne sait qui, des géologues… On a les résultats des tests ADN ?

— Personne de connu chez nous. J'ai contacté Interpol, les notices rouges à activer. Et jc vais les envoyer à mon ami Antony, Tony Bennett à Londres.

— À Londres ? questionnent de concert les deux collègues.

— Nous verrons bien, répond Marchal sans s'étendre davantage.

Les deux subalternes se regardent sans comprendre.

Point presse

Le délice des chaînes : *Drame social en Bretagne.*
Analyse sur les méfaits de la désertification.
Analyse sur le métier d'agriculteur.
Analyse sur le célibat.
Analyse sur les agences de relations matrimoniales.
Analyse sur l'alcoolisme, atavisme breton.
Etc., etc.

La thèse du suicide précédé d'un double crime de sang détourne l'attention, ce qui arrange les enquêteurs. Marchal lit la presse avec circonspection et une forme de satisfaction. La digue tient pour le moment. Il en a besoin, de ce temps de latence. Ça ne durera pas. Certains journalistes plus perspicaces enquêtent de leur côté sur le drame social supposé, sceptiques, soupçonnent autre chose, tournent autour du maire, qui se gonfle d'importance et laisse échapper quelques bribes. Marchal le recadre, le prévient, l'autre le prend de haut, les mots fusent, les menaces relationnelles.

Coup de fil du colonel sur l'attention à porter aux élus, l'image de marque de la gendarmerie ne doit pas pâtir, être diplomate, les budgets sont en débat. Et la politique de rentrer là où elle n'a rien à faire.

Qu'ils nous laissent bosser, se disent les trois enquêteurs.

La conférence de presse est un exercice obligatoire, la première, c'est aujourd'hui, deux jours après les faits.

Marchal a prévenu : « On leur donne la même version du drame familial, social, lié aux difficultés de l'exploitation, et aux difficultés d'adaptation des deux femmes avec comme facteur déclenchant, on le suppose, la menace de leur retour au pays, que n'aurait pas supporté Ogier. Si question périphérique, style prospection minière, on élude, aucun rapport, élucubrations, on bétonne, le mur. »

BFM ne lâche pas. Les deux correspondants ont loué un gîte, vont au café, déjeunent au resto routier, posent des questions. La journaliste est suivie comme son ombre par le caméraman : point actu deux fois par jour, répète l'info du jour, y rajoute un micro-trottoir, distille un embryon de scoop, le sous-sol d'ici, air pénétré, mystérieux, on vous en dit plus, nous vérifions, monsieur le maire nous a accordé une interview…

Et voilà, c'est reparti.

Marchal enrage, éteint la télé.

Il est midi. Pas de nouvelles de Morel.

Le garçon de ferme a été testé. Il veut rentrer. Il répète qu'il n'a rien fait.

Tony Bennett est ravi d'entendre son vieil ami. Il a entendu parler de l'affaire et pensé à lui. Après l'exposé de Marchal et le plan – la venue d'Arthur –, Bennett réfléchit. La légalité de la démarche n'est pas en cause, la réactivité de son collègue n'est pas pour l'étonner. Une action immédiate : visionner les caméras de St-Pancras, horaires approximatifs d'arrivée de Morel, il a bien reçu l'image du bonhomme. Quelques trains au programme, cela ne devrait pas être trop long et visionner la sortie, merci aux caméras de surveillance, voir si quelqu'un attendait l'agriculteur français.

Il attend la suite, presque avec gourmandise, l'instinct de chasseur du policier anglais est en alerte. En fin de journée, il donnera à Marchal l'horaire d'arrivée de Morel, à espérer qu'il n'ait pas pris un taxi !

Autre chose : les tests ADN sont arrivés, en cours de recoupements, dans la journée si quelqu'un correspond, idem pour les empreintes digitales. Une vraie signature, a remarqué Bennett, étrange bévue.

Marchal est soulagé de la réaction de son collègue de Scotland Yard. On y verra plus clair en fin de journée. Loin de la conclusion, mais un visage peut-être, une piste, *a minima*, une orientation à donner à l'enquête. La discrétion est primordiale.

La veille

Il est 21 heures au Cross Keys

Kenwood et Matthews aimeraient être ailleurs. L'endroit est plaisant. Mais le personnage avec qui ils ont rendez-vous ne l'est pas.

Faire reposer une opération sur le comportement erratique d'un psychopathe n'est pas ce qu'ils ont entrepris de plus glorieux. Ils ont quelques questions à lui poser.

L'homme est en retard, toujours ce désagrément, manque d'éducation et suffisance de celui qui s'estime irremplaçable. Qu'il se méfie, au royaume des salauds, on trouve toujours plus retors.

Les deux cadres sup de LA FIRME baignent en eaux troubles depuis plusieurs semaines. Il n'est pas question de désengagement, la prospection en Europe de l'Ouest est un axe de développement majeur pour les décennies à venir, il en va de l'indépendance énergétique du vieux continent. Les dessous peu ragoûtants n'intéressent pas la direction, seul le résultat compte : la prospection est concluante, les terres doivent être libérées pour le printemps prochain, début d'été dernier délai. Ailleurs en Europe, les procédures sont en cours, un peu de chahut, rien de grave.

L'homme rentre dans le *pub*, donne son manteau et s'avance. Impressionnante stature, visage anguleux, fermé, des mains que l'on remarque, larges, prolongement de poignets et de bras que l'on devine musclés, l'individu ne passe pas inaperçu. Quelques têtes se tournent, le niveau des conversations baisse, il traverse à grandes enjambées jusqu'au box où se trouvent Kenwood et Matthews.

Il s'assied.

— Messieurs. Vous m'avez demandé ? Je suis là, que puis-je pour vous ?

— Bonjour Mr Kirkpatrick. Vous avez foiré ce que nous vous avions demandé. Trois morts au lieu d'un seul, personne ne croit à un suicide, la presse commence à émettre des opinions.

Kenwood se fait glacial.

— La presse n'a pas d'opinion, elle dit ce qu'on lui dit de dire. Faites votre boulot, je fais le mien.

— Justement, vous n'avez pas fait le job. Vous avez perdu votre sang-froid, laissé des traces, un vrai massacre et de là à ce qu'ils remontent…

— Jusqu'à vous ? Vous avez peur ? C'est ça votre problème. Vous avez peur avant d'avoir mal. Avant d'engager une action comme celle-ci, il faut mesurer les impondérables, vous devriez le savoir, c'est votre travail d'élaborer des stratégies, mais bien sûr, plus simple sur un écran que dans la vraie vie. J'élimine un type, les deux femmes sont arrivées, c'est tout.

— Épargnez-nous les détails, merci. Nous pensons que la Police française va faire appel rapidement à ses collègues anglais suite aux analyses scientifiques de ce que vous avez laissé traîner, si ce n'est déjà fait. Vous êtes fiché au Royaume-Uni. Mon vieux, je crains que vous ne soyez d'ores et déjà hors course. Pour nous, c'est le cas.

— Je crains également, messieurs, que n'ayez du souci à vous faire si vous agissez de la sorte. Je n'ai pas fini le travail là-bas.

— Ce qui…

— Un type m'a vu.

— Quoi ?

— J'y retourne. Je n'ai jamais laissé qui que ce soit derrière moi susceptible de m'identifier. Je sais qui c'est, je sais où il crèche. Il est déjà mort. Je mène mes affaires comme je l'entends, vous menez les vôtres.

— Vous êtes complètement fou.

— Je sais. Mais ça ne change rien au fait que vous êtes dans le même bateau que moi. Si je coule, vous coulez avec moi. Voilà ce que je vous propose : j'épargne le témoin français si vous m'exfiltrez de Grande-Bretagne vers mon pays d'origine, l'Afrique du Sud, ensuite, vous n'entendrez plus parler de moi, ni moi de vous. Mais dépêchez-vous si ce que vous avancez est vrai, demain, soit je suis rentré chez moi, soit je suis en France pour finir le travail, n'ayant plus rien à perdre… et vous…

— Un chantage…

— Je le répète, vous avez mis les doigts dans un engrenage que vous ne maîtrisez pas, avec des gens comme moi. Je suis un tueur, vous m'avez embauché pour ça. Je ne tue pas symboliquement, j'ai du sang sur les mains.

Kenwood et Matthews écoutent Kirkpatrick énoncer des vérités. Il a raison sur toute la ligne. Matthews s'agite sur son siège, réfléchit à la suite. Kenwood reste de marbre, regarde le Sud-Africain qui a commandé une bière.

— Je vous écoute, reprend ce dernier, vous avez le temps et les moyens de vous rendre la vie plus facile, ainsi que la mienne. La suite en France ne me regarde pas si vous choisissez l'option numéro un. L'option deux est un cul-de-sac.

Matthews prend la parole, un air emprunté le crispe quelque peu.

— Vous avez vu celui qui vous a vu ?

— Oui, j'avais entendu du bruit une fois le travail effectué, je suis sorti, il était là, dans la cour, m'a regardé.

— Il était comment ?

— Grand costaud, l'air un peu niais, un jeune…

— Le garçon de ferme d'à côté, un peu simple. Vous lui avez parlé ?

— Non, il est reparti, descendu la route à pied.

— Inoffensif, il vous a déjà oublié.

— Je ne crois pas, dans le doute. Ne cherchez pas de troisième option. Soit je m'en vais, soit j'y retourne. Je vous laisse cinq minutes. Merci. Je sors fumer une cigarette.

L'homme déploie sa carcasse et marche tranquillement vers la sortie, laissant ses deux interlocuteurs.

Il est inutile à ce stade de mentionner Morel, le laisser rentrer est plus sage. Kirkpatrick mettra ses menaces à exécution, LA FIRME n'a pas le choix. On s'en débarrasse. Les deux hommes se concertent, ils arrivent à la même conclusion : ne pas rajouter de morts supplémentaires. Les polices françaises et britanniques trouveront qui a tué, mais ne pourront appréhender l'individu. L'essentiel est de mener à bien l'opération, ne pas oublier cela.

Kirkpatrick revient s'asseoir.

— Nous allons vous exfiltrer. Vous pouvez partir immédiatement ? Pas de bagages à récupérer ?

— Non, je voyage léger, en cas d'imprévu…

— Sortez devant, attendez-nous dehors, nous arrivons tout de suite.

— OK, messieurs.

La discussion est close.

Un tout-terrain aux vitres teintées vient se garer devant le *pub*. Les trois hommes s'engouffrent dans le véhicule, direction l'aéroport de Gatwick, où un avion de LA FIRME stationne en permanence, prêt à décoller.

Dans l'attente du décollage, Kirkpatrick s'installe dans le Falcon. Deux escales sont prévues, le rayon d'action de l'appareil ne permet pas une liaison directe, arrivée prévue demain à Johannesburg vers 13 h 30.

Kenwood et Matthews rentrent chez eux, il est 23 h 30.

Le Français prend le train demain matin à 9 h 30.

Ils savent qu'il sait.

Confirmer les rendez-vous chez le notaire, comme si de rien n'était, faire le dos rond, attendre et voir.

J + 2 (suite)

— Joseph Le Cam, c'est votre nom ?

— Ben, oui.

— Vous connaissez le motif de votre présence ici ? demande le lieutenant Dumoulin, sur le pont pour cette histoire sordide.

— Des gens mal intentionnés m'accusent d'avoir tué le vieux, mon père.

— Et vous aussi, vous vous accusez de l'avoir « occis », comme vous dites, des témoins vous ont entendu le raconter au café de votre village…

— J'étais saoul, je raconte n'importe quoi quand j'ai trop bu…

— Peut-être, mais aujourd'hui, à cette heure-ci, il est 8 h 30, vous êtes à jeun, sobre et vous nous dites quoi ?

— Non, je vous dis : non, le vieux conduisait l'auto. On était faits, cuits tous les deux, la voiture a dérapé sur la boue, elle a tapé contre le talus, est revenue sur la route et a pris feu.

— Nous savons ça, et ensuite ?

— Un peu sonné par le choc, j'ai pu décrocher la ceinture, le feu a pris de suite, j'ai poussé la portière, elle était coincée avec le choc de ce côté-là, je suis sorti, tombé par terre. Ça chauffait.

— Et votre père ?

— Je ne sais pas, je crois qu'il était écroulé sur le volant, il a bougé, a cogné la porte et après, je ne sais plus. Je vous ai dit, nous étions bourrés…

— Il a été retrouvé à moitié sorti du véhicule, mort, brûlé aux deux tiers, et vous, allongé sur le bas-côté, conscient. Vous n'avez rien tenté pour sauver votre père ?

— Dans l'état où j'étais ? Je ne tenais pas debout avant l'accident alors, après…

— Pourquoi étiez-vous ivres tous les deux ? Quelque chose à fêter ?

— À fêter ? Avec lui ? Vous rigolez ? Écoutez, je ne portais pas mon père dans mon cœur, il s'est toujours mal comporté, avec la mère, avec la sœur et avec moi. Demandez au village, vous verrez…

— On demandera. D'où veniez-vous ?

— De Plémet, du bistrot là-bas, demandez-leur, même qu'ils ne voulaient pas nous laisser partir. Le père les a envoyés promener.

— Et vous avez parlé de quoi ?

— De vendre la ferme, ou ce qu'il en reste. Il avait eu une proposition, il avait signé un compromis, pour trois fois rien et je n'étais pas au courant, forcément, je n'étais pas content.

— Toutes les raisons pour…

— Le trucider ? Je vous vois venir. Non. Il fallait vendre. Il ne m'avait rien dit, c'est ce qui m'avait mis en pétard, pas suffisant pour faire ce que vous dites. Je ne suis pas assez courageux pour ça ni pour grand-chose…

— Vous aviez le mobile idéal pour l'aider à mourir, en quelque sorte…

— Je vous répète que j'étais hors d'état de nuire.

— Le médecin de service l'a mentionné dans son rapport, juste après l'accident, je le cite : *M. Joseph Le Cam, le passager, est dans un état proche du coma éthylique, incapable de souffler dans l'éthylomètre. La prise de sang qui a suivi a révélé un taux de plus de 3 grammes d'alcool.*

— Puisque je vous le dis.

— Je ne vois pas trop en effet comment vous auriez pu l'aider à sortir, vous auriez pu y rester… Attendez ici, je vais voir mon collègue.

Jo attend patiemment quelques minutes. Dumoulin revient, accompagné de son collègue Le Person.

— Écoutez, on a pas mal de boulot et on ne voit pas trop ce que l'on peut faire d'autre que vous relâcher. L'autopsie de votre père n'a montré aucune trace de coup précédant l'accident et votre état au moment des faits, certifié médicalement, montre votre incapacité à nuire à qui que ce soit. Ceci dit, un conseil suite à l'examen médical : M. Le Cam, arrêtez l'alcool, ce n'est pas brillant. Vous êtes un grand garçon. Je vais donner le permis d'inhumer délivré par le médecin légiste, le corps vous sera rendu dans un délai de six jours, le temps pour vous d'organiser les obsèques. Vous avez quelqu'un qui peut venir vous chercher ?

— Je vais appeler pour savoir. Je peux utiliser votre téléphone ?

Le portable d'Arthur sonne. Celui-ci, toujours à Saint-Brieuc, répond :

— Oui, Jo ? Ah, oui… Comment allez-vous ce matin ? Bien, je suis content pour vous. Aller vous chercher ? À Rennes ? Pas de problème. Je suis à Saint-Brieuc. La police vous libère ? Vous me raconterez. Écoutez, le temps de prendre une douche, je saute dans la voiture, vers 11 heures. Au siège de la Police judiciaire, c'est ça, je trouverai. À tout à l'heure. Ce n'est rien.

Jo raccroche. C'est un bon garçon, il vient me chercher vers 11 heures, il y a des types sympas, il en reste.

Les deux inspecteurs se regardent d'un air entendu. Cet homme-là a dû en voir des vertes et des pas mûres, inutile d'en rajouter. Le Person le raccompagne jusqu'à l'accueil.

— Vous attendez là, il y a une fontaine d'eau si vous avez soif. Bonne journée et bon courage pour la suite.

— Merci à vous. Bonne journée.

Jo n'en revient pas. Il est soulagé. Il faut s'occuper de l'enterrement du père. Et avec quoi il va payer ? Il passera à la mairie, demander à Manon la secrétaire.

Le commissaire Guyader passe devant l'homme assis, s'enquiert auprès du policier de service et rentre dans les bureaux.

— On laisse tomber les vidéos des gares parisiennes, ils ont retrouvé le gars. Il est à Londres et le capitaine de gendarmerie a un ami à Scotland Yard. J'ai vu le bonhomme à l'accueil, c'est celui qui était censé avoir tué son paternel ? Vous le relâchez ? Rien contre lui ? Il n'a pas l'air bien méchant. On a quoi d'autre aujourd'hui ?

La PJ bruit de mille activités, Jo semble très loin de cette ruche, son esprit vagabonde : l'alcool, oui, arrêter, bon sang, il est marrant, lui. Il a toujours picolé, première cuite à quinze ans, puis tous les samedis, au bal pour se donner un peu de courage, les filles le regardaient, dégoûtées, puis tous les jours, pour supporter le père. Il est mort maintenant, et les filles, ma foi, un peu tard. Sans alcool, à voir.

Vers 11 heures, Arthur rentre dans l'immeuble de la PJ, récupère Jo comme prévu. Une heure plus tard, les deux hommes arrivent chez Jo.

Jo souhaite rester seul, un peu tranquille, il a des affaires à régler, s'excuse auprès d'Arthur et le rappellera, il promet.

Arthur rentre chez lui, il a besoin, lui aussi, de calme, déjeune d'un rien, s'allonge sur le canapé du salon et… s'endort.

Vers 15 heures, il consulte sa messagerie, écoute Marchal et le rappelle.

Aller chercher le garçon de ferme à Saint-Brieuc ? Il est gentil, lui. Et le ramener à la ferme ?

— Morel arrive vers 16 h 30, il a téléphoné à sa femme, vous le verrez en rentrant, lui annonce le capitaine de gendarmerie, il a des choses à nous dire.

— À *vous* dire, à moi, rien, répond Arthur d'un ton sarcastique.

— Non, mais vous serez là quand je l'interrogerai, tranquillement. Il ne vous connaît pas, je vous présenterai comme un stagiaire. J'ai besoin d'un œil extérieur. Allez chercher Éric, il n'a rien fait, l'assassin est à Londres, on le suppose, j'attends plus de détails sur son identité.

Nous l'aurons quand vous rentrerez de Saint-Brieuc. Tout cela vous sera utile quand vous irez à Londres, vous êtes toujours partant ?

— Oui, mais avec Morel de retour, que vais-je aller faire là-bas ?

— Voir mon collègue Tony Bennett, le seconder dans la recherche de l'assassin, sait-on jamais ? Allez chercher le grand garçon, on se retrouve chez Morel.

— OK.

— Bonne route.

Arthur n'en revient toujours pas. Il est embarqué dans une enquête criminelle.

Ce n'est pas pour te déplaire.
Jo libéré, Morel interrogé,
Et une balade à Londres.
Attention à toi...

Merci, mon bon.

Pas de quoi.

Allez, en route.

Morel sur le quai de Saint-Pancras monte dans le TGV pour Paris. Il n'est pas très en forme. Il a mal dormi suite aux menaces à peine voilées des deux sbires de LA FIRME.

Rester discret, Agathe l'a prévenu, les enquêteurs ne lâchent pas l'affaire et l'attendent. La jouer fine, laisser passer l'orage, lui n'a tué personne, quant à Ogier, il s'est suicidé, c'est tout ce qu'il sait. Il prend un léger calmant, histoire de finir sa nuit, et s'endort, se réveillant à la gare du Nord. Une heure de transit, une heure et demie pour Rennes, il sera chez lui en milieu d'après-midi.

Marchal reçoit les informations qu'il attendait sur le tueur présumé.

Mail à 16 h 04 :

L'ADN correspond à un homme d'origine sud-africaine nommé John KIRKPATRICK, domicilié à Londres, déjà connu des services de police, soupçonné de plusieurs homicides, a été en préventive, on n'a pas pu prouver quoi que ce soit. A le profil d'un professionnel, était garde du corps dans son pays, animal à sang-froid, dangereux. Scotland Yard se rend chez lui en ce moment même, vous tient au courant.

Mail à 16 h 18 :

KIRKPATRICK absent de chez lui, n'y a pas séjourné depuis un certain temps apparemment. Nous prévenons INTERPOL.

Photos et dossier joints.

Dans la voiture qui le ramène à la campagne, Éric remercie chaleureusement Arthur qui n'y est pour rien.

C'est sa journée de bon samaritain, l'impression d'être utile, positif.

Il est 16 h 50 quand il pénètre dans la cour de la ferme des Morel. La Clio d'Agathe est de retour, Morel est rentré, la voiture de Marchal est là également.

— Mon patron est rentré, je suis content…

Marchal sort d'un pas vif de la maison.

— Bonjour. Éric, tu vas dans ta chambre pour l'instant. J'ai à parler à tes patrons, ce ne sera pas long.

Éric a un mouvement de recul en voyant le gendarme avancer vers lui.

— Ne crains rien, c'était pour ton bien. C'est fini maintenant. Ils t'ont bien traité ?

— Ça va, je suis fatigué, je vais me reposer dans ma chambre, dit le garçon.

— Je t'appelle dès que j'ai fini, ajoute Marchal d'un ton paternel.

Arthur ne dit mot, attendant la suite, immobile près de l'auto.

Après le départ du garçon de ferme, les deux hommes rentrent dans l'habitation, Arthur suivant Marchal quelques pas derrière lui.

Morel est assis sur le canapé du salon, une bière à la main, Agathe à ses côtés le regarde, interrogative. Leur conversation s'est arrêtée dès l'entrée de Marchal et d'Arthur.

— Je vous présente Arthur Simon, un stagiaire, qui est allé chercher Éric à Saint-Brieuc, Arthur, M. Morel.

— Monsieur…

— Assieds-toi, ordonne Marchal, M. Morel a commencé le récit de son escapade à Londres. Vous pouvez continuer, je vous en prie.

— Comme je vous disais, j'ai rencontré l'avocat, Matthews, celui qui est venu ici, et Kenwood, son supérieur pour les affaires extérieures. On a évoqué le contrat d'acquisition de nos terres et des bâtiments, la somme prévue et les futurs rendez-vous chez le notaire, compromis de vente et cession trois semaines plus tard. Les délais sont raccourcis, c'est une possibilité pour accélérer le *process*, comme ils disent. Je vous ai montré les papiers. C'est juste un engagement entre deux parties pour le moment, ce sera officialisé chez le notaire comme je vous l'ai dit.

— Et le rendez-vous ?

— Semaine prochaine, j'attends la confirmation de Maître Boscher. Voilà, vous savez tout. Pour Ogier, je ne comprends pas vraiment… Un suicide après avoir tué…

— Un triple meurtre, M. Morel, pas un suicide. Et l'assassin vient d'être identifié, qui habite là d'où vous venez.

Marchal décide de mettre cartes sur table, histoire de tester les réactions de Morel face à de telles révélations.

— Qu'est-ce que vous dites de ça ?

— Je… ne sais pas quoi dire, balbutie l'agriculteur, atterré par ce qu'il entrevoit et... c'est qui ? Venir de Londres pour tuer trois personnes dans la campagne bretonne, c'est juste… terrifiant et pourquoi... ?

— Un Sud-Africain, un tueur sous contrat apparemment. Tout concorde sauf la précipitation, les traces laissées, comme si l'homme avait été... surpris en flagrant délit. Mais vous avez raison de poser la question : pourquoi ? Et je reviens à votre visite à Londres, vous n'avez pas eu d'autres contacts ?

— D'autres contacts ? Avec qui ? Mon emploi du temps a été le suivant...

— Je sais, vous me l'avez déjà dit : réunion, shopping, soirée tranquille, la journée d'hier. Vous étiez à l'hôtel ?

— Sofitel. Très classe.

— Ils vous ont soigné, l'argent coule à flots quand il le faut… Rien d'autre ?

— Écoutez, je suis fatigué, c'est beaucoup de soucis, je souhaite juste une chose maintenant, c'est vendre et partir d'ici avec Agathe, avec en plus ce qui s'est passé à côté, le plus vite sera le mieux.

— Je comprends. Ogier avait été contacté par ces gens que vous avez rencontrés ?

— Oui, je suis allé avec l'un d'entre eux le voir. Il ne voulait rien savoir. C'est tout.

— Et votre voisin se fait tuer le lendemain, ça ne vous interroge pas ?

— Si, ça m'interroge, mais que voulez-vous que j'y fasse ? C'est vous, l'enquêteur. Moi, je n'ai tué personne et les gens que j'ai rencontrés non plus, je le pense.

— C'est un peu gros, vous ne trouvez pas ? poursuit Marchal. Et vous n'êtes pas un peu… gêné ?

Agathe Morel s'agite un peu.

— C'est l'horreur cette histoire de meurtres, mais en quoi cela nous concerne-t-il ? demande-t-elle. Il y a peut-être un lien, c'est à vous de l'établir. Vous semblez penser que mon mari cache des choses. Faites votre travail et, s'il vous plaît, laissez-nous tranquilles. Nous allons avoir beaucoup de travail. Je pense que nous vous avons dit ce que nous savons. Emmenez votre stagiaire et partez, merci.

Le ton de sa voix s'est durci, tout en regardant Marchal droit dans les yeux. Morel regarde sa femme et Marchal, de l'un à l'autre.

— Merci d'avoir protégé Éric, rajoute Morel, il est fragile. Laissez-le, lui aussi.

— Il est témoin, nous en reparlerons, Marchal reprend la parole tout en se levant. Nous allons vous laisser. Une dernière chose, M. Morel : je pense que vous avez eu chaud à Londres. Au revoir, à plus tard, nous nous reverrons. Arthur, tu viens, nous n'avons plus rien à faire ici pour l'instant.

Marchal et Arthur sortent de la maison. Le premier se dirige vers la chambre d'Éric tout en faisant signe au second de ne pas le suivre. Il tient à se racheter aux yeux de ce garçon qui n'a rien fait pour mériter ça. S'excuser de sa brutalité ne l'exonère pas du mal déjà fait. Il se sentira mieux et le garçon ne le regardera plus comme un prédateur ; le mouvement de recul et la peur dans le regard ont choqué le capitaine de gendarmerie. Il frappe à la porte, une réponse lui parvient, il entre.

Arthur distingue quelques mots et ne cherche pas à en entendre plus. Le gendarme a ses raisons, lui s'en fiche un peu. Les quelques kilomètres en compagnie du géant débonnaire avaient été agréables, peu de mots, quelques regards échangés traduisaient le soulagement, la béatitude de celui qui ne calcule pas. Arthur est en phase avec un être comme celui-là. Comme avec Jo, qui ne l'a pas encore rappelé. Cela ne l'inquiète pas. En voyant Marchal sortir de la chambre, il remarque l'air soucieux du gendarme, comme si l'intériorité de cet homme d'action affleurait, laissant apparaître une sensibilité que sa fonction lui interdit de montrer. Fichu métier.

— Que pensez-vous de Morel ? attaque Marchal sans ambages.

— Heureusement que sa femme est là… À mon humble avis, si j'étais vous – je ne le suis pas ! –, je le verrais tout seul, demain ou plus tard.

— Je me suis dit qu'ils faisaient corps, comme si un secret les liait. Elle ne sait pas tout. Elle a appris en même temps que nous qu'il avait signé un engagement de vente. J'ai du mal à croire qu'il ait pris cette décision tout seul.

Arthur sent le piège se refermer sur cette femme.

— Elle n'a pas le choix. Pourquoi, je ne sais pas, dit-il sur un ton qui se veut confidentiel.

— Vous pensez à quoi ?

— À une vieille histoire de famille. Dans les campagnes, tout le monde se connaît, croit savoir. Ils partagent une vie de couple, une exploitation agricole, c'est dur au quotidien, mais ça fait partie du contrat, elle le savait en l'épousant et cela n'est pas rédhibitoire, les divorces existent ici aussi. Non, je pense à l'enfance. Ces deux-là se connaissent depuis toujours, je le sais, je me suis renseigné, l'école, le collège…

Marchal écoute attentivement ce jeune homme, qui ne manque pas de l'étonner par son sens de l'observation et de déduction.

— Je ne sais pas si cela peut être utile à votre enquête, l'avenir vous le dira. La vente de la ferme rapporte gros, beaucoup plus qu'elle ne vaut, c'est évident, poursuit Arthur. Mais voyez Ogier, lui n'a rien voulu savoir, c'était un gars d'ici. La terre ne ment pas. Plutôt mourir que partir. Morel est du même tonneau. Il vend parce qu'il doit partir, quelque chose de plus important le pousse, mais quoi ?

— Meyer, l'adjudant-chef de la brigade de Merdrignac…

— Quel rapport ?

— Il est du coin et il m'a semblé qu'il avait bien connu Agathe Morel. Je peux l'approcher pour les besoins du service et de l'enquête.

— C'est délicat. Je pencherais plus vers ceux qui ont ordonné ce massacre.

— En Grande-Bretagne ? Un chantage ?

— Le lien n'est pas évident, je sais, mais si c'est ce que vous pensez, ces types ont de gros moyens d'investigation. Le chantage pour Morel, l'élimination pure et simple d'Ogier.

Marchal se gratte la tête, ils sont toujours dans la cour des Morel, la conversation s'éternise, intéressante prospective qui pousse le gendarme à conclure :

— Allez voir à Londres, lance Marchal. C'était prévu de toute façon. Je préviens Bennett, il vous attendra. La première chose est de voir les deux signataires de l'engagement de vente, tâter le terrain, prétexter la proximité de l'accord avec un triple homicide, enquête de routine, etc.

— Je n'ai pas beaucoup de sous pour cela…

— Je me doute, nous prenons les billets, vous m'envoyez votre IBAN, on vous fera un virement. En attendant, rentrez chez vous, demain vous y allez. Merci de votre collaboration, je vous transfère un papier officiel, que vous imprimerez, n'oubliez pas.

— C'est parti…

— Faites attention, vous n'aurez pas d'arme, au cas où. Ne vous mettez pas en fâcheuse posture. Bennett saura vous briefer. À plus tard.

— À plus tard.

Les deux hommes se séparent. Un couple à la fenêtre les regarde partir. Agathe et Patrick Morel, la mine défaite, s'interrogent.

17 h 30

Marchal va rendre une petite visite à Meyer, un débriefing sur l'affaire en cours servira de prétexte. Le raisonnement d'Arthur se tient. *La terre ne ment pas*, jolie formule, mortelle pour l'un, inutile pour l'autre. Morel ne part pas, il fuit. Le temps s'écoule ici différemment. En ville, un évènement chasse l'autre, l'oubli est immédiat. Un évènement suffisamment grave serait intervenu dans la vie de Morel, ou d'Agathe, qui justifierait la transgression d'une loi séculaire, un fait que la loi n'aurait pas sanctionné, moralement répréhensible, levier d'un chantage possible. Un peu tiré par les cheveux, romanesque et tentant. L'affaire est déjà exceptionnelle en soi, alors un peu plus… Je n'ose imaginer si la presse trouve quelque chose en fouinant. C'est à nous de la devancer.

Meyer ne s'attend pas à cette visite, non prévue.

Marchal lui déroule l'opération et son extension vers Londres. Le cas de Morel arrive sur le tapis. Le capitaine profite de son statut pour réactiver la confidence sur les relations du passé avec Agathe :

— Mais elle a épousé Morel sur une foucade ? L'homme était de bonne réputation ?

— Officiellement, oui…

— Pourquoi « officiellement » ?

— Une sale histoire dont j'avais entendu parler par des ragots de voisinage, non relayée, sur une relation non consentie, il y a plus de dix ans…

— Non relayée, que voulez-vous dire ?

— La fille en question avait une réputation qui laissait planer un doute, un peu facile. Elle a quitté la commune ensuite, puis est revenue récemment.

— Ah, récemment ? s'étonne Marchal.

— Trois mois environ. Autre chose, la fille en question avait quitté la France pour la Grande-Bretagne. Et ce n'est pas tout… Le localier, journaleux du coin, a reçu récemment la dame en question qui lui a raconté par le menu sa relation avec Morel, avec mention de témoins, des personnes honorablement connues. La jeune femme lui a dit qu'elle allait porter plainte auprès du procureur, qu'elle n'était pas sûre et qu'elle irait voir Morel avant pour lui… demander de l'argent. Elle demandait au journal local de publier son histoire, en mettant des initiales à la place des noms. L'autre a refusé et est venu me voir. Que pensez-vous de ce personnage ?

— Glauque.

— Et si l'on fait le rapprochement avec votre enquête… un lien, un chantage et Ogier dans tout ça ? Ça me dépasse. Je ne voudrais pas qu'Agathe Morel en subisse le contrecoup.

— Je pense que c'est déjà le cas, sans vouloir préjuger des rapports avec son mari. Ses réactions laissent à penser qu'elle en sait plus qu'elle ne dit, de là à être au courant de l'exploit passé de son mari, qu'elle lui aurait pardonné… Imaginez l'autre femme chez eux les menaçant de tout déballer, certains médias n'ont pas les scrupules de votre journaliste local.

— Et on ne peut pas la neutraliser ?

— Pour quels motifs ? C'est elle la victime présumée. Vu la tendance actuelle, je vous épargne les gros titres sur le « machisme outrancier » de la gendarmerie et autres amabilités. L'apparition de cette personne ne m'arrange guère. Elle séjourne où ?

— Pas dans la commune, sur la côte. Elle n'a pu s'empêcher de fanfaronner au bar des Sports, dans lequel elle avait été serveuse, en parlant d'un hôtel en bord de mer, le Val-André, face à la mer. Son nom est Marion Le Bihan.

— Son rôle n'est pas clair. Elle veut se servir de cette vieille histoire, elle est manipulée par quelqu'un tout en jouant sa propre carte, on lui fait croire qu'il y a beaucoup d'argent à gagner. Mettre la pression sur Morel jusqu'à la signature définitive de la vente, l'empêcher de se défiler sinon…

Marchal voit défiler les images d'une jolie bimbo, pas très futée, partie à Londres pour travailler, dans la restauration, job facile à trouver, mais comment est-elle tombée dans les griffes de la multinationale ? Une coïncidence, à moins d'une petite annonce, improbable, de quelle nature ? Elle est là, c'est une certitude, pour soutirer le maximum.

Meyer est préoccupé au-delà du nécessaire stress lié au boulot.

— Le danger est réel pour Agathe ? Trois homicides, pourquoi pas quatre, cinq, etc.

— Votre ex ne craint pas grand-chose, si ce n'est un crêpage de chignons dont elle sortirait vainqueur, vu la tonicité de la dame. Il faut désamorcer cette affaire de mœurs, c'est la clé de la vente. Morel vend parce qu'il est mort de peur à l'idée que cette histoire fasse la une et sa femme est au courant, j'en suis pratiquement certain.

— Nous sommes coincés : si nous bougeons, elle va chez le procureur…

— Et perd son commanditaire ainsi que son moyen de pression, et si Morel ne vend plus, le projet de LA FIRME dans le coin a du plomb dans l'aile. Si cette histoire ressort, comment Morel et sa femme peuvent-ils la gérer ?

— Dans leur couple, je n'en sais rien. Je peux vous dire avec certitude que c'est à côté que ça va tanguer. Les voisins, les gens en général, les femmes surtout, même les hommes, tous vont l'éviter, le boycotter. Dans nos campagnes, il est terminé le temps où l'homme régnait en maître, battait sa femme sans que personne trouve à redire. Forcer une femme, comme on dit ici, non, c'est fini. Il est socialement mort. Elle le sait la Marion, et ceux qui la paient aussi. Ils vont partir, ils doivent partir, la vente doit se faire, et avec elle, celle des terres d'Ogier aussi, aucune descendance, les terres étaient à son nom. Nous aurons, je le crains, une mine de lithium sur la commune de St-Jacut.

— Vous aimez toujours Agathe, n'est-ce pas ? La voir souffrir vous est insupportable, vous préférez ne plus la voir du tout. Je me trompe ? Dites-moi. Toute cette conversation restera entre nous.

— Écoutez, elle l'a épousé plutôt que moi, voilà, elle a choisi. Ce n'est pas une raison pour la faire souffrir. Je n'aiderai pas au déballage de ces saloperies. Faites payer les commanditaires de ces meurtres et de ce chantage, c'est tout ce que je souhaite, qu'Agathe s'en aille. Je fais mon travail de flic dans ce coin perdu, en attendant une mutation qui ne viendra pas.

Meyer se prend le visage dans les mains, des sanglots dans la voix.

— Je l'aime encore, merde, à en crever.

Marchal se lève en silence et sort de la pièce. Il croise un gendarme et lui suggère de laisser le chef tranquille. « Faites passer à vos collègues », lui dit-il.

Il rentre à Saint-Brieuc, doit passer au bureau de la police scientifique, demander un billet pour Londres, appeler Tony Bennett, envoyer un e-mail à Arthur, se renseigner sur une certaine Marion Le Bihan, ici et au Royaume-Uni.

18 h 30

Arthur a eu un appel de Jo, lui demandant de le rejoindre au bistrot de son village.

Sobre, ce soir, impératif. Il est inutile de fêter sa libération. Boire un pot tranquillement, sereinement et manger un morceau quelque part, comme deux potes.

Londres demain. Les choses sérieuses commencent. Mon anglais a dû souffrir du manque de pratique. Marchal m'a promis un topo sur l'affaire, par écrit, histoire de rassembler les morceaux, à étudier dans le train.

Arthur n'a pas de nouvelles d'Ariane. Il se dit que tout va bien, qu'elle est en sécurité quelque part à Rennes, que l'homme providentiel est un être amoureux, prêt à se dépasser aux yeux de sa belle. Je lui souhaite bien du plaisir, se dit-il en se garant devant le café à la dénomination originale : « Ici, mieux qu'en face ». Arthur se retourne, ne remarque rien de particulier en face sauf un panneau indiquant : Cimetière… Ils ont de l'humour, c'est bon signe.

Jo est accoudé au bar, lui tournant le dos, devant… un café.

— Rebonjour l'ami. Un café à cette heure ?

— J'ai réfléchi. Je vais arrêter de picoler.

— Sage décision. Au prochain accident, c'est toi qui y passes. Vois un médecin pour t'accompagner, il te donnera des conseils.

— Je vais essayer tout seul. Avec un médecin, on est toujours malade et ça les arrange.

Françoise s'approche.

— Un Coca, s'il vous plait, merci. Arthur prend un tabouret et s'installe près du bonhomme nouvellement sobre :

— Tu fais comme tu veux, mais tu as absorbé tellement de cochonneries que ton organisme…

— Tu n'es pas docteur, donc, fous-moi la paix ! Je démarre tout seul.

— Ne te fâche pas ! C'est une bonne journée pour toi. Tu leur as dit, à ceux-là, se tournant vers les quelques soiffards attablés qui les regardent sournoisement. Tu veux que je leur dise ?

— Déconne pas, ce n'est pas leurs oignons !

— Oh, que si, ça va le devenir ! Messieurs, puisque vous semblez intéressés par notre conversation, je vais vous en apprendre une belle.

Arthur se tourne sur son tabouret, dominant l'assemblée, et, savourant son effet, jette un regard circulaire.

— Je vois que tout le monde écoute, c'est bien. Le monsieur qui est assis à côté de moi, que vous connaissez, n'a pas tué son père, je vous le dis parce qu'il n'ose pas. Il a été relâché par la PJ. Il ne pouvait pas, trop saoul, mais vous le savez déjà. Je m'appelle Arthur Simon, je ne suis pas du coin et vous pouvez penser ce que vous voulez, c'est le cadet de mes soucis.

— Pourquoi tu nous dis ça, mon gars ? dit une voix.

— Pourquoi ? Je vais vous dire pourquoi. Jo ici présent, vous lui avez cassé du sucre sur le dos depuis toujours, le traitant de tous les noms, d'incapable, d'arsouille, que sais-je encore et vous auriez bien aimé qu'il finisse ses jours au trou, ça vous aurait fait un sujet de conversation avec bobonne, la bonne conscience au bistrot. Vous êtes un peu responsables, non, vous ne croyez pas ?

Jo lui tape sur l'épaule. Arthur se lève, pose un billet de cinq euros.

Les deux sortent dans un grand silence.

Marion Le Bihan n'attend personne dans son hôtel avec vue sur mer. Elle est sur le point de s'habiller pour dîner. Elle s'étonne lorsque l'accueil lui signale un visiteur désirant lui parler et demande qui c'est. La réponse est lapidaire : « Il ne souhaite pas répondre et vous conseille vivement de le recevoir. » Chambre 226 dans dix minutes.

Vite sur pied et présentable, la jolie brune attend.

Quelqu'un frappe à la porte.

Le type à la porte serait assez son type, mais il n'est pas là pour la bagatelle.

— Vous désirez ? Vous êtes qui ?

— Bonsoir. Je suis le capitaine Marchal, enquêteur à la Gendarmerie nationale. Je peux entrer ?

— Ai-je le choix ? Je ne crois pas et puis je n'ai rien à me reprocher… bien qu'avec vous, on se sente toujours coupable. Vous cherchez quelqu'un ou quelque chose ?

— Je vous ai trouvé, c'est vous que je cherchais. Vous êtes originaire de St-Jacut et avez couché avec M. Patrick Morel il y a dix ans. Est-ce exact ?

— J'ai eu une aventure d'un soir avec ce monsieur, c'est de l'histoire ancienne et ce n'est pas interdit que je sache, nous nous sommes quittés bons amis. Je ne comprends pas ce que vous cherchez.

— Vous avez entendu parler de trois morts violentes dans une ferme de votre ancien village ?

— Vaguement, quel rapport avec moi ?

— C'est la ferme à côté de chez Morel.

— Et ? Je ne vois toujours pas.

— Est-il exact que vous êtes allée voir un journaliste local ? Pour lui raconter quoi ?

— Ce que j'avais sur le cœur concernant Morel. Ce type est un salaud.

— Vous vous êtes quittés bons amis ?

— Oui, bien sûr, pour les hommes, c'est toujours simple, vous prenez, vous jetez, vous rajustez votre pantalon et c'est terminé.

— Un peu caricatural, je n'oserai vous parler de la réputation que vous aviez…

— Et lui, il l'a sauvée, sa réputation ? Il s'est marié avec Agathe.

— Vous connaissez Agathe ?

— Nous avons le même âge, copines d'école, ensuite, la concurrence entre ados, les hormones qui travaillent…

— Je reviens à ce que vous avez dit au journaliste. Publier dans une feuille de chou locale, pour quoi faire ? Et vous avez ajouté : « seulement s'il ne paie pas ». Ça s'appelle du chantage, ce qui explique ma visite. Et Morel vend sa ferme, à une firme anglaise…

— Pour y faire quoi ?

— Des trous, c'est une société minière basée à Londres. Ça ne vous dit rien ?

— C'est grand, Londres.

— C'est une curieuse coïncidence, vous ici, dans cet hôtel de luxe, Morel vend la terre de ses parents, à laquelle il doit tenir. Y aurait-il un lien entre un chantage éventuel s'il ne vend pas et… une somme d'argent que vous percevriez en cas de signature ? Ni vu ni connu.

— Et comment aurais-je pu rencontrer ces gens ? C'est n'importe quoi.

— Votre travail consiste en quoi à Londres ?

— Hôtesse d'accueil. J'attends et j'accompagne les clients de grosses entreprises, je leur fais visiter la ville…

— Et plus si affinités.

— Attention à ce que vous dites…

— Et vous êtes basée où ? Je veux dire, vous les accueillez où ?

— Au Sofitel, c'est central et les parcs à côté sont très agréables.

— Près de Saint James's Park, je sais.

— Vous connaissez Londres ?

— Un peu mieux maintenant. Je vous remercie, mademoiselle, ce sera tout pour ce soir.

J + 3

Arthur est dans le TGV.

Hier soir, après un repas avec Jo à la pizzéria du coin, il est rentré et a récupéré tout ce que Marchal a pu lui transmettre : de la lecture en perspective jusqu'à l'arrivée à Londres, où l'attend l'inspecteur Tony Bennett. Je suis au cinéma, dans un film, et je suis le héros qui va sauver le monde, se dit Arthur.

On se calme. Je ne sauve personne, j'aide à démêler une histoire sordide, à punir les méchants, à venger les gentils et éventuellement à découvrir la vérité. Quelle emphase, mon garçon !

Une nouvelle dans l'affaire : Marion Le Bihan, qui est-ce ? Une photo prise au bord de la mer, sous la lumière d'un réverbère, hier soir. On dirait le Val-André, près du casino. Il était sur le pont, le capitaine, toute la soirée. Pas mal, la fille ; vu les fringues, elle le sait, qu'elle est canon… Mais encore, voyons. Un chantage sur Morel, pas de preuves, mais un journaliste local a témoigné et elle travaille à l'hôtel Sofitel, là où est descendu Morel. Elle n'est pas très maligne.

Mon boulot, nous y voilà : voir avec Bennett les images des vidéos de l'hôtel, Morel et les types, Marion Le Bihan, montrer son portrait.

Ses rencontres, son boulot, etc.

Images de l'assassin présumé, pfff, sale gueule. Bennett a lancé un avis de recherche, sait-on jamais.

Tu observes, tu écoutes et tu me rapportes.

Tu seras logé dans un petit hôtel près de Notting Hill, pas cher, style auberge de jeunesse, les budgets sont ce qu'ils sont. Pas d'initiative individuelle, tu appelles Bennett en cas d'urgence. Le train demain matin mardi, tu rentres jeudi soir, billet échangeable, au cas où. Bon courage et encore merci.

Signé : Marchal.

Expertises de la police scientifique, empreintes, ADN, il a tout mis dans le dossier, le maire de la commune, Agathe Morel et ses états d'âme, Éric et son arrestation, les prospecteurs et le lithium, extraction, gisements et perspectives, les multinationales, Glencole, Rio Tinto, etc. LA FIRME et les deux interlocuteurs, Matthews et Kenwood, on a les photos, l'organigramme. Le boulot est déjà fait. Il reste à relier tout ça.

Mouais. Arthur a le vertige, assis dans le train qui file maintenant jusqu'à Paris.

La fille est le point faible. Pas d'élucubration toutefois. Imprudente, c'est certain, et sûre de ses charmes, mais avec quelques neurones, qui mène sa barque. Si on trouve des images d'elle avec les deux types, il restera à prouver… à prouver quoi ? C'est Ogier qui a été tué, pas Morel.

L'assassin présumé court toujours, mais où ? Sud-Africain, a peut-être quitté le sol britannique.

Voyons le CV de ce type :

John KIRKPATRICK, né le 3 décembre 1980 au Cap, famille aisée, blanche, Afrikaner, parents militants, brouille familiale, entrée à l'armée, rupture cause comportement violent. On retrouve sa trace chez Blackwater, sous-traitant armée US, Irak, puis Afghanistan, dissolution Blackwater, on perd sa trace. Puis, monte sa société de sécurité rapprochée, tiens, protection sites miniers, Nouvelle-Guinée, Australie. Contrats ponctuels. Depuis deux ans, domicilié à Londres, pas vu dans son immeuble depuis une semaine (surveillance vidéo garage et hall d'entrée). Activement recherché. Soupçon confirmé sur triple homicide France, trace ADN sous ongles victime.

Bon sang ! Arthur poursuit sa lecture. *Signalement : 1 m 90, 100 kg, cheveux coupés ras, châtain clair, yeux bleus, visage fermé.*

Manie tous types d'armes, a passé le brevet de pilote d'hélicoptère chez Blackwater. A déjà tué. Suit une série de photos prises lors d'une enquête. *Soupçon d'homicide en Grande-Bretagne, jamais prouvé.*

Arthur n'en revient pas. C'est Rambo, ce type. Il se tasse involontairement sur son siège et regarde autour de lui, au cas où. Si Marchal lui a dit de ne pas prendre d'initiative individuelle, ce n'est pas pour faire des phrases.

BRGM ou Bureau de recherches géologiques et minières, un dossier de prospection à St-Jacut. Traces de lithium, potentiel d'exploitation. Ne pas divulguer. Suit une série d'analyses scientifiques arides, tableaux et cartes de la région.

J + 3

8 h 30. Trafalgar Square

Matthews, dans son appartement donnant sur Trafalgar Square, savoure son thé du matin. La circulation est dense, déjà, malgré la mise en place des péages dissuasifs. Peu de bruit, l'insonorisation l'isole de la rue. Ce jour est crucial. Il a besoin de ce silence, particulièrement ce matin. La mise en place du site breton est mal engagée. Suite au transfert de Kirkpatrick, un autre problème a surgi en fin de soirée sous la forme d'un coup de fil de Marion. La jolie Marion avait une petite voix, de celles qui trahissent une réelle angoisse. La visite de la Gendarmerie française à son hôtel avait quelque peu gâché sa soirée. Elle ne comprenait pas cette visite d'autant plus qu'elle ne s'était pas manifestée auprès de Morel, ni de personne d'autre, ajouta-t-elle. Pour Matthews, elle mentait. Il n'y avait aucune justification à la visite d'un flic sauf si elle avait contrevenu aux précautions de discrétion fortement conseillées par lui-même. Il connaît la demoiselle. Qu'a-t-elle entrepris ? La journée démarre mal.

Qu'elle n'entreprenne rien si Morel ne bouge pas, seulement si je lui en donne l'ordre. Il serait judicieux de la faire rentrer à Londres. L'avoir sous la main, elle n'est pas fiable, je l'ai dit à Kenwood qui l'avait rencontrée pour un entretien d'embauche, comme *escort girl* d'un propriétaire indonésien, qui ne jurait que par les Françaises, contrat rempli. La jeune femme sortait de nulle part, jusqu'au jour où l'on s'était aperçu que « nulle part » se trouvait sur un lieu de prospection au potentiel indéniable. Les échanges avec elle avaient suscité des confidences et l'on avait découvert une vieille histoire susceptible d'être un moyen de pression sur un des propriétaires concernés. Juste au cas où, en dernier recours.

Kenwood l'avait rendue indispensable dans un rôle mal défini de relations publiques. Elle entretenait avec le *Chief executive officer* des rapports qui avaient dépassé depuis longtemps le stade de l'ambiguïté, il couchait avec elle. Lui-même ne risquait pas de le faire : en tant que gay, la femme était un continent inconnu.

Matthews rappelle la jeune femme pour lui signifier son retour immédiat. Il avisera son supérieur plus tard.

Ceci étant dit, elle semble soulagée à l'idée de revenir, elle est ici chez elle, domiciliée dans la capitale anglaise. Elle prendra l'avion jusqu'à Gatwick, vol privé depuis Dinard. Plus rapide, plus discret. Les caméras sont intrusives dans les gares, ici plus qu'ailleurs. Ordre lui est donné de rentrer chez elle, « Je passerai vous rendre visite », a-t-il ajouté. Elle n'habite pas très loin, une promenade lui fera le plus grand bien, en fin d'après-midi, après le bureau.

Sur ce dossier, il ne reste plus qu'à attendre, les rendez-vous sont pris chez le notaire de Morel. L'enquête sur la bavure de Kirkpatrick est en cours, celui-ci a disparu. Scotland Yard sera sur le pont rapidement, ne pourra rien faire, classera l'affaire et les Français mangeront leur chapeau. Pas de lien avéré avec Morel, deux fermes, deux traitements, Matthews est satisfait. Pas de triomphalisme excessif cependant, lui et Kenwood seront convoqués pour complément d'enquête. Il est plus serein qu'au lever.

Matthews prend son manteau, ajuste la cravate ; la sacoche en main, il sort et se rend au siège de LA FIRME, square Saint-James.

Même heure, quartier de Mayfair

Ellen et Andy Kenwood prennent leur petit déjeuner au 49 Grosvenor Street.

Ellen s'apprête à rejoindre la galerie Hauser and Wirth à Savile Row, un accrochage est prévu dans les prochains jours. Le mari ne goûte guère l'art contemporain et ne comprend pas pourquoi sa femme s'obstine dans ce nouveau passe-temps, rémunéré qui plus est, il se demande sur quelles compétences. Il le lui a fait savoir, avec pour seule réponse une moue de mépris condescendant envers un être inculte, hermétique à toute forme d'art. « Faire des trous est tout ce que tu sais faire, une vraie taupe, continue, lui dit-elle chaque jour. Moi, je préfère la lumière, je te laisse. »

Posant bruyamment sa tasse sur la desserte, elle prend son sac, ajuste sa coiffure devant le miroir de l'entrée et sort de l'appartement tout en lançant un « À ce soir » agacé.

Andy Kenwood prend son temps.

Owen Matthews lui a envoyé un texto ce matin. Il rapatrie Marion Le Bihan, elle fait n'importe quoi en France. Débriefing tout à l'heure, vers 9 h 30. Marion est décidément imprévisible, délicieusement capricieuse. Il a craqué. Conscient du danger de la relation qu'il entretient avec elle, il en perd néanmoins ses moyens en sa présence. Ellen se doute, ne dit rien… pour le moment. Charlotte, sa fille, fine mouche, de passage à Londres, l'a bombardé de questions. Il n'en fera pas sa confidente, elle aimerait… Quant à Timothy, depuis son pied à terre musical, il ne capte pas et s'en fiche, tout à son enregistrement, plusieurs jours dans les studios mythiques d'Abbey Road, le Graal pour son groupe baptisé The Tramps, élégant pour un gamin sorti des quartiers chics. Enfin, là non plus, Kenwood ne partage pas.

Une certaine lassitude le parcourt depuis plusieurs jours. Le gisement breton s'annonce prometteur, mais compliqué à mettre en œuvre. Le dérapage de Kirkpatrick l'a fortement secoué.

Tout en laçant ses chaussures, il se dit qu'il forme avec Matthews un tandem efficace : lui a l'expérience, son collègue un optimisme naturel, dont il se nourrit lors des moments difficiles, ce qui est le cas aujourd'hui.

Il prend sa sacoche et quitte l'appartement d'un pas mesuré.

Les bureaux de LA FIRME sont dispersés en ville. Le plus simple est de rejoindre ceux, plus discrets, de Saint James's Square. L'opérationnel ne se trouve pas là, les secrétaires et autres exécutants n'ont pas à se préoccuper de ces réunions informelles.

Matthews sera sur place rapidement, son domicile se situe à quelques rues. Le débriefing demande calme et sérénité.

Andy Kenwood a eu l'info sur l'arrivée de Kirkpatrick chez lui. Il sera surveillé de manière régulière. L'homme est dangereux, Kenwood le savait déjà quand il a fait appel à lui, mais trois meurtres de sang-froid l'ont glacé. Matthews n'avait pas approuvé ce contact, l'avait fait savoir à qui de droit, sa position s'en trouvait affaiblie. Les solutions radicales n'étaient pas écartées, mais si les chargés d'affaires extérieures pouvaient éviter… La faute professionnelle n'était pas loin et Kenwood pouvait être sacrifié sans états d'âme, LA FIRME déclinant toute responsabilité, lâchant son collaborateur, le livrant à la justice. Cela s'était déjà vu. Matthews le savait et œuvrait pour se dégager de cet aspect du dossier. L'avocat était encore jeune et n'avait aucune envie de se griller sur la place de Londres, le tout pour une prospection non prioritaire. Resserrer les boulons devenait urgent.

Les deux hommes arrivent quasi simultanément au 6 square St-James, *head office* de LA FIRME.

9 h 30

Dans la salle de réunion informelle, fauteuils cuir et boiseries d'un autre siècle accroissent la solennité des décisions qui y sont prises.

Les deux hommes prennent place, une table basse indienne les sépare.

— Marion Le Bihan rentre aujourd'hui, dans l'après-midi, annonce Matthews. Elle parle trop, c'est ennuyeux.

— Que s'est-il passé ? demande Kenwood sur un ton inquiet.

— Votre protégée a reçu la visite d'un capitaine de gendarmerie, ce qui signifie quelqu'un chargé d'une enquête criminelle, en l'occurrence celle des meurtres de Kirkpatrick. Comment est-il arrivé là ? Mystère. Elle m'a soutenu qu'elle ne comprenait pas. Je crois qu'elle ment…

— Pourquoi mentirait-elle ? rétorque Kenwood, mal à l'aise.

— Il n'y a aucun lien possible entre elle et les victimes, si ce n'est qu'elle est née dans ce village et qu'elle connaît Morel, qu'elle ne doit pas revoir, sauf si on lui en donne l'ordre, et ça vous le savez. Vous l'avez eu au téléphone ?

— Une fois, rapidement, quand elle est arrivée en France, de l'hôtel, pour me dire qu'elle était sur place.

— Écoutez, je ne voudrais pas me mêler de ce qui ne me regarde pas, mais nous marchons sur des œufs dans ce dossier. Si nous pouvions éviter les communications inutiles, ce serait plus… prudent. Elle a parlé à quelqu'un. Je la vois cet après-midi, chez elle. Je fais vérifier l'appartement, pour les écoutes éventuelles. Et Kirkpatrick ?

— Il est arrivé dans son pays. L'avion est sur le retour avec à son bord le Boss de là-bas, un peu étonné de la présence de l'appareil. Nous sommes restés discrets. Il y a une réunion de conseil d'administration demain. J'ai mis en place une surveillance du Sud-Africain, deux personnes en alternance.

Kenwood énonce ces informations d'une manière un poil trop administrative. Matthews s'en agace quelque peu.

— Un souci, Owen ?

— Andy, je ne voudrais pas outrepasser mes fonctions, mais nous avons sur les bras, tous les deux, une affaire dont vous ne semblez pas mesurer toutes les conséquences potentiellement désastreuses, pour nous et pour LA FIRME. J'ai eu un contact avec Carreras, Alfonso Carreras, une série de questions, précises, vous le connaissez. Il a eu vent, de manière anecdotique, du triple homicide et m'a demandé un mémo sur notre implication éventuelle dans cette affaire. Il n'est pas rédigé. J'attendais notre entrevue. Que dois-je lui dire ? Vous êtes hiérarchiquement juste l'étage en dessous et c'est à vous qu'il aurait dû demander, pas à moi, un étage plus bas.

— Carreras est un type précis, pressé et impitoyable, avoue Kenwood. Tout lui dire revient à nous mettre la tête sur le billot, ne rien dire va le rendre soupçonneux. Il connaît vaguement l'existence de la prospection française, il a trop à faire avec la Serbie en ce moment, mais il n'oublie pas, il n'oublie jamais.

— Alors ? Je dis quoi ?

— Repréciser les grandes lignes du dossier, la pré signature de Morel, positive, comme quoi nous sommes au courant du drame, que les propriétés de la victime sont dans notre projet. C'est tout. Il n'a jamais eu les mains sales, il ne peut envisager que nous soyons impliqués, c'est hors de son schéma mental.

— Je l'espère. D'accord, je le rédige dans la journée. D'autre part, il est fort probable que Scotland Yard mène une enquête complémentaire. Si vous êtes contacté, dites-le-moi tout de suite. Je crois que c'est tout. Nous attendons les dates des rendez-vous en France.

Kenwood acquiesce et se lève, Matthews de même.

Un dernier regard sur la bibliothèque, Kenwood se dirige vers la sortie, Matthews le précédant.

Andy Kenwood sort affaibli de cet entretien. Il a été court-circuité, clairement, sur une opération délicate. Alfonso Carreras se penchera sur ce dossier un jour ou l'autre et…

12 h 20. Gare de St-Pancras

Arthur débarque à Londres.

Tony Bennett l'attend. Il a la photo, ne le rate pas. Bennett est, comment dire, très anglais, dans l'idée traditionnelle que l'on s'en fait. Arthur s'en fiche, pas d'*a priori*. Il est fort content d'être là, ne sait pas trop ce qu'il vient faire.

Jean, baskets, pull irlandais sur tee-shirt, Arthur ne s'est pas foulé, inutile, pratique. Un sac à dos, l'ordi ultraportable, il voyage léger, pour deux jours, ce sera suffisant.

Tony Bennett a son panneau, feuille format A4 avec « Arthur » marqué dessus, casquette tweed, pull torsadé, pantalon velours grosses cotes, et un Burberry's, gros brodequins. Le look, se dit Arthur, il n'y a qu'ici… Il imagine Marchal : non, vraiment. Le visage tout en longueur, yeux clairs, sourcils broussailleux, mèche rebelle sur le front, cheveux châtain clair, presque blonds et la moustache… ah, la moustache, taillée, soignée, Arthur ne voit qu'elle. Un Anglais au visage sympathique l'accueille d'une poignée de main franche et cordiale.

— *You're the king*, Arthur, dit-il avec un grand sourire. *I know, poor joke…* Comment allez-vous ?

L'accent est à couper au couteau, mais Arthur comprend et s'il faut mêler les deux langues, on y arrivera.

— Ça va merci. Je ne sais pas trop en quoi je vais être utile.

— Philippe Marchal m'a entretenu de votre sagacité, c'est le mot, l'histoire n'est pas belle et le gibier est du gros gibier, *very big and very dangerous. Come on, to the pub.* Vous avez faim ?

— Un peu oui…

— *Fish and chips ?*

— *OK, no problem.*

Bennett observe le garçon. Celui-ci semble vif, intelligent et… très à l'aise.

— Vous êtes déjà venu à Londres ? demande-t-il à Arthur.

— Oui, il y a quelques années. Trois mois à Camden, un boulot dans un des restaurants, un thaï, je crois, puis un autre, j'en ai fait plusieurs. Un des meilleurs moments de ma vie.

— De votre courte vie, vous en vivrez d'autres. *Well, let's go to The skinner arms*. À côté, bien pour parler, pas trop bruyant.

— Je vous suis.

Arthur comprend que le policier le jauge, l'air de rien, affable, un *cool* qui reste un flic, attention à ne pas tomber dans la familiarité. Dire « *you* » n'a pas d'incidence, dire « tu » ou « vous », ce n'est pas pareil.

— Marchal a une sale affaire sur les bras. Le tueur n'est plus ici, c'est presque certain. Vous avez lu le dossier ? Ce type est un pro.

— Oui, sans doute, mais il a laissé tellement de traces que je me demande s'il ne l'a pas fait exprès.

— *Doing that on purpose ? Why ?*

— Ce type n'a rien à perdre, rien à prouver, il a eu son fric. Il savait qu'il ne resterait pas ici, c'est lui qui avait toutes les cartes en main, les commanditaires l'ont exfiltré, il reste à savoir comment et d'où ?

— Vous regardez beaucoup les séries policières, *I suppose*. Quitter un pays n'est pas si simple, surtout une île. L'hypothèse de Marchal est celle d'une multinationale minière, la même qui a signé une entente préalable avec l'autre *farmer*, Morel, c'est son nom ?

— C'est ça, oui, et puis quitter une île n'est pas plus compliqué que quitter un continent si vous avez l'argent, les moyens logistiques. Vous connaissez cette boîte, LA FIRME ?

— J'ai vu le nom mentionné dans le dossier : 50 000 salariés, un siège à Londres, un autre à Melbourne, 100 milliards de dollars de Chiffre d'affaires et de multiples succursales. Les noms des négociateurs apparaissent sur l'entente avec Morel. Pas de lien supposé avec le triple assassinat.

— Ils jouent là-dessus. Cette entreprise a des avions privés ?

— Facile à vérifier.

— Et un avion privé ne peut décoller sans autorisation ? C'est marqué quelque part ?

— Obligatoire, *of course* ! Mais stupide de le faire prendre un avion de LA FIRME. *Panic* ! Kirkpatrick a menacé de tout balancer. Les meurtres n'étaient pas prévus, ni par lui ni par ses commanditaires. Lui est un pro, qui a déjà tué, eux ne sont que des cadres d'entreprise, ils se sont débarrassés du problème. Il pouvait quitter le pays sur un vol régulier…

— Je ne crois pas, tout cela s'est passé hier. Vous avez eu les éléments dans l'après-midi, il y était encore. Il n'a pas voulu prendre de vol régulier, il leur a forcé la main. Coincés, ils étaient coincés.

— *It's too easy ! My boy*, je crois que nous allons faire du bon travail ensemble. *But…*

— *But* ?

— L'Afrique du Sud n'a pas d'accord d'extradition avec nous. Il peut rester chez lui, il est intouchable.

— Attendez ! Cette entreprise a une succursale là-bas ?

— Je suppose, où voulez-vous en venir ?

— Cette ordure ne peut rester impunie. Le portefeuille, il faut taper au portefeuille.

— *I don't understand…*

— Si nous établissons le lien entre le tueur, LA FIRME et les négociateurs de cette boîte, celle-ci va vouloir se blanchir, se dissocier de ses employés, reprendre la main et demander au gouvernement sud-africain la tête de Kirkpatrick, sinon…

— *What* ?

— Ils retirent leurs avoirs du pays. Réfléchissez, cette affaire peut leur coûter une fortune, et une image, déjà pas terrible, abominable.

— Vous y allez un peu fort. Pour l'instant, il nous faut être patients et travailler. Vérifier les aéroports qui pratiquent le voyage d'affaires, Biggin Hill pour commencer. Y aller. Commençons par-là, il faut commencer par quelque chose. Mais vous avez raison, ce Mr Kirkpatrick paiera.

Bennett paie l'addition, ils rejoignent le véhicule de police, direction l'aéroport d'affaires de Biggin Hill, Sud-Est de Londres.

13 heures. Aéroport de Dinard-Pleurtuit

Marion Le Bihan partage le Honda Jet avec deux hommes d'affaires bretons. Matthews réduit les coûts. Arrivée à Biggin Hill vers 13 h 15, heure anglaise.

Elle se débrouillera pour rentrer chez elle. Elle a rendez-vous avec l'avocat vers 17 heures, chez elle, Kenwood n'est pas prévu. Elle l'appellera avant.

Les deux côtés de la Manche sont si différents, ceux qu'elle visite nécessitent le grand écart. Avec Matthews, elle n'est pas à l'aise. Son homosexualité le rend plus proche, mais insensible à ses charmes, et il est brillant, nettement plus intelligent, plus cultivé, tout ce qu'elle ne sera jamais. Elle le sait, elle ne peut mentir, il le sent. Lui dire cette… bêtise, l'entrevue avec le journaliste, scribouillard de campagne, indic patenté de la gendarmerie du coin. Quelle connerie !

Marion s'installe, fauteuil club cuir pleine peau, sens de la marche. L'avion roule sur le tarmac, permission de décoller. Le temps est clair.

13 h 30. Saint-Brieuc

L'autopsie des trois corps est terminée et les rapports sont arrivés sur le bureau de Marchal en fin de matinée.

Mort violente pour les trois, ce n'est pas un scoop. Étranglement, asphyxie, larynx brisé et cervicales en miettes pour Ogier ; les deux femmes, il se souvient du rapport oral de la police scientifique.

Il a un autre souci, Marchal, à cette heure.

Meyer l'a appelé, s'est excusé pour son dérapage affectif, a embrayé sur un appel téléphonique à la gendarmerie, de Madagascar. Le père de la jeune victime, ex-mari de l'autre femme, ainsi que son fils ont appelé, n'ayant pas de nouvelles. Meyer a éludé avant de contacter Marchal, ne sachant que faire. Les deux Malgaches rappelleront en fin de journée, ils sont inquiets, les deux téléphones de leur famille ne répondent plus.

Annoncer par téléphone une telle nouvelle… mais il n'a pas le choix, une visio s'impose. Marchal demande à Meyer de rappeler *la Grande Terre*, de leur donner ses coordonnées, passer par WhatsApp, les prévenir qu'ils seront appelés vers 18 heures, heure française.

Il faut qu'ils viennent reconnaître les corps. Il le faut. Et voir où habitaient ces femmes, qu'ils comprennent, ou pas, ce qu'elles étaient venues chercher, loin de leur terre.

Viendront-ils ? Si oui, qui et quand ? Est-ce que l'on peut prendre en charge l'ensemble, une partie des frais ? Marchal ne sait pas. Il va en référer au colonel qui décidera, après consultation, le politique n'est pas loin. Nous paierons, pense Marchal, afin d'éviter une tension inutile. Le capitaine ne fait pas de politique, il fait son boulot. Mais le contact s'établit, parfois, contraint. Les sujets délicats ne manquent pas quand on est flic. Nettoyer la merde des autres, comme il le dit souvent, fait remonter de mauvaises odeurs. Le crime n'est pas que crapuleux, il a souvent des causes sociales : la misère engendre la haine, le rejet engendre la violence, les lois n'existent pas quand vous n'avez rien à perdre, même pas la vie, une vie de débrouilles, de petits trafics, de promiscuité, sans espoir, et le regard, le regard des autres, le mépris, l'indifférence et la délation, ah, la délation ! Marchal en frissonne de dégoût, à la vue de ces gens qui recherchent désespérément la reconnaissance de l'ordre établi, un coup de fil à la gendarmerie : « Un type traîne dans le quartier, vous pouvez passer, s'il vous plaît, il prépare un mauvais coup, c'est sûr. » « Le pauvre type en question cherche un abri pour la nuit, c'est tout, Madame, vous pouvez sortir votre chien tranquillement », et la dame à la moue sceptique, le bonhomme au front bas et à la moustache qui tombe, cinquante ans chacun, cent ans de conneries, comme disait Gabin dans *La traversée de Paris*. Marchal adore Gabin, la vieille école.

Il adore son travail aussi, un peu trop. Elle est partie. Être femme de flic, ce n'est pas une sinécure.

Le politique, lui, pointe le bout de son nez, si l'odeur est trop forte pour ses narines délicates. Deux femmes d'origine étrangère, assassinées, les médias vont adorer. Parce que la thèse du suicide précédé des deux meurtres a du plomb dans l'aile. Trois jours après les faits, il y a déjà eu des fuites, à la police scientifique, la discrétion n'est pas toujours la règle, et la presse a des moyens, la prévarication, même en France, existe. Pas de grosses infos, non, un indice, suicide impossible, trois morts suspectes. C'est tout.

Trois morts suspectes, c'est un titre, une accroche.

Et patatras ! Marchal a droit au coup de fil de la hiérarchie, se fait engueuler, il a l'habitude, le cuir tanné, il appelle la Police scientifique et râle un bon coup. C'est inutile, mais l'ouvrir de temps à autre…

Ne pas oublier d'appeler le gamin à Londres. Bennett a envoyé un texto d'avis de réception d'Arthur : *Good boy !* Ben voyons, Tony approche de la retraite, jouer les Sherlock Holmes aux yeux d'un petit Français tout droit sorti de sa campagne sera un passe-temps agréable, et l'affaire est multiple, ce qui ne sera pas pour déplaire à l'inspecteur de Scotland Yard.

13 h 30. Aéroport de Biggin Hill

L'avion privé en provenance de Dinard-Pleurtuit atterrit. Marion a peu parlé au cours du vol, au grand désappointement des deux entrepreneurs bretons, émoustillés par la plastique avantageuse de la dame, laquelle réfléchissait à sa future rencontre avec Matthews. Lui dire la vérité, s'excuser platement, invoquer l'émotion d'un retour aux racines, la douleur de revoir les lieux de son drame personnel. La vérité n'est pas très éloignée, si l'on y rajoute une avidité, un besoin d'argent, encore et toujours. Marion dépense trop, vit au-dessus de ses moyens, Matthews le sait, la liaison avec Kenwood n'est pas désintéressée, lui croit le contraire, quinquagénaire poivre et sel, aux costumes sur mesure, elle l'a croqué, à la première rencontre, un vrai toutou. Elle espère, elle ne sait pas. Toujours victime de ses émotions, elle réagit, sans réfléchir ; les conséquences ensuite se profilent à l'horizon.

Le Honda Jet vient se garer sagement devant l'aérogare, modeste bâtiment. Les *businessmen* forment l'essentiel de la clientèle de l'aéroport. La discrétion est de mise, rien de tape-à-l'œil, le pragmatisme anglo-saxon dans toute son austérité. La tour de contrôle au soubassement en briques rouges signale que nous sommes bien en Grande-Bretagne. Les formalités sont réduites au minimum, taxis et voitures de maître stationnent, dans l'attente de gens pressés. *Time is money*. Marion l'est un peu moins et traîne au relais presse, feuilletant un magazine.

Tony Bennett et Arthur Simon sympathisent dans l'automobile qui les amène sur leur premier lieu d'enquête commune. Biggin Hill n'est guère éloigné de Londres, coin tranquille du Kent, ouvert aux heures de bureau uniquement, les riverains ayant exigé, et obtenu, l'interdiction des vols de nuit. Les habitants de ce joli coin d'Angleterre avaient les moyens de faire entendre leur voix, entre gens de pouvoir, on sait à quelle porte il faut frapper.

Arthur fait remarquer à Bennett le *standing* des véhicules garés devant l'aérogare : Bentley, Jaguar et Range Rover aux vitres teintées, peu de taxis londoniens. L'inspecteur gare le véhicule sur le parking, en arrière de la file d'attente.

— Nous changeons d'univers, lui répond Bennett. Nous allons tout de suite à la tour de contrôle. Je connais quelqu'un, je vais voir s'il est là. Attendez-moi dans le hall, j'en ai pour quelques minutes.

— OK. Je vous attends, murmure Arthur dans un sourire.

Arthur rentre dans le hall. Peu d'agitation. Il distingue les avions de petite taille, garés en épi. Pas de file d'attente, juste un portique de sécurité, il ne faut pas déranger la clientèle avec d'inutiles procédures. L'atmosphère de l'aérogare serait presque feutrée, s'il n'y avait quelques bruits de réacteurs, filtrés toutefois par une isolation phonique efficace.

La déambulation est de courte durée, Bennett rejoint le Français.

— C'est bien ce que je pensais, dit-il. LA FIRME n'a pas d'avion ici. Ils ont deux aéronefs à disposition, prêts à décoller, mais à Gatwick, pas ici. À cause des horaires. Il n'y a pas de vols de nuit ici. Une entreprise comme celle-là a des succursales partout dans le monde et doit pouvoir les rejoindre à n'importe quelle heure du jour et de la nuit. Si Kirkpatrick a pris un avion de l'entreprise, comme vous le pensez, c'est à Gatwick. Heathrow est trop encombré, pas de vols privés. Je vais prendre un journal, vous venez ?

— Je vous suis.

À quelques mètres du relais presse, Bennett s'arrête de marcher et se retourne vers Arthur.

— Droit devant vous, la jeune femme, tailleur gris, jupe, manteau cachemire. Elle feuillette un magazine. Ce n'est pas celle que Marchal a photographiée ? Soyez discret. Elle nous regarde. Elle vous a vu et… remarqué.

— C'est elle.

— Marchons. Je prends un magazine, restez tranquille, ne la regardez pas.

Arthur ne sait quelle attitude adopter, il pose et repose les magazines.

— Vous êtes français ? Ne dites pas non, ça se voit. C'est marrant comme on remarque tout de suite. Marion Le Bihan se plante devant Arthur. Moi aussi ; je m'appelle Marion, et vous, c'est comment, votre prénom ?

— Arthur, je m'appelle Arthur Simon, bredouille le jeune homme aussi surpris qu'ébloui par l'apparition.

— Vous attendez quelqu'un ?

— Oui, j'attends un ami, il achète un magazine, bafouille le garçon.

— Je rentre sur Londres, je vous dépose si vous voulez, j'habite cette ville.

— Je vous remercie, mais ce ne sera pas nécessaire, nous sommes motorisés et nous avons du travail qui nous attend.

— Ce n'est pas grave, je vous donne ma carte, on peut se revoir si vous voulez. Vous êtes à Londres pour longtemps ? enchaîne Marion.

— Quelques jours, voilà mon ami qui revient. Tony, je vous présente Marion. Marion, Tony, un ami anglais.

— Madame, mes hommages. Nous allons devoir vous quitter, nous ne sommes pas en avance, ajoute l'inspecteur avec empressement.

— Je comprends. N'oubliez pas, Arthur, ajoute-t-elle avec un grand sourire qui illumine son visage. À bientôt, j'espère.

— Peut-être, je ne sais pas, c'est ça, à bientôt, lâche Arthur en se précipitant à la suite de Bennett qui a pris quelques mètres d'avance.

— Vous êtes étonnants, vous autres Français. Je vous laisse deux minutes et vous embarquez la plus jolie fille du coin, qui plus est, un témoin clé de l'affaire en cours. *Incredible* ! Arthur, je vous parle…

— Oui, je vous ai entendu.

— Vous semblez troublé ?

— Avouez quand même que cette rencontre est… troublante.

Marion n'a pas réfléchi, une fois de plus. Il est mignon, ce garçon et son vieux copain anglais, une vraie carte postale. Ils n'attendaient personne, c'est évident, même elle, elle s'en est aperçu. Et ils l'ont regardée avant, comme s'ils l'avaient reconnue. Je deviens parano, ma pauvre fille, non mais, il faut que je rentre chez moi. S'il appelle, je verrai bien à ce moment-là.

Marion s'engouffre dans un taxi, direction Kensington. Elle possède un pied-à-terre, petit, vu les prix ; à ce tarif, elle achetait un manoir en Bretagne. Le quartier est chic, près de Hyde Park, bon pour la forme, le footing en bas de chez soi.

— Nous allons à Gatwick ? demande Arthur, remis de ses émotions.

— Oui, jeune homme, trois quarts d'heure environ. Nous serons fixés sur la justesse de votre scénario. Je n'ai pas de rendez-vous. Nous irons directement au *desk* de location des vols privés, ils nous renseigneront sur la bonne personne à trouver, en évitant si possible quelqu'un de LA FIRME. Bien que… non. Les autorisations de décoller viennent de la tour de contrôle et il n'y a qu'une piste à Gatwick, donc, à la tour.

— Si vous le dites…

— Il y a un numéro de vol avec destination, c'est obligatoire, petit ou grand avion, mêmes procédures.

Le policier se présente au parking du personnel de la tour de contrôle, décline son identité au gardien et se gare.

— Nous y allons tous les deux, explique Bennett, vous ne dites rien, vous écoutez et retenez les détails, à deux, on n'oublie rien, normalement.

Il explique au planton de service le pourquoi de sa visite imprévue, demande à voir le responsable, ou un contrôleur de service avant-hier soir.

Quelques minutes plus tard, un contrôleur est là qui accompagne les deux hommes, ascenseur express jusqu'à la salle panoramique, écrans scintillants, vite traversée. La porte du fond s'ouvre sur une autre salle avec vue, moins grande, un bureau fait face, un homme assis derrière lève la tête.

— Messieurs, je m'appelle Andrew Mc Dermott et je suis le responsable de la bonne marche des opérations sur cet aéroport. Vous désirez savoir si un avion de LA FIRME a décollé avant-hier soir.

— Merci de nous recevoir, je m'appelle Tony Bennett et voici mon jeune collègue français Arthur Simon. Nous enquêtons sur le départ précipité d'un ressortissant sud-africain…

— Qui aurait pris un vol privé, discret. Il me semble qu'un vol de ce type non prévu a décollé avant-hier soir. Une minute, je vérifie. Un Falcon 900 de la société LA FIRME est parti avant-hier soir vers 23 h 30 avec cinq passagers, deux pilotes et une hôtesse. Ce vol n'était pas programmé. Il a été calé deux heures plus tôt, procédure très rare, une urgence selon notre interlocuteur.

— Il vous a donné son nom ?

— Il s'est présenté au contrôleur en poste à cette heure-là. Voilà, je l'ai, Matthews, Owen Matthews, juriste dans cette entreprise. Une urgence, les affaires n'attendent pas.

— La destination du vol ?

— Oui, bien sûr : Johannesburg via Le Caire et Nairobi, deux escales. Cela répond-il à vos attentes ?

— L'avion est arrivé à bon port, vous avez cette info ?

— Toujours pour les vols de ce type, oui, il est arrivé le lendemain midi vers 13 heures.

— Merci beaucoup. Désolé de vous avoir dérangé.

— À votre service. Messieurs, au revoir et bonne chance.

— Au revoir.

Bennett n'en revient pas. Il se pourrait que le gamin ait raison.

— Il y a des caméras là où les passagers embarquent en avion privé ? demande Arthur d'un ton neutre.

— *Damned !* j'ai oublié de demander. On y retourne.

Mc Dermott le reçoit très aimablement et lui confirme qu'effectivement, il y a des caméras, qu'il s'étonnait qu'ils n'aient pas posé la question et qu'il s'attendait à leur retour. Dans cette perspective, il a sorti les enregistrements vidéo de l'arrivée des passagers.

— Vous avez des images ?

— Oui, en voici une copie numérique, je vous la donne, vous pourrez la visionner sur n'importe quel ordinateur. Je suis obligé de vous laisser, j'ai à faire.

— Merci encore, désolé, au revoir, monsieur.

Bennett se confond en excuses et ressort, penaud et un poil vexé de ce fâcheux oubli. À deux, c'est mieux. Tu vieillis, mon vieux, se dit-il en reprenant place dans le véhicule où l'attend sagement Arthur.

— Vous avez quelque chose ? demande-t-il.

— C'est OK. Merci. Nous rentrons au bureau visionner ceci, répond Bennett en donnant le CD à Arthur.

Arthur savoure en prenant le disque, il se sent utile.

Le bureau de Tony Bennett donne sur la Tamise, privilège de l'âge. Il n'a rien demandé, mais le respect ainsi traduit ne manque pas de le satisfaire : chaque jour qui passe le rapprochant de sa retraite est agrémenté d'une vue sur le fleuve qui l'a vu naître quelques décennies plus tôt. L'enquête actuelle sera sans doute la dernière, tout dépend de ce que nous allons trouver sur les images de Gatwick, et de la suite à donner. Les rapports avec l'Afrique du Sud sont complexes. Il reste dans la police de ce pays des nostalgiques de l'ancien régime, qui n'ont pas oublié le repli diplomatique de la Grande-Bretagne face à l'apartheid, et qui traînent les pieds, voire sabotent toute collaboration avec nous ; si l'on mentionne la France en plus, nous allons ramer. Le policier s'assoit derrière son bureau, convie Arthur à prendre un siège, allume le PC.

Les images défilent, qualité moyenne, les visages sont néanmoins reconnaissables.

Il est 15 h 20.

Saint-Brieuc. 14 heures, heure française

Marchal a appelé chez les Morel ce matin. Il doit passer dans l'après-midi voir Patrick Morel, sans sa femme, il l'a précisé. La Visio est à 18 heures, de la gendarmerie de Merdrignac, en espérant que les Malgaches soient à l'heure.

L'après-midi sera longue et nerveusement fatigante, le capitaine le sait et se prépare mentalement.

Trois quarts d'heure plus tard, il rentre dans la cour de la ferme. Il y a toujours deux hommes en faction et un autre devant chez Ogier. Encore deux jours de protection, histoire de rassurer Agathe Morel et nous aviserons.

Patrick Morel sort de chez lui, la mine sombre, les yeux cernés trahissent un manque de sommeil :

— Bonjour. Vous avez fait bonne route ?

— Bonjour, ça va, je vous remercie, la météo est clémente.

— Nous allons marcher, si cela ne vous fait rien, ajoute l'agriculteur, la campagne offre des balades paisibles.

— Pas de problème, le grand air n'est pas pour me déplaire. Voilà, je souhaitais vous revoir d'abord pour savoir comment vous allez, votre épouse et vous-même, ensuite pour vous demander si vous n'aviez pas remarqué ou entendu des informations qui pourraient nous être utiles dans le cadre de notre enquête sur la mort de vos voisins, au cours de votre séjour londonien.

— Nous faisons face. Nous préparons la suite. Je n'avais pas prévenu ma femme, pour la simple et bonne raison que je n'étais pas sûr, pas vraiment certain de conclure. Inutile de lui donner de fausses espérances. Je sais que ça vous a semblé suspect et… la coïncidence avec ce qui s'est passé était pour le moins bizarre. C'est votre boulot, le soupçon. J'ai rencontré deux cadres d'une société minière qui ont trouvé… mais je vous ai déjà raconté. Le rapport avec Ogier, je ne sais pas… Nous, on veut partir maintenant, plus que jamais.

— Je comprends. J'ai une question désagréable à vous poser, je voulais vous voir seul à cause de ça : Marion Le Bihan, ce nom vous dit quelque chose ?

Marchal regarde Morel, celui-ci s'arrête de marcher et lui sourit.

— Marion fut une aventure d'un soir. Je sais ce que l'on a colporté, je l'aurais forcée, relations non consenties. Marion n'était pas du genre que l'on oblige, elle avait tous les garçons à ses pieds et savait en jouer. Elle a dit, puis s'est rétractée, a de nouveau changé d'avis. L'affaire a été classée. Agathe est au courant, au cas où vous vous posiez la question. Pourquoi en parler aujourd'hui ?

— Elle a réapparu récemment dans le coin. Je l'ai rencontrée hier soir. Belle femme. Elle vit à Londres.

Morel se raidit.

— Elle serait réapparue, dites-vous ? Le mal du pays ? Je n'y crois pas, pas le genre.

— Vous n'avez rien à me dire, M. Morel, sur Marion Le Bihan, une information plus récente, un contact que vous auriez eu ? Pas une relation, non, une conversation avec elle. Nous avons toutes les raisons de penser qu'elle était sur le point, ou qu'elle l'a fait, de vous faire chanter, vous et votre femme, si vous ne signiez pas avec cette société minière, avec laquelle elle travaille. Vous me suivez, M. Morel ?

— Je vous suis, mais non, je vais vous décevoir : nous n'avons pas besoin d'un chantage pour partir, encore moins maintenant, et elle peut dire ce qu'elle veut, Agathe et moi formons un couple soudé. Elle est repassée par ici ?

— Oui, et puisque nous en sommes aux confidences, elle a déballé cette vieille histoire à un journaliste du coin qui n'a pas du tout apprécié et est allé voir la gendarmerie. D'où ma question.

— Elle travaille pour LA FIRME ? Je ne comprends pas. Elle y fait quoi ?

— Comment vous dire ? À ce stade, nous ne savons pas encore quel est son rôle exact. Nous pensons, je pense qu'elle est sortie du rôle qui lui était assigné. J'attends quelques informations complémentaires de Londres.

— Et concernant la mort d'Ogier ? C'est sur cette affaire que vous enquêtez, pas sur la vente de ma ferme, vous semblez relier malgré tous les deux, s'agace Morel.

— J'attends des précisions dans la journée. Je ne peux vous dévoiler l'identité de celui qui a tué, mais nous l'avons, nous savons qui c'est !

— Et ?

— Il n'est plus en France, loin à l'heure qu'il est. Je ne vous en dis pas plus. Autre chose : votre ouvrier agricole va bien ?

— Il s'est remis de son séjour, il a eu très peur. Il a toujours un fond d'inquiétude quand il passe devant la ferme d'Ogier. Vos plantons ne le rassurent pas, ils lui rappellent ce qui s'est passé. Si vous pouviez alléger votre dispositif…

— C'est prévu, il s'agissait d'éloigner les importuns, la presse entre autres. Bon, écoutez, je vais vous laisser tranquille, vous et votre épouse, je vous tiens au courant, n'hésitez pas, rappelez-moi si vous repensez à quelque chose, même un détail.

— Je n'y manquerai pas.

Les deux hommes ont repris le chemin d'exploitation qui les ramène vers la ferme, devisant maintenant sur le temps qui passe et celui qu'il fait, plus détendus.

Marchal serre la main de Morel, poigne ferme des deux côtés. La confiance renaît.

Morel rentre chez lui, Marchal rejoint sa voiture, jette un œil sur l'endroit, s'attarde sur la ferme d'Ogier, cachée derrière les arbres. La vue est large sur ces hauteurs, les talus ont été arasés lors d'un remembrement, pratique désastreuse du siècle dernier, le vent et les intempéries n'ont plus d'obstacles. Marchal repense à cette informelle conversation qui a suivi la précédente.

L'homme Morel gagne à être connu, en d'autres circonstances peut-être.

Direction la gendarmerie de Merdrignac.

Il doit appeler Bennett.

Le téléphone sonne, double-bip et la boîte vocale… « Ici Philippe Marchal, merci de me rappeler. À bientôt. »

Très en avance sur son *timing*. Bennett et Arthur sont au boulot. Marchal piaffe.

Il rappelle, toujours rien. Il aimerait, avant les Malgaches, du neuf, du grain à moudre, quelques repères supplémentaires. Il fonctionne par révélations, le capitaine n'aime pas attendre. Le puzzle se met en place, trop lentement à son goût.

16 h 30, heure française

Le portable vibre :

— Oui ? Tony ? *Well, thank you !*

— Nous avons du nouveau. L'intuition d'Arthur était juste, Kirkpatrick a pris un avion de LA FIRME vers 23 h 30 et, tiens-toi bien, c'est Matthews qui a réservé le créneau de décollage, en urgence, deux heures plus tôt.

— Vous avez des images ?

— Kirkpatrick seulement, il ne se cache même pas, ni lunettes de soleil, ni couvre-chef…

— Avec Matthews ?

— Non, ne rêvons pas, et puis il n'était pas seul dans l'avion. Plusieurs cadres de l'entreprise ont pris le même vol, plusieurs escales, Le Caire, Nairobi, l'avion longue distance n'était pas disponible. Kirkpatrick est arrivé en Afrique du Sud vers 13 heures le lendemain. Votre bourreau est loin désormais. Le lien n'est pas établi, pas formellement.

— Je vois. Nous avons un assassin à 12 000 kilomètres, identifié. Écoute, je contacte ma hiérarchie, lui explique la situation et j'avise. Autre chose ?

— Une seconde… Arthur, tu peux sortir quelques instants, je te remercie, désolé, confidentiel, trucs de flics. Philippe, toujours là ?

— C'est bon, je t'écoute.

— Arthur a rencontré la belle Française : Marion Le Bihan est à Londres et par le plus grand des hasards, à l'aéroport en même temps que nous. Je passe les détails, mais Arthur a le numéro de téléphone de la dame.

— Celui-là ! Et il sait qui c'est…

— Bien sûr, pas insensible à ses charmes, je le comprends, tu l'as rencontrée ?

— Oui, à l'hôtel où elle séjournait. Trop voyante pour moi. Et Arthur, il a une idée sur la suite ?

— Pas eu le temps d'en parler, mais je sens bien qu'il meurt d'envie d'appeler, joindre l'utile à l'agréable, je ne sais pas trop quoi lui conseiller. Il faut faire attention, il n'est pas vraiment policier et en cas de pépin…

— La question est de savoir ce qu'elle peut nous donner comme information sur cette boîte, les liens qui nous manquent et surtout des faits concrets, ajoute Marchal. Écoute, je lui fais confiance, il a toutes les infos.

— OK, je lui transmets, je ne le lâche pas.

— On garde le contact, Tony. Je te laisse, j'ai un sale travail à faire, prévenir les proches des victimes…

— *Oh, my God !*

— *Yes*, comme tu dis, à 8 000 kilomètres, la famille des deux femmes, en visio… Je te laisse, *bye*.

— *Bye bye, see you.*

Tony est plus âgé que Marchal et admire son entrain, sa capacité à passer d'un monde à l'autre. Le gamin a l'air d'être de la même trempe, on va le savoir assez vite.

— Arthur ! *Come in.*

La nonchalance naturelle du jeune homme en ce lieu détonne quelque peu, mais nous sommes en Grande-Bretagne, Tony Bennett ne s'en offusque pas.

— Quoi de neuf ? enchaîne Arthur, toujours curieux.

— Vous avez carte blanche concernant la jeune dame de l'aéroport. Ce serait même un plus pour notre enquête, mais attention, Arthur, elle est potentiellement dangereuse, pas elle, mais ceux qui l'entourent.

— J'avais remarqué. Je ne suis qu'un Français de passage à Londres, une rencontre fortuite entre compatriotes. Il n'y a pas marqué « Police » sur mon front.

— Je sais, mais cette femme est sur ses gardes, toute nouvelle relation…

— Sera considérée comme suspecte. Écoutez, je vais l'appeler, j'improviserai…

— C'est bien ce qui m'inquiète… Écoutez, je vous invite, nous allons prendre un verre au *pub*, au Red Lion. Vous pourrez peut-être apercevoir quelques élus au Parlement. *Let's go !*

— Merci, vous êtes un type vraiment cool.

— Le travail, oui, un peu de détente aussi. J'appellerai LA FIRME ensuite, demander messieurs Matthews et Kenwood. Nous allons rentrer dans le vif du sujet.

17 h 30, heure française

À la gendarmerie de Merdrignac, une pièce a été réservée pour Marchal.

Le contact avec Madagascar est prévu pour 18 heures. Il est souhaitable qu'il n'y ait pas d'interférences. Marchal est mal à l'aise. Il a déjà eu à affronter la douleur, en direct, pas par vidéo, l'impossible contact sera difficilement supportable, mais il le faut.

Meyer rompt les réflexions de Marchal :

— La salle est prête.

— Oui, je vous remercie.

— Je vous ai mis une bouteille d'eau et un verre.

— C'est bien. Il faudrait louer un gîte pour ces gens quand ils viendront. Il y a ce qu'il faut par ici ?

— Largement, en cette saison, il y a peu de touristes.

— Dès que je connais les intentions de la famille, vous louez un gîte et vous prévenez les propriétaires de l'identité des locataires et de leur situation. Je ne veux pas d'impair, du genre racisme basique ou suspicion. Du respect, le dire avec force.

— Ce sera fait. Excusez-moi, mais pour Marion Le Bihan, j'ai eu le journaliste qui voudrait savoir ce qu'il doit faire avec le texte…

— Rien, il ne fait rien. Il brûle ce texte. Elle est rentrée à Londres et qu'il ne s'avise pas de le publier, c'est à moi qu'il aura à faire, vous lui dites… menace Marchal d'un ton sec.

— Compris, ce n'est pas le mauvais gars, mais un peu lent quelquefois, répond Meyer, je le rappelle de suite.

Marchal ne répond pas et se dirige vers la salle au bout du couloir, réservée aux interrogatoires, rarement utilisée, mais prévue dans le cahier des charges lors de la construction du bâtiment, dix années auparavant.

Elle est utile dans ce cas, insonorisée, pour éviter les oreilles qui traînent et la concentration nécessaire, si besoin est. Et c'est le cas.

L'ordinateur est sur la table au milieu de la pièce, une chaise avec accoudoirs permet une assise prolongée et la bouteille d'eau avec son verre, comme promis.

Il est 17 h 50.

Marchal sort un papier avec les noms et prénoms des deux hommes, le numéro de téléphone a été entré dans l'application, prêt à l'usage.

Le capitaine compose le numéro quelques minutes en avance, il ne s'en soucie guère, ils seront là, même sans savoir, ils se doutent et comme ils sont équipés, les nouvelles vont vite.

— Ici le capitaine Marchal.

L'image lui parvient : deux hommes, en extérieur, le plan est large, ils ne sont pas seuls…

— Ici Angel et Raoul Raveloniaina.

— Bonjour Messieurs.

— On vous a contacté parce que nous n'avons pas de nouvelles depuis trois jours de Kanto et de Tsilavo. Je suis Angel, le papa de Tsilavo et l'ex-mari de Kanto, je dis *ex* parce qu'elle est partie. Mon fils est avec moi.

Le visage d'un jeune homme apparaît en gros plan.

— Bonjour monsieur, dit le garçon avec un signe de la main.

— Voilà. Avez-vous des nouvelles ? Nous avons lu une information sur des morts brutales dans le village où elles habitent, mais ils ne donnaient pas les noms alors nous nous posons des questions.

L'homme a la voix qui tremble, une quasi-certitude transparaît sur ce qui va lui être annoncé, son fils a déjà la larme à l'œil.

— Messieurs, je vois que vous n'êtes pas seuls. Il serait peut-être bon que les personnes qui vous accompagnent s'éloignent, qu'en pensez-vous ?

— Nous partageons les bonnes comme les mauvaises nouvelles, dites ce que vous avez à nous dire, nous aviserons ensuite.

La voix qui porte ne souffre aucune contradiction. Marchal écoute et regarde l'homme, port de tête altier, regard droit sur la caméra. Marchal s'exécute et commence à parler :

— Mesdames Kanto et Tsilavo Raveloniaina ont été retrouvées décédées il y a trois jours dans la pièce principale de leur habitation, aux côtés de M. François Ogier, mari de Kanto précédemment nommée. La mort a été occasionnée…

— Merci. Nous savons maintenant. Écoutez-moi. Mon fils et moi allons venir dès que possible, pour voir et reconnaître les corps et les ramener chez nous. Vous nous dites si vous pouvez nous loger ou s'il faut que nous nous en occupions, c'est tout. Nous parlerons du reste une fois sur place. Ce n'est pas bien de parler de ça de cette manière avec les écrans.

— Je suis en accord avec vous. Vous serez logés, votre fils et vous, nous nous en occupons tout de suite. Dites-nous quand, nous vous enverrons chercher à l'aéroport de Roissy près de Paris. Sincères condoléances, nous mettons tout en œuvre pour…

— Je le sais, capitaine, vous me direz tout ça de vive voix. Je vous envoie le numéro du vol dès que nous l'avons, par le même canal. Ne nous attardons pas, nous avons une longue route pour vous rencontrer et comprendre ce que le destin a voulu nous montrer. Au revoir, monsieur, à très bientôt.

La communication s'interrompt sans que Marchal ait eu le temps de répondre. Impressionnant de dignité. On se doit d'être bon dans cette enquête, avec un assassin à 10 000 kilomètres, pas simple.

18 h 15

Meyer et Marchal se retrouvent dans le bureau de l'adjudant.

— Vite expédié ! claironne Meyer.

— Comme vous dites. Mais à votre place, je ne serais pas si sûr de moi. Le type que j'ai eu en face de moi est resté de marbre quand je lui ai dit pour sa fille et son ex-femme. Il arrive avec son fils dès que possible et c'est vous qui allez les chercher à l'aéroport, à Roissy.

— Moi ?

— Vous et un de vos hommes. Nous gardons la main sur cette affaire. Je ne veux pas que la police y fourre son nez. On assure la logistique. Donc, un gîte pour demain midi, plusieurs jours, mettons une semaine de location. J'ai eu l'impression d'avoir affaire à un chef, une autorité, quelqu'un que l'on ne mènera pas en bateau, dites-le à vos hommes qui seraient tentés de faire dans le paternalisme. Nous devrions avoir les horaires d'avion avant la fin du jour. Vous avez quoi comme véhicule ?

— Nous avons réceptionné un 4008 Peugeot il y a peu.

— Parfait. Je dois voir le colonel pour le budget. Je rentre à Saint-Brieuc. N'oubliez pas de réceptionner les horaires de vol et accusez réception. Vous pouvez mettre quelqu'un dessus. Merci encore, je file, à plus tard.

Le Cap, Afrique du Sud : J + 2 à J + 6

Kirkpatrick tourne en rond dans sa luxueuse villa du 42 Alexandra Avenue. Il a vérifié. La somme a bien été versée au compte numéroté des Îles Caïman. Ce n'est pas ce qui le met en colère. Il a juste salopé le travail. Ils ont ses coordonnées à Londres, sont passés chez lui, le concierge de l'immeuble l'a bipé peu de temps après. Ils l'ont raté de peu. Il n'aurait jamais dû accepter ce contrat et tout a été de travers, jusqu'à ce type qui le dévisage, les yeux qui le fixaient semblaient le photographier. Un homme sur cette Terre l'a vu sur les lieux du crime.

Ce n'est pas acceptable.

Cela ne s'est jamais produit. Il doit corriger son erreur. Il a été payé pour un travail, il doit être terminé. Il n'aime pas voler son salaire, il a le respect de la parole donnée, de l'argent gagné par un labeur propre et sans bavures.

Dans sa spécialité, il n'est pas rare de retourner sur les lieux d'un contrat, pour terminer ou corriger une erreur d'appréciation. C'est le cas aujourd'hui.

Changer de tête, nouveaux papiers d'identité, et retour sur site.

Voir Willem Van de Pool, « esthétique renforcée » comme il aime à le dire, toujours disponible et discret.

Mark de Clijsters pour les faux papiers.

Trois jours devraient suffire pour changer de tête, deux de plus pour coller sa nouvelle tête sur ses nouveaux papiers.

Le tout est temporaire. De retour ici, il redevient John Kirkpatrick, négociant en vins.

Il doit repasser par Londres, récupérer les armes dans sa planque, les indétectables, nouveaux matériaux, non immatriculées, munitions artisanales de sa fabrication. Ne pas être tenté de régler leur compte aux deux cadors de LA FIRME, cela le démange, prise de risques sans intérêt. Il se pose la question. La police anglaise a retrouvé sa trace par les empreintes et l'ADN, le lien avec l'entreprise peut-il être établi ? Les intérêts, s'il a bien saisi le pourquoi de son contrat, étaient communs avec la ferme d'à côté. Ce ne sera pas long avant qu'ils n'interrogent les deux gugusses de la boîte et de là à ce qu'ils essaient de se couvrir en le chargeant, si ce n'est déjà fait, il n'y a qu'un pas. S'il les tue, il faut que cela ait l'air d'un accident ; ce serait signé, etc. s'il les exécutait froidement.

Kirkpatrick appelle Van de Pool, lui explique, enfin, lui expose ses besoins. L'autre acquiesce, du moment qu'il paie et il le connaît, il paie bien. C'est OK pour demain, un tour de passe-passe esthétique qui doit tenir une semaine, il ne veut rien de définitif, le monsieur. Il a compris, à 8 heures du matin. 5 000 dollars.

De Clijsters est un proche, dans le même circuit. Il alimente en faux papiers la plupart des mercenaires qui opèrent sur le continent, ne tient pas à savoir ce qu'ils font, il tient à sa peau, et gagne confortablement sa vie. Tant que les fonctionnaires sud-africains seront mal payés, voire pas payés du tout, il pourra les arroser, obtenir les tampons, le papier qui correspond et les en-têtes, et les revendre à prix d'or à des types peu recommandables, en espèces. Kirkpatrick est un client régulier. Il prend la photo le matin, le passeport, le permis le lendemain soir. 2 000 dollars plus 1 000 pour le permis de conduire sud-africain.

Un nouveau nom, important, à trouver : un type, à la morgue depuis huit jours, que personne ne réclame, fera l'affaire. La corruption est un sport national. Un type comme Kirkpatrick peut s'appeler Peters ou Van de quelque chose, tout le monde s'en fiche, personne ne vérifiera. Pour cent dollars, l'employé concerné regardera ailleurs si nécessaire, ça lui paiera l'électricité de son logement, sa *Mandela House*, bicoque dans le *township,* issue d'un programme de relogement ambitieux, jamais achevé, là aussi pour cause d'arrosage à tous les étages.

Kirkpatrick s'appellera Peters, Hank Peters, le temps d'une escapade en France et au Royaume-Uni.

J + 3 (suite)

17 heures, au Red Lion à Londres.

— Ce *pub* est réputé dans bien des domaines, notamment pour les rencontres que l'on peut y faire, c'est un haut lieu de la politique anglaise. Mon jeune ami, ici se font et se défont des gouvernements, sont tuées dans l'œuf certaines réformes et, plus dans vos cordes, de charmantes personnes viennent quêter quelques passe-droits.

Bennett est intarissable sur ce lieu qu'il semble fréquenter régulièrement si l'on en juge par les nombreux saluts et signes de tête de consommateurs attablés quand ils sont arrivés.

Quelques conciliabules ont eu lieu, regards furtifs en direction d'Arthur.

— Je vous ai présenté discrètement. Si vous voulez inviter la jeune personne que vous savez, vous pouvez venir ici. Il y a de temps à autre un peu de musique.

— Je ne m'installe pas à Londres, vous savez. Je connais quelques clubs depuis mon séjour passé, mais merci pour le conseil, l'endroit est superbe, très *old-fashioned, typically british,* si vous permettez.

— Nous ne sommes pas de la même génération, il est vrai, mais l'on y mange bien également, c'est une de ses qualités. Bon, passons aux choses sérieuses. Je vais contacter LA FIRME, demander qui vous savez et leur demander de passer me voir à Scotland Yard. Ils vont refuser dans un premier temps. Je vais rappeler, suite à leur refus, leur mentionner les meurtres, la tractation avec Morel. Cela devrait suffire.

— Et ils viendront avec un avocat…

— Pas tout de suite, c'est une demande de renseignements, un complément d'enquête, et taquiner Mr Matthews sur *l'avion de 23 h 30*, appelons-le comme ça.

— Et là, il va solliciter un avocat…

— Non, jeune homme, il n'y a rien à ce stade. Ce qui m'intéresse, c'est leur réaction, la manière de répondre à mes questions. Leurs réponses, si elles sont trop précises, auront été préparées et trahiront une appréhension due au fait qu'ils cachent quelque chose, l'un ou l'autre, ou les deux. Tout cela devrait aller assez vite. Ils se doutent, s'attendent à un contact avec la police, qu'elle soit anglaise ou française. Dans la journée de demain, je devrais les voir dans mon bureau, dans l'après-midi. J'appelle en sortant d'ici, réponse négative qui suit, je rappelle demain matin avec ce que je vous ai dit, et après déjeuner…

— Bingo ! Je blague, Mr Bennett.

— Occupez-vous ce soir comme vous le sentez, je vous laisse et vous tiens au courant. À demain, au siège. *Bye.*

— *Bye*, merci encore pour tous ces éclaircissements.

— *You're welcome.*

Arthur vit un rêve éveillé. Il est arrivé dans la capitale anglaise à 12 h 30. Il est à 17 h 30, au cœur de Londres, d'une affaire qui peut coûter très cher à une des plus grosses sociétés de la planète. Au cœur de l'évènement, et il peut y jouer un rôle.

Téléphoner à Marion Le Bihan tout de suite, ne pas perdre de temps.

Même heure, quartier de Kensington

Marion est arrivée dans son deux-pièces en début d'après-midi, a pris une douche et appelé Kenwood. Celui-ci est très ennuyé de la tournure que prennent les évènements, ne comprend pas ce qu'elle fait à Londres. « Quel est le problème ? » s'emporte-t-il au téléphone.

Marion sent que l'homme lui échappe, lui explique la visite de Marchal, la rencontre avec le journaliste, qu'elle réduit au minimum. Il explose, menace. « Matthews vient me voir, je m'expliquerai avec lui, calmement, tu perds tes nerfs, je ne discute pas avec quelqu'un d'hystérique » et elle lui raccroche au nez. Elle reprend ses esprits. L'image d'Arthur lui revient, elle se sent très seule.

Son téléphone vibre, numéro inconnu, elle prend :

— *Yes ?*

— Bonsoir, c'est Arthur. Je ne vous dérange pas ? Je vous appelle pour…

— Bonsoir, je me rappelle, oui, l'aéroport. Écoutez, j'attends quelqu'un d'une minute à l'autre. Je vous rappelle après, promis, sans faute, mais là, j'ai un problème à résoudre, juré, je vous rappelle, merci, vous êtes gentil, à tout à l'heure.

— À plus tard, alors, merci, soupire Arthur, décontenancé.

Marion soupire elle aussi pour d'autres raisons, Matthews est en retard, comme toujours.

L'interphone sonne :

— *Yes ?*

— *It's Matthews.*

— *OK,* répond-elle en libérant la porte d'entrée de l'immeuble.

Marion se rajuste, même si elle sait… enfin, elle sait, un réflexe. Petit bruit derrière la porte, elle ouvre sur un Matthews hilare.

— Vous lui avez raccroché au nez ! Il n'en peut plus le vieux, arrêtez avec lui, il va nous faire une crise cardiaque, s'esclaffe l'avocat, au bord du fou rire. Alors, c'est quoi, cette histoire de journaliste en France ?

— Rien de grave, j'ai voulu me venger, c'est minable, d'une vieille histoire avec Morel.

— Je connais l'histoire, vous nous l'avez racontée et fait de même avec un scribouillard qui est allé voir les flics, et vous vous retrouvez face à un enquêteur plus malin que vous. C'est embêtant, mais pas dramatique, pas de quoi hurler comme l'autre, il perd ses nerfs. Je vous ai fait rentrer parce que je préfère vous avoir sous la main, surtout éviter la Police française. C'est tout. Vous allez bien autrement ?

— Ça peut aller.

— Détendez-vous. Je tenais à vous voir juste pour voir dans quel état vous étiez, je constate que vous êtes calme, assez sereine même. Très franchement, vous devriez laisser tomber le vieux Kenwood, et pour être franc, ses jours sont comptés à LA FIRME, manque de sang-froid, et votre relation le perturbe. Je m'en vais. Reposez-vous et appelez-moi si vous avez besoin. Nous aurons certainement besoin de vos services, que nous apprécions. Bonne soirée.

— Merci, bonne soirée à vous.

— Au revoir Marion.

— *Bye.*

La porte se referme sur un Matthews décontracté et une Marion soulagée.

Arthur a envoyé un texto : *Quelle est votre adresse ?*

Il tombe bien, celui-là, se dit-elle sans arrière-pensée.

— 38 Bedford Gardens, métro Notting Hill Gate, tape-t-elle.

— Marrant. Le même que mon hôtel. Je peux passer ? Vous êtes disponible ?

— C'est bon. Je ne bouge pas. Vous êtes loin ?

— Près du Parlement.

— Une demi-heure.

Arthur prend son sac, station Westminster, un changement, cinq arrêts au total. Elle a l'air simple cette fille. Il a du mal à la cerner. Une fille de la campagne est arrivée à Londres, y est restée, contrairement à lui.

Allons-y, se dit-il, je suis en mission, n'oublie pas, mon garçon ! Garder son sang-froid.

Arthur

Arthur est le fils unique d'une femme qui l'a élevé seule. Elle était étudiante quand Arthur est arrivé sur cette terre. Le père ne fut pas mis au courant. Une aventure d'un soir avec un beau parleur se solde par une naissance imprévue. Elle a un bébé toute seule, le garde et assume. La famille ne bouge pas le petit doigt : « Tu as fauté, tu assumes. » Elle se débrouille. Arthur est un bébé du milieu estudiantin, les copains et copines changent les couches, donnent le biberon, le gardent pendant les examens. Il ne manque pas d'amour ni d'attention, entend de beaux discours, une musique choisie et voit très vite beaucoup de livres dans son décor quotidien. La bohème n'est pas qu'une image poétique, elle est un mode de vie, une aisance dans le besoin de dépasser les vicissitudes, une insouciance assumée. Le futur détachement d'Arthur vis-à-vis des choses terrestres, la nonchalance de l'adolescence, le détachement agaçant des gens faciles se dessinent dans une prime enfance bercée par l'intelligence décontractée d'un milieu sans contraintes sociales.

Arthur ne fait pas d'effort apparent. Les études roulent, les examens sont autant de portes à ouvrir, il suffit de pousser.

Pour faire quoi ?

Quel but ?

Quel sens donner à ces portes ouvertes, sur quel champ de connaissances débouchent-elles ? Apprendre lui semble vain. Il abandonne la théorie pour se frotter au monde du travail. Finies les études, il part.

Au grand désespoir maternel qui voit le brillant esprit de son fils se coltiner les turpitudes qu'elle voulait tant lui éviter. Expérimenter pour mieux exprimer le vécu. Peu importe le milieu traversé, il ne sera que temporaire, aucune aliénation, je ne fais que passer : restauration, matelot, ouvrier agricole, chauffeur routier. De Londres au désert australien en passant par les pêcheries islandaises, il va dérouler, sa carcasse dégingandée forcira.

Il repasse par la case maternelle, pas longtemps. Elle ne reconnaît pas son fils. Il n'a pas trouvé plus de sens à l'existence, plus désabusé que jamais. Il lui faut un rêve, une grande illusion à satisfaire.

Il quitte maman, ne va pas loin, prend un logis, modeste, dans une petite ville, fait une rencontre, Ariane.

La maman n'y croit pas une seconde à ce soudain revirement, ce recentrage social improbable. Une occupation alimentaire sans intérêt achève de donner corps à un désenchantement stérile. Elle a peur pour lui, cela ne durera pas.

Elle a raison.

J + 3 (fin)

Scotland Yard

Au même moment, l'inspecteur Tony Bennett contacte LA FIRME, standard téléphonique, attente, et M. Kenwood en personne, qui feint l'étonnement, se rengorge, un silence et « Je vous rappelle », dit-il. Il raccroche.

Deuxième appel, M. Matthews, même standard, attente, le monsieur décroche, ne semble pas étonné et demande un instant, quelques mots en sourdine, puis la réponse positive :

— Vers quelle heure souhaitez-vous me rencontrer ?

— Demain matin, vers 9 heures si cela vous est possible.

— J'y serai sans faute, et il raccroche.

Un quart d'heure plus tard, le sieur Kenwood rappelle, fébrile.

— Je ne peux venir à une convocation de la police sans motif valable. Quel est le sujet ?

— Votre entreprise convoite des terres dans l'ouest de la France. Dans le village concerné, il y a eu trois morts suspectes dont un propriétaire qu'un de vos collaborateurs a rencontré très récemment. La Police française nous a demandé d'établir un contact avec votre entreprise pour avoir des éclaircissements. Cela suffit-il à justifier votre déplacement dans nos locaux ?

Silence.

— Mr Kenwood, vous êtes toujours là ?

— Oui, oui, je suis là. D'accord, je viendrai demain, vers quelle heure ?

— 11 heures vous conviendrait-il ?

— Je vais me libérer, à demain matin, inspecteur.

— À demain, Mr Kenwood, au plaisir.

Tony Bennett a pris des notes.

L'un est le supérieur de l'autre, mais pas celui que l'on pourrait croire à l'écoute de leurs réactions. Intéressant. Le tandem qui a reçu le fermier Morel est un attelage déséquilibré. Plus de vingt années séparent les deux hommes, l'un est en phase ascensionnelle, l'autre sur la pente descendante. Le premier sera tenté d'aider l'autre à décliner. Nous verrons demain.

Gendarmerie de Merdrignac. 19 heures, heure française

— Chef, nous avons les horaires de l'avion de Madagascar : 11 h 10 à Roissy demain matin.

— Merci. Ils n'ont pas perdu de temps. Vous avez réservé le gîte du Val ?

— Pas encore. J'appelle de suite.

Meyer est fatigué. Il a appelé le localier, un copain de Charles Dutoit, son adjoint. L'autre ne voulait rien lâcher, il flairait le bon coup. Il a fallu menacer, donner le nom du capitaine avant qu'il ne comprenne. La fille est repartie de toute façon, ton papier ne vaut plus un clou. Meyer a appelé Charles pour lui suggérer de faire une piqûre de rappel à son pote, avec l'arrivée des Malgaches, on aura assez de soucis.

Bureau du colonel, approximativement à la même heure

— Je vous écoute Marchal, quel est le problème ?

— Il n'y a pas de problème particulier, il me faut votre autorisation pour régler quelques factures concernant la venue des Malgaches.

— Ils arrivent quand ?

— Demain, je viens d'avoir Meyer, ils prennent un vol cette nuit et seront à Roissy-Charles de Gaulle en fin de matinée demain. J'envoie Meyer les chercher.

— Pas de temps perdu, dites donc. Étonnant, vous ne trouvez pas ?

— Le père de la jeune femme m'a fait forte impression. Un chef de village, quelque chose dans le genre, je ne connais pas bien ce pays.

— Rassurez-vous, moi non plus. Nous réglerons les factures. Ils vont râler au Trésor, comme d'habitude, mais on leur doit bien ça, perdre deux femmes dans un pays étranger est une épreuve, inutile d'ajouter les problèmes d'argent. Vous avez carte blanche. Et où en est l'enquête ?

— Nous connaissons l'assassin, à 95 %, un Sud-Africain, un tueur professionnel. Il est loin. Je suis en contact avec Londres pour évaluer l'identité des commanditaires, tout nous emmène vers une multinationale anglo-australienne.

— Hum ! Allez-y doucement, mais il va de soi que nous vous soutenons. Tenez-moi au courant. Marchal, bon courage pour la suite.

— Mon colonel, mes respects.

La journée se termine pour le capitaine de gendarmerie. Il est à Saint-Brieuc. Il peut rentrer chez lui plus tôt que d'habitude. Demain, il verra.

Les Malgaches ne seront pas là avant 16 heures voire 17 heures.

La police scientifique lui a laissé un message : « Rien d'urgent, mais si vous pouviez passer demain matin, un truc bizarre dans les relevés de peau trouvés sous les ongles de la femme la plus âgée. »

Bennett lui a laissé un message aussi. Il avance à grands pas, l'appellera demain midi sans faute. « Le garçon est entre de bonnes mains, tu l'appelles demain matin, il se pourrait qu'Arthur ait du neuf. »

Tout en consultant son smartphone, il marche et se trouve au pied de son immeuble.

Sa boîte aux lettres déborde de prospectus. Il s'apprête à jeter le tout quand une enveloppe immaculée attire son attention. Il l'ouvre, y trouve une feuille avec une phrase écrite dessus :

Retrouvez-moi demain vers 11 heures dans le parc derrière l'hôtel de Bellecyse, j'ai des informations sur le tueur.

Rien de plus, rien de moins non plus. Marchal rentre chez lui avec ce dernier coup de théâtre. Comment un type à Saint-Brieuc pourrait avoir en sa possession des informations sur un Sud-Africain ?

J'irai.

Londres, 19 heures. Quartier de Kensington

Arthur marche dans Bedford Gardens, numéro 38. C'est là.

Quatre appartements, Marion Le Bihan, premier nom, il sonne.

— C'est au premier, à gauche.

La porte s'ouvre. Escalier moquetté à l'anglaise. Paillasson obligatoire.

Il monte l'escalier sans un bruit, à l'étage, une porte s'ouvre à gauche.

— Ici, c'est chez moi. Rebonjour Arthur, Arthur comment ?

— Arthur Simon.

— On se tutoie, si tu veux bien.

— Bien sûr.

Arthur est intimidé par Marion et se sent un peu maladroit, cela se voit. Marion, chez elle, sait qu'elle a un avantage certain sur le jeune homme.

— Je suis arrivé ce midi.

— Aujourd'hui, en avion, à Biggin Hill ?

— Non, par le train, à Saint-Pancras.

— Tu es venu voir ton vieil oncle « *so british* » ?

— Non, pas vraiment, je suis ici pour le travail, un nouveau job, un peu… secret.

— Wouah, c'est toi qui vas succéder à Daniel Craig dans le rôle de James Bond ? J'ai James Bond à la maison, dis donc…

— Me charrie pas, un peu jeune, manque un poil d'expérience et de muscles, dit-il en tâtant un biceps un peu mou, souriant à l'image de lui en smoking.

— Tu es très bien comme ça, ne change rien. Tu ressembles à Timothy Chalamet, tu sais, *Dune*, acteur, très mignon.

— Merci, tu es… pas mal non plus.

— On prend un verre ? Un alcool fort ou tu fais partie d'une ligue de tempérance ?

— Un whisky, sec, si tu as. C'est *cosy* chez toi. C'est vraiment chez toi ? Propriétaire ?

— Eh oui, pas donné, c'est hors de prix ici, dément. J'ai acheté il y a cinq ans, moins cher, à rafraîchir, un copain m'a aidé… Assieds-toi.

Marion se sert la même chose et s'installe face à Arthur. Elle porte une robe de prix, imprimée style Christian Lacroix. Elle est sculpturale, se dit le jeune homme, visage avenant, sourire très doux, fragilité et des yeux… un regard qui ne vous lâche pas. Facile ou pas facile, se demande-t-il. C'est elle qui choisit, pas l'inverse.

— Tu n'es pas bavard, à quoi penses-tu ?

— À toi, pour tout dire. Difficile de penser quand tu es face à moi. Je ne suis pas James Bond, mais toi, par contre, tu pourrais y jouer, dans un James Bond.

— C'est gentil. Tu sais, j'ai rencontré Daniel Craig, dans un cocktail, ici, à Londres, pour l'inauguration d'une galerie d'art, dans le quartier de Mayfair.

— Alors ? Il t'a fait un compliment ?

— Il est marié à Rachel Weisz, depuis quelques années, elle, elle a vraiment la classe, la vraie. Pas de compliment, non. Bel homme, en vrai. Juste échangé quelques mots, tu sais, dans ce genre de soirée, ce sont des échanges de politesse.

— Sans indiscrétion, tu étais invitée ?

— Obligé. J'accompagnais un client. C'est mon métier.

— Ton métier ?

— Oui. Je t'explique. Ne fais pas cette tête-là, je ne suis pas une pute…

— Marion, je t'en prie, non, l'idée ne m'a pas effleuré, continue, cette soirée…

— Non, parce que je ne voudrais pas que tu te dises que je suis comme ça. J'accompagnais un client d'une société qui m'emploie, la femme d'un des responsables de cette boîte est galeriste, très branchée art contemporain, hors de prix et on y rencontre le gratin, acteurs, musiciens, politiques.

Marion a changé de place, a pris place sur le canapé où se trouve Arthur.

— Tu en prends un autre ?

— Pourquoi pas ? Soyons fous !

Elle se lève, elle a posé ses pantoufles et marche pieds nus vers le bar. Le Talisker glisse au fond des verres.

— Tiens, dit-elle en lui présentant le verre.

Elle s'est rapprochée, sans s'en rendre compte, Arthur perçoit nettement un léger parfum, en parfaite harmonie. Elle le regarde autrement, une légère ivresse donne à ses yeux un reflet envoûtant. Arthur se rapproche imperceptiblement et pose son verre, elle fait de même.

— Tu me plais, jeune homme, tu sais ça ?

Et l'inévitable baiser clôt la conversation. Arthur ne résiste pas.

— Tu es redoutable, tu sais ça aussi ? lui dit-il entre deux bécots.

Les mains d'Arthur flirtent avec l'interdit, celles de Marion ont déjà entrepris un déboutonnage en règle, la ceinture du pantalon s'évacue d'elle-même, la robe glisse sur le sol.

Marion laisse Arthur dégrafer le haut pendant que le bas rejoint la robe sur le tapis. Arthur donne à Marion tout le plaisir d'enlever le pantalon, son tee-shirt n'est plus qu'un chiffon balancé à travers la pièce. Elle a la main experte et la bouche gourmande, Arthur s'en rend compte très vite, elle le prépare, il est prêt et elle, sur lui, se cabre de plaisir, la poitrine généreuse se gonfle de désir, tout en elle respire la volupté, elle aime faire l'amour avec Arthur, la plénitude transforme ses traits, irradie. Arthur se retient, il n'a jamais connu pareille félicité, il doit combler cette femme. Elle l'attend, encore, vas-y, je n'y suis pas encore, presque, continue, oui, comme ça, mon dieu, c'est trop bon, mon chéri, oui, maintenant, là, ensemble, et la jouissance inonde les deux corps soudés l'un à l'autre. L'après dure, longtemps, les désirs inassouvis explosent. Ils changent de pièce, nus, main dans la main, la chambre les accueille pour une nuit de plaisirs renouvelés. Ils se sont trouvés, semble-t-il.

La mission d'Arthur devient très vite secondaire. La passion de Marion prend le dessus.

Le coup de foudre semble qualifier ce qu'il vient de se passer.

4 heures du matin. Arthur est réveillé.

Marion a une respiration régulière, dort paisiblement.

Il doit reprendre ses esprits. Il les a repris, mais non, il ne peut pas enquêter sur une femme avec qui il…

Il n'est pas James Bond, c'est certain.

Est-il amoureux ? Grande question après une soirée et une nuit. N'importe qui le serait, mais ce n'est pas le propos. Et elle ? Comment savoir ? Cette femme a une expérience de la vie que je n'ai pas, elle sait jouer les amoureuses, pas moi, je ne joue pas, je ne sais pas.

— Arthur ?

Marion se retourne, enroulée dans la couette, elle allume une veilleuse et le regarde.

— Tu es réveillé ?

— Oui, très éveillé.

— Du calme, tout va bien.

— Tu sais qui je suis ?

— Tu travailles pour les flics, je sais, tu laisses traîner tes papiers. Ils sont tombés de ton portefeuille, dans le salon. Je suis tombée sur l'adresse de Scotland Yard et ton accréditation de la gendarmerie. Je m'en fous, tu peux enquêter sur moi. Qu'est-ce que tu veux savoir ?

Elle se redresse et s'assied.

— Je m'appelle Marion Le Bihan, née à Loudéac le 20 juin 1990…

— S'il te plaît, arrête, ce n'est pas drôle. Si tu savais…

— Quoi ? Que tu enquêtes sur une sale histoire, là où j'ai grandi. Comment je le sais ? Je ne le sais pas vraiment, je le devine. Tu es passé à la TV française, infos régionales de Bretagne, je regarde de temps en temps. C'est toi qui as trouvé les corps de ces malheureux. Tu es passé une fois, je t'ai vu, pas brillant, paumé, c'est sûr…

— Paumé et minable.

— Pas tant que ça, sinon tu ne serais pas dans mon lit.

— Écoute !

— Toi, tu m'écoutes ! Tu sais d'où je sors, pas mieux ni pire que toi, le même coin. Pour cet appartement, je me suis battue, je l'ai, mais je n'en suis pas spécialement fière. Les hommes que je rencontre, c'est mon cul qui les intéresse… Avec toi, je sens que nous pouvons, ensemble, je ne sais pas, moi, construire… Tu ne m'aimes pas, tu es comme les autres et tu vas me faire coffrer pour racolage. J'ai vu ton patron, un gendarme en chef, hier en fin d'après-midi, mais tu le sais déjà, je suppose.

— Arrête de délirer ! Je ne sais pas moi, les sentiments, aussi vite. Je sens bien moi aussi, si je te dis « je t'aime » là maintenant, ce sera vrai et sincère. Je me suis déjà emballé, j'ai craqué pour une belle fille comme toi, mais rien d'autre, un boulet… Ça fait beaucoup, et j'ai lâché un travail lamentable, je n'ai plus un rond, je suis ici aux frais de l'État français. Tu vois, je ne suis pas un cadeau.

— Je m'en fous ! Reste ici si tu veux.

Marion le prend dans ses bras, lui caresse les cheveux, le regarde, lui prend le visage à deux mains :

— Moi non plus, je ne suis pas un cadeau, mais à nous deux, on peut. Laisse tomber cette affaire. Je laisse tomber Kenwood et LA FIRME, Matthews et ses combines.

Arthur se raidit.

— Ses types ont du sang sur les mains. Nous sommes à peu près certains qu'ils ont commandité les meurtres de St-Jacut, un assassinat était prévu, il y a eu dérapage. Ils ont payé un professionnel pour se débarrasser d'un fermier qui ne voulait pas vendre sa terre. Bon sang, réveille-toi ! Tu fréquentes des ordures, sans morale, sans scrupules. Je commence à avoir peur… pour toi. Je t'aime, ce n'est juste pas possible.

Marion le regarde.

— Je sais que ce ne sont pas des anges. Je fréquente ces gens depuis quelques années déjà. Ce que tu me dis est effrayant, moins pour moi que pour toi. La réussite sociale ici est un combat, je me doute qu'ils ne sont pas *clean*. Je sais jouer la comédie.

— Fais attention à toi. Tu es dans cette histoire, à la marge, mais tu y es. Moins tu en sais, mieux c'est. Dégage-toi de ce milieu, au moins de cette société. Tu as d'autres « clients », entreprises du même type ?

— Oui, deux, trois, pas plus, des multinationales, dans la finance principalement. Ils ne se fréquentent pas entre eux. Je ne pourrais plus faire ce travail, Arthur, avec toi, je veux faire autre chose.

— Je vais prendre un café, tu en as ?

— Oui, j'ai une Nespresso et une cafetière italienne.

— Wouaouh ! Madame sait recevoir… dit-il en la chatouillant.

Marion

Dans le bourg de Saint-Jacut, la mère de Marion tire le diable par la queue. Elle vit dans le bourg avec sa fillette de cinq ans, mignonne et délurée. À l'école, la petite attire toutes les attentions : vive et enjouée, sujette aussi à des sautes d'humeur, prostrée de temps à autre dans un coin de la cour de récréation. Elle regarde fixement le sol. L'enseignante connaît la mère. Celle-ci travaille à l'usine du coin, abattoir industriel aux conditions de travail d'un autre âge. 30 ans, en fait dix de plus, elle loue un logement social, loyer très faible, mais la mère boit, pour oublier, noyer le chagrin d'être abandonnée, d'avoir vu le père de sa fille éclater de rire en apprenant sa grossesse, lui faire un geste obscène et sortir en claquant la porte. Elle ne l'a jamais revu.

Marion grandit, pousse, devient la plus belle fille du coin, elle le sait, elle en joue. « Fais attention ! », la leçon maternelle telle une épée de Damoclès. L'école va et vient, pas douée pour les études, elle le sait, elle sera quelqu'un d'autre. À 17 ans, BEP au lycée de Lamballe, elle cherche du travail, serveuse dans un bar devant la gare, puis un client trop insistant se prend une canette de bière, elle est remerciée sur-le-champ. Sa mère a perdu son travail, trop de retard, trop d'alcool, traîne en robe de chambre toute la journée. Marion voit sa mère s'effondrer, se réduire de jour en jour à une pauvre chose. Elle rentre dans son village, pousse la porte du bistrot, s'assoit sur un tabouret du bar, commande un café.

Le regard des hommes n'est pas trop insistant. Tous connaissent l'histoire et ne savent quoi dire ou faire face à une jeune femme, trop belle pour eux, ils en sont intimidés, lui sourient un peu bêtement lorsqu'elle les regarde avec une triste mine. Seul Patrick Morel, ce soir-là, ose lui adresser la parole, lui offrir un verre. Elle est flattée. C'est une grosse affaire chez les Morel, il va reprendre la ferme des parents. Assez joli garçon, il est respectueux. On le dit un peu nerveux, la tête près du bonnet.

La conversation bascule vite sur sa condition, son licenciement express, que Morel trouve scandaleux. Il apostrophe le patron du bar, lui demande s'il n'a pas besoin d'une jolie serveuse, histoire d'égayer un peu son boui-boui. L'autre, derrière sa tireuse à bières, fait la moue. Marion le regarde, lui fait un clin d'œil, il rougit jusqu'aux oreilles, et tous de rire, grands gamins hors d'âge.

Le lendemain, Marion fait l'ouverture.

La nouvelle se répand que le bar des Sports de Saint-Jacut a embauché la plus belle fille du département. Les semaines qui suivent resteront dans les annales de la vie sociale de la commune. La maman de Marion sort de sa tanière, se pomponne, vient voir sa fille triompher au bar du village. Il ne faut pas longtemps avant que tout ceci ne cesse. Les sens sont instables dès qu'une sollicitation trop appuyée les réveille.

Les avis divergent sur l'évènement. Un matin, le café n'ouvrit pas. Le lendemain non plus, le patron ne réapparut que le surlendemain. Marion était partie. Le bruit courut que le fils Morel s'était échauffé, lui avait fait des avances qu'elle avait refusées, qu'il avait insisté, toujours est-il qu'elle avait posé une main courante à la gendarmerie, téléphoné au bistrot pour dire qu'elle démissionnait avec un commentaire : les hommes sont décidément trop cons et qu'elle n'allait plus se gêner pour en profiter.

Elle quitta la commune et avec elle, sa mère, que l'on ne revit jamais.

J + 4

Scotland Yard. 9 heures.

L'inspecteur Bennett est arrivé en avance au bureau. Il remonte le temps. Ses notes sont à jour. Il maîtrise la chronologie des faits comme personne, primordial dans une affaire comme celle-ci. Le *timing* doit être minutieusement épluché.

L'accueil du service de police l'informe que son premier visiteur est là. Il sera accompagné jusqu'au bureau du policier, comme c'est l'usage.

La porte s'ouvre, Matthews pénètre dans le bureau. Élégant sans ostentation, il a le visage sérieux de quelqu'un qui a réfléchi avant d'entamer la conversation qui va suivre.

— Inspecteur Bennett, bonjour.

— Mr Matthews, bonjour, asseyez-vous. Vous prenez un thé ?

— Volontiers.

— Voilà, nous avons un complément d'enquête à mener, diligenté par la Gendarmerie française. Vous avez une affaire en cours dans l'ouest de la France ?

— Nous prospectons en permanence. Des forages ont été entrepris et ont donné toute satisfaction. Nous avons un achat en cours, un accord préalable avec…

— M. Morel, agriculteur, glisse Bennett.

— Ce monsieur est venu à Londres récemment en effet. Nous l'avons rencontré, Mr Kenwood et moi-même, pour fixer le prix d'acquisition de ses terres.

— Vous êtes allés vous-mêmes sur place en début de semaine, c'est exact ?

— Tout à fait.

— Et vous avez rencontré également M. Ogier, son voisin ?

— Avec M. Morel, mais M. Ogier n'est pas intéressé par notre offre.

— N'était pas… Ce monsieur est mort assassiné ainsi que son épouse et sa belle-mère le lendemain de votre visite.

Bennett étale les photos sur son bureau.

— Ce n'est pas très beau, n'est-ce pas ?

— Une horreur, et vous avez trouvé le meurtrier ? s'enquiert Matthews sans sourciller.

— Le meurtrier a été négligent et nous a laissé sa carte d'identité, pour ainsi dire.

Bennett sort la photo de Kirkpatrick et la pose devant l'avocat.

— Vous connaissez cet homme ? demande Bennett d'un ton posé.

— Je devrais ? Vous me demandez si je fréquente un psychopathe qui a tué trois personnes il y a moins d'une semaine.

— Je vous le demande tout simplement parce que ce monsieur a été vu montant dans un avion de votre entreprise il y a trois jours à l'aéroport de Gatwick, en direction de Johannesburg.

— Je ne comprends pas bien où vous voulez en venir.

— Je pense, moi, que vous voyez très bien. Pour vous rafraîchir la mémoire, que vous avez sûrement excellente mais sélective, c'est vous qui avez réservé ce vol à la dernière minute, deux heures avant le créneau horaire demandé, nous avons le témoignage du patron de la tour de contrôle. Que dites-vous de ça ? Kirkpatrick n'était pas seul dans cet avion, cinq autres personnes s'y trouvaient, des cadres de LA FIRME avertis au dernier moment d'une urgence managériale en Afrique du Sud. Quelle était la nature de cette urgence, Mr Matthews ? Et que faisait un assassin dans cet avion, l'assassin de quelqu'un que vous aviez rencontré deux jours plus tôt ? Si vous pouviez m'éclairer, cela m'aiderait grandement à m'orienter dans ce faisceau de coïncidences pour le moins troublant. Je vous écoute, Mr Matthews. Vous êtes avocat, vous connaissez les procédures. Merci.

Matthews n'avait pas bougé durant l'exposé, seul un battement de paupières pouvait indiquer une certaine nervosité, rien de plus.

— Vous avez travaillé dur, vous et les gendarmes français pour échafauder un scénario qui ferait les choux gras de la presse. Aujourd'hui, accuser une multinationale minière est assez couru. Mais un triple meurtre, vous y allez un peu fort, s'insurge Matthews.

— Il n'y a aucune accusation. Kirkpatrick a tué ces gens. Kirkpatrick était dans un avion de votre entreprise le LENDEMAIN, en partance pour un pays avec lequel nous n'avons aucun accord d'extradition. Que faisait cet homme dans cet avion ?

— Je n'en sais rien. Je me doute que vous trouvez ces coïncidences troublantes, mais je vous le répète, je ne connais pas ce type. Nous avons rencontré une des victimes pour lui faire une offre, qu'elle avait refusée, nous comptions retourner la voir.

— Ce sera plus simple maintenant d'acquérir ses terres, cet homme n'avait pas d'héritier. En France, l'État vous en fera quasiment cadeau, la création d'emplois est prioritaire et comme Morel signera…

— Il n'a pas signé.

— Il signera. Que resterait-il faire dans un tel endroit ? Et vous avez été très généreux.

— Le gisement est prometteur, c'est ce qui compte.

— Trois morts, ce n'est rien en effet. Votre société n'est pas très à cheval sur la morale. Est-ce que quelqu'un aurait pu, à l'intérieur de LA FIRME, organiser l'élimination d'un individu, obstacle au développement de celle-ci ?

— Vous nous pensez capables de tels actes ? Moi par exemple ?

— Oui, je le pense, votre dernière phrase le montre : « C'est ce qui compte », avez-vous dit. Je vous ai convoqué, vous et votre collègue Mr Kenwood parce que je connais le genre d'individus que vous êtes, sous des apparences très policées. Vous ne vous salissez jamais les mains, vous avez l'argent, le pouvoir que donne celui-ci. Il vous a manqué dans cette affaire une chose : le discernement. Nous nous reverrons, Mr Matthews. Restez à Londres au cas où, nous vous tenons à l'œil. Je ne vous inculpe de rien aujourd'hui, mais les meurtres ont eu lieu en France et vous êtes citoyen britannique. En droit français, vous pourriez très rapidement être accusé de complicité et ce serait à vous de prouver le contraire. Et la coopération entre les deux pays est exemplaire. Je ne vous raccompagne pas et je ne vous conseille pas de me répondre, je pourrais changer d'avis. Bonne journée, Mr Matthews. Dernière chose : un coup de fil à Mr Kenwood serait considéré comme un aveu.

Matthews, s'il reste de marbre, a changé de couleur, son bronzage a pâli. Il sort du bureau.

Saint-Brieuc, même heure

Marchal fait un saut à la police scientifique suite au texto. Tout est bon à prendre. Les deux limiers sont au travail.

— Bonjour, capitaine. Nous avons relevé une substance inconnue sous les ongles de la mère. Inconnue, jusqu'à ce que l'on fasse quelques recherches et que l'on contacte un collègue américain. Dans son acharnement à défendre chèrement sa peau, la pauvre femme a griffé son agresseur, ce que nous savions déjà, morceaux de peau, ADN qui suit, mais en plus, une substance résineuse à base organique. Notre homme change d'aspect. Notre collègue américain a déjà vu cette structure moléculaire sur un cadavre d'un membre de Blackwater, des supplétifs de l'armée US en Iraq : camouflage ou plutôt déguisement pour se fondre dans la foule. Une sorte de botox de surface, qui se désagrège au bout de quelques jours. On voulait vous informer. Mais on est loin de l'Iraq…

— L'agresseur a travaillé pour ces gens, c'est un tueur professionnel. Bon, si en plus il change de look, il peut se promener où il veut, quand il veut. Vous m'envoyez le dossier par e-mail. Merci beaucoup, ce type est vraiment dangereux.

— Il peut revenir ici ?

— Je ne sais pas, très franchement j'espère que non, mais… Allez, bonne journée.

— Bonne journée à vous.

Marchal est soucieux. Kirkpatrick ne joue pas dans la même cour que nous, se dit-il. Prévenir Bennett de la nouvelle donne. Il faut qu'il prenne quelques minutes pour joindre Arthur. Je me demande si j'ai eu une bonne idée de l'envoyer à Londres.

Il est 10 h 45, le temps nécessaire pour aller à son mystérieux rendez-vous.

Le parc est ouvert, petit espace vert en centre-ville, idéal pour les rendez-vous discrets. La météo est clémente, soleil et nuages alternent, comme souvent ici, pas de pluie annoncée, légère brise. Il fait les cent pas, une jeune femme traverse le parc en direction d'un service social donnant sur celui-ci. Un homme à la forte corpulence s'avance, venu de l'autre porte, le regarde, hésite puis se dirige vers lui.

— Bonjour, je m'appelle Robert Taviaux, c'est moi qui vous ai laissé un mot dans votre boîte aux lettres. Vous êtes bien le capitaine Marchal ?

— Bonjour, oui, c'est moi. Alors, que puis-je faire pour vous ?

L'homme a visiblement peur, il se retourne fréquemment.

— Vous attendez quelqu'un ?

— Non, bredouille-t-il, mais il peut revenir.

— Qui peut revenir ? Marchal commence à comprendre sans saisir le rôle de cet homme apeuré.

— L'assassin, celui que vous recherchez.

— Vous le connaissez ? Vous êtes qui au juste ?

— C'est moi qui conduisais le 4 x 4 qui l'a amené à St-Jacut et je l'ai accompagné jusqu'à l'aéroport de Dinard-Pleurtuit. Je ne l'ai plus revu. Je l'ai vu quelques heures seulement. Ce n'était pas prévu.

— Qu'est-ce qui n'était pas prévu ?

— Les deux femmes, et le gars qui l'a vu. Ce type est un malade. Je voulais vous dire : il va revenir, c'est sûr. Il n'a pas arrêté dans la voiture de me parler de ce type qui l'a vu. « Je vais finir le boulot », disait-il.

Marchal montre la photo de Kirkpatrick sur son portable.

— C'est lui ?

— Oui, c'est lui, plus empâté, mais c'est lui, ce regard qu'il a !

— Et vous faisiez quoi avec lui ?

— Je suis au chômage, je suis chauffeur routier. À l'agence d'intérim, on m'a donné un numéro de téléphone pour une mission de 24 heures. Je prends tout et là, un pactole m'est proposé, 1 000 euros, je ne réfléchis pas. J'avais juste à louer un gros 4 x 4, aller chercher un homme à l'aéroport de Dinard le matin et le ramener dans l'après-midi. Un vol privé, j'ai pensé, un ponte d'une grosse boîte, ces gars ont plein de fric. Surtout ne pas poser de question. Quand je l'ai vu, je n'avais aucune envie d'en poser, juste une : où va-t-on ? Il m'a donné un papier.

— Il vous a parlé à ce moment-là ?

— Il parle français avec un fort accent. J'avais l'adresse sur le papier, en pleine nature, un relevé GPS.

— Et vous ne saviez pas ?

— C'est après, quand j'ai vu les informations. Ils parlaient de suicide. Je n'y croyais pas. On était juste derrière la ferme et quand il est revenu, il avait du sang sur une main. Il a vu que j'avais vu, c'est pour ça, depuis, je ne dors plus, c'est l'enfer. Il va revenir, je vous dis et il m'a raconté, pas les meurtres, non, mais le gars qui l'avait vu, en anglais : « *He saw me, he saw me* », les yeux mauvais. Je comprends un peu l'anglais et ensuite, la télé, tout le reste. J'ai tourné dans le coin. Je vous ai vu, dans la ferme d'à côté, et je vous ai suivi, un soir, c'est comme ça que j'ai su, pour la gendarmerie et votre domicile. Désolé, ça ne se fait pas.

— Si, ça se fait… Bon. Vous habitez où ?

— À St-Gilles, mais il n'est pas venu.

— Ces gens savent où vous habitez, avec qui vous couchez, si vous avez un chien, un chat, bref, ils savent où vous trouver. Vous allez chercher quelques affaires, vous bouclez votre domicile. Nous allons vous trouver un hôtel, ici, à Saint-Brieuc, discret et propre, tous frais payés. Nous vous plaçons sous protection policière. Quelle boîte de location pour la voiture ?

— Avis.

— On vérifiera.

— Vous ne me croyez pas ?

— M. Taviaux, je vous crois. Mais je fais mon travail. Vous débarquez, me donnez des éléments d'un puzzle que nous essayons de reconstituer. Il me faudra aussi les horaires de l'avion, aller et retour, pour vérifier les mouvements à l'aéroport. Vous avez les horaires ?

— J'ai gardé les papiers.

— C'est bien. Vous rentrez chez vous et revenez à Saint-Brieuc, je vous attendrai à la gendarmerie. Ne tardez pas, j'ai d'autres obligations. On vous conduira à votre hôtel, une fois vérifiés vos dires. Compris ?

— Ça ira. Il faut l'arrêter, l'empêcher de nuire, c'est un malade.

— Non, un tueur, un professionnel payé pour éliminer les importuns et les réfractaires, très bien payé même. Allons-y, pas de temps à perdre. Je vous retrouve tout à l'heure.

— Merci, à plus tard.

Taviaux s'en va, le pas lourd et mal assuré. Marchal en le regardant se dit que Kirkpatrick doit vraiment être un sale type pour foutre les jetons à ce point.

Il peut revenir, il va le faire. Garder les plantons devant chez les Morel, surveillance en amont, patrouille de nuit comme de jour.

Scotland Yard, même heure

L'inspecteur Bennett savoure le moment qu'il vient de vivre. Rabattre le caquet de ces types surdiplômés qui se prennent pour les rois du monde, jusqu'à commettre l'indicible. Il le tient. Il n'a pas bougé, rien répondu. Il sait, c'est lui le commanditaire, il en a l'intime conviction.

Kenwood sera-t-il plus difficile à manier ? Il a presque mon âge, un vieux routier des coups tordus. Il sait que je ne le convoque pas si je ne connais pas un bout de l'histoire et que j'aimerais apprendre la suite.

L'accueil au téléphone lui annonce l'arrivée de son second invité. Pas de nouvelles du jeune Français, il pensait le voir ou l'entendre, mais ils ne se sont pas fixé de rendez-vous ce matin, rien de surprenant.

Kenwood arrive, accompagné, rentre dans le bureau et s'assoit après un geste de Bennett l'invitant à le faire.

— Inspecteur Bennett, bonjour. Nous nous sommes rencontrés déjà, une fois.

— Bonjour, Mr Kenwood, c'est possible, je ne me souviens pas.

— Vous aviez été invité à un vernissage que ma femme organisait, une galerie à Mayfair. Elle avait fait les choses en grand.

— Oui, ça me revient, j'avais rencontré James Bond, répond l'inspecteur avec un sourire, connaissant la vieille tactique du souvenir partagé, créant une fausse relation personnelle. Très agréable soirée. Venons-en au pourquoi de ma convocation.

— Je ne saisis pas trop, je vous écoute.

Bennett a laissé les photos de la scène du crime traîner sur son bureau, ainsi que celle de Kirkpatrick. Kenwood a fixé un instant les images puis détourné le regard.

— Les images sont celles d'un triple homicide commis en France et le charmant monsieur est le meurtrier, un tueur professionnel d'origine sud-africaine. Celui-ci a travaillé pour votre entreprise il y a quelques années comme responsable des gardes d'une mine en Nouvelle-Guinée.

— Je ne connais pas ce monsieur, LA FIRME est une multinationale qui emploie régulièrement des agents de sécurité aux quatre coins du monde. Je ne m'occupe pas de ce secteur, je suis responsable de la prospection de nouveaux gisements, notamment de lithium, très prometteur.

— J'y viens. Les trois victimes étaient sur un secteur prospecté par vos services, l'une des victimes a été vue par un de vos collaborateurs la veille de sa mort : Mr Matthews, que vous connaissez ?

— C'est un de mes proches collaborateurs. Nous avons rencontré également un agriculteur qui nous a vendu ses terres. Son voisin ne veut pas vendre.

— Ne voulait pas, c'est lui qui est mort, ainsi que sa femme et sa belle-mère.

— L'horreur ! Et vous vous demandez si cette coïncidence ne cache pas… Comment pouvez-vous, comment osez-vous insinuer que…

— Le tueur a emprunté un vol privé dans un avion de votre compagnie, le lendemain de la rencontre avec Mr Matthews, qui me l'a confirmé tout à l'heure.

— Vous avez vu Matthews ? Il ne m'en a pas informé, c'est étrange.

— Le plus étrange est que l'avion a été demandé par celui-ci, peu de temps avant. Mr Kenwood, vous êtes un négociateur chevronné, serait-il possible qu'un de vos collaborateurs prenne une initiative sans vous en informer ? Que l'ampleur des enjeux fasse perdre toute mesure au point d'envisager…

— Un meurtre, je ne vous permets pas, c'est insensé de proférer pareilles accusations.

— Nous sommes à Scotland Yard, monsieur, et votre collaborateur est venu en début de matinée. L'avion est parti pour Johannesburg, pays d'origine de Mr Kirkpatrick, Mr Matthews a confirmé avoir réservé ce vol. Qu'en dites-vous ? Étiez-vous au courant de ce vol ?

— Non, je suis abasourdi par ce que j'apprends. C'est très grave.

— Je n'ai pas porté d'accusation, vous semblez penser le contraire.

— Vous insinuez, tournez autour du pot. LA FIRME est une multinationale aux multiples ramifications, avec la responsabilité de fournir des minerais de toutes sortes aux consommateurs…

— Et de satisfaire vos actionnaires, en premier lieu, vous n'êtes pas des philanthropes, à ce que je sache, et l'argent-roi dont vous êtes un des symboles, permet d'acheter beaucoup de consciences, mais également de perdre une notion qui par ailleurs est indispensable dans la vraie vie.

— Quoi donc ?

— Le discernement et l'humilité, si je puis me permettre d'ajouter cette qualité. Prendre les autres acteurs de la vie pour des idiots est vexant et dangereux, Mr Kenwood. Un exemple vous concernant : quand Mr Kirkpatrick a été embauché dans votre société, vous n'occupiez pas le poste que vous occupez actuellement, vous avez grimpé dans la hiérarchie, ce dont je vous félicite, vous étiez le grand patron des services de sécurité de LA FIRME, poste très sensible dans une entreprise minière, en proie à de multiples attaques : militants écologistes radicaux, populations indigènes hostiles, etc. Il vous fallait des hommes d'expérience, des anciens de la guerre en Iraq, de Blackwater, dissoute peu avant. C'est vous qui avez embauché Kirkpatrick comme responsable du secteur Asie-Océanie, poste-clé, notamment en Nouvelle-Guinée où ce monsieur, à Port Moresby, a organisé une manifestation manipulée par votre entreprise, destinée à contrer une population hostile. Ceci a mal tourné : plusieurs morts, par balle. Cette affaire a été enterrée, par vos soins et Kirkpatrick a été muté sur une région sans enjeu réel. Vous connaissez très bien ce monsieur, Mr Kenwood.

— D'où tenez-vous ces informations ?

Vous les niez ?

— Non, mais ces informations appartiennent à l'entreprise…

— Qui m'a ouvert ses dossiers. Cher monsieur, il semblerait que vous ne soyez plus en odeur de sainteté au sein de votre société. Vous m'avez menti, ce qui en soi est un délit d'entrave dans une affaire de meurtre, vous pourriez peut-être vous rattraper.

— Je ne parlerai qu'en présence d'un avocat.

— Vous pouvez, mais je ne vous conseille pas de jouer à ce jeu-là. Vous allez très vite être seul. LA FIRME n'aime pas ce genre de publicité. Ce qui m'intéresse est de savoir qui a envoyé Kirkpatrick massacrer une famille bretonne, trois morts, Kenwood, trois innocents littéralement massacrés par une brute sans âme. Vous connaissez ces hommes et vous embauchez ce genre d'individus ? Dans quel monde vivez-vous ? Il est temps de faire un exemple et de montrer qui sont les types dans votre genre.

— Vous en faites une affaire idéologique, la multinationale contre les pauvres, à qui on donne du travail par ailleurs. Vous n'avez aucune preuve, que des suppositions. J'ai embauché Kirkpatrick, et l'ai neutralisé. Je n'ai rien à voir avec cette affaire.

— Nous verrons bien, en attendant, vous restez à Londres et je vous conseille de respecter cette limite, débrouillez-vous pour expliquer à vos supérieurs. On se revoit d'ici peu. Et interdiction de voir Matthews ou je donne un os à ronger à la presse. Je ne vous raccompagne pas, vous connaissez le chemin. Au revoir, monsieur.

— Au revoir, inspecteur.

Tony Bennett boit du petit lait. Les deux entrevues ont porté leurs fruits. Et Arthur ? Que fait ce garçon ? La porte s'ouvre sans que l'on ait frappé. Arthur apparaît, rayonnant, avec Marion Le Bihan, main dans la main.

My God ! L'inspecteur lève les yeux au ciel. Ce qu'il craignait est arrivé.

— Arthur ! Mademoiselle ! Je vous invite à déjeuner, vous me devez une explication.

— Et vous un compte-rendu de votre matinée, répond Arthur d'un ton enjoué.

— Nous verrons.

L'inspecteur regarde les deux tourtereaux et se dit que, décidément, ce n'est plus de son âge, et qu'ils sont attendrissants. En route, il a une de ces faims !

J + 4

Vers 10 heures, village de Coët, France

Où est Jo ?

C'est vrai. Où est-il ?

Depuis sa mise en liberté, lavé de tout soupçon, Jo est chez lui. Il ne peut guère faire autrement, il n'a pas de véhicule. Il se fait transporter pour faire ses courses, il organise l'enterrement de son père, passage à l'église et inhumation sont prévus demain. Catherine, sa voisine, vient régulièrement depuis deux jours, voir s'il n'a pas besoin de quelque chose. Le changement de comportement de celle-ci est simple à comprendre. Jo ne boit plus. Plus une goutte d'alcool n'entre dans ce corps déjà abîmé par les excès. Les traces des saouleries passées disparaissent et l'humeur du bonhomme s'en ressent. Il s'avère, et c'est spectaculaire, que Jo peut être aimable.

Le retour au café du village fut curieux. Françoise, la patronne n'en voulait plus depuis l'éclat d'Arthur qui avait plongé les clients dans une grande stupeur. Plus question que ces deux-là remettent les pieds dans son établissement. Les affaires ne sont pas brillantes, inutile de faire fuir ceux qui viennent encore, discuter un peu, rompre leur solitude de retraités agricoles sans le sou. Quand Jo vint ce matin-là, il était seul (Arthur très occupé), prit un café – grosse nouveauté – et acheta le journal ainsi que le pain.

C'était la veille. Il ne fut pas bavard. Il avait meilleure mine. Chris, son vieux pote, alla le voir chez lui en fin de journée, discussion dont on ne sut rien. Les deux vieux copains refaisaient connaissance, après l'accident du vieux, avant l'enterrement. Françoise apprécia que son mari renoue avec Jo, pas un mauvais homme, mais que l'alcool rendait hargneux. Sans alcool… à voir combien de temps il allait tenir.

Ce matin, il descend au village à pied, boire son café du matin. Il est de bonne humeur. L'enterrement du vieux est fin prêt, le corps arrivera demain matin chez lui. Le cercueil est déjà là. La mise en bière est prévue pour 14 h 30, descente jusqu'à l'église, une messe et le cortège jusqu'au cimetière ensuite vers 15 h 30. Tout est minuté. Il n'y a plus assez de curés. Ils sont très pris et ne sont pas d'ici. Jo était un peu embêté quand on lui a dit que c'était un Malgache qui allait officier. Le seul Français disponible a 82 ans et il est déjà pris, le diocèse lui a répondu que c'était comme ça, à prendre ou à laisser. Ce n'est pas qu'il était très croyant, encore moins pratiquant, mais dans le coin, c'était l'usage. C'est où Madagascar ?

Françoise le voit descendre la route, sa parka sur le dos, d'un pas tranquille. Il regarde le paysage qu'il connaît par cœur, mais semble le redécouvrir. Marcel passe en voiture, lui fait un grand signe de la main. Jo lui répond pareillement. De nouveaux copains, ces deux-là ? Il arrive dans le bistrot et commande son café.

— Tu me mets le journal avec, s'il te plaît, merci.

— Ça va ce matin ? C'est demain l'enterrement ?

Elle le sait, tout le monde le sait, mais faire la conversation, c'est la moitié du boulot.

— Demain. Je voulais m'excuser pour l'autre soir, pour mon ami Arthur. Il a déconné et je m'excuse pour lui. Il viendra s'excuser aussi, il m'a promis.

— T'inquiète pas, Jo, c'est oublié. On préfère te voir comme ça, les gens ne sont pas si méchants. C'est qu'il ne se passe pas grand-chose ici, tu le sais bien.

— Ouais, c'est sûr.

— Ton nouveau copain, il fait quoi ? Je veux dire, il a un travail ?

— Il avait. Là, il est en Angleterre. Je ne devrais pas le dire, mais il aide les gendarmes. Les morts de Saint-Jacut, c'est lui qui les a trouvés et il s'est retrouvé embringué, le flic en chef l'aime bien. Il m'a promis de venir à l'enterrement, mais ce n'est pas certain. Il faut que je l'appelle, pour savoir. Je rentre, Catherine a préparé le repas de ce midi. À plus tard Françoise, le bonjour à Chris.

— Bonjour à Catherine.

Londres. 13 heures, heure anglaise

Au Red Lion, Tony Bennett, Arthur Simon et Marion Le Bihan ont commandé de quoi se sustenter. Chacun a sa raison d'être affamé.

L'inspecteur de Scotland Yard prend Arthur à part, le temps de lui demander ce que la belle Française fait là.

La réponse d'Arthur tombe :

— Nous nous aimons, elle est là, c'est tout.

— Mais encore ? Nous avons une enquête en cours, avec des relations à elle, fortement impliquées, questionne Bennett, interloqué.

— Justement, elle vous en parlera, elle sait... ce que nous ne pouvons savoir.

— Vous semblez sûr de vous.

— Elle vous dira, faites-moi confiance, nous n'avons pas grand-chose à lui apprendre. C'est elle qui vous donnera des informations sur Kenwood.

— Qui sort de mon bureau...

— Elle le sait. Allons la rejoindre, tout ira bien, c'est une fille formidable.

— Je n'en doute pas, fait Bennett avec un sourire ironique.

Les plats sont arrivés entretemps. Marion a attaqué un *fish and chips* de bonne taille.

— Excusez-moi, mais je n'ai pas pris de *breakfast*.

— Pas de souci.

— Arthur vous a dit. Je laisse tomber LA FIRME. Arthur m'a raconté dans les grandes lignes les soupçons que vous avez sur leurs activités en France, en Bretagne, chez moi. Je vais faire court. J'ai été la maîtresse de Kenwood jusqu'à... il y a peu. Votre tueur est passé à

Londres le lendemain des meurtres. Kenwood avait un rendez-vous le matin avec… Morel, a revu Matthews dans l'après-midi. Ils ont rencontré Morel de nouveau ensuite, après avoir appris une mauvaise nouvelle, aux dires de Kenwood, et il est reparti le soir après un coup de fil de Matthews, un dernier rendez-vous dont j'ai appris la teneur plus tard puisqu'il me rejoignait après cette rencontre. « Un monsieur antipathique, m'a-t-il dit, qui fait un sale boulot. » Et je peux même vous dire OÙ ils se sont rencontrés.

Marion ménage ses effets, sentant bien qu'elle les tient en haleine.

— Mr Bennett, vous connaissez le Cross Keys ?

— Le plus vieux *pub* de Londres, oui, bien sûr, pas très loin d'ici, un endroit select chargé d'histoire.

— Kenwood et Matthews ont rencontré un homme antipathique dans cet endroit.

— Kirkpatrick, c'est son nom.

Marion marque un point face au policier anglais qui la fixe en l'écoutant.

— Si on prouve qu'ils se sont réellement rencontrés, par des images vidéo, ou des témoignages, c'est gagné, jubile Arthur.

— Pas si vite, jeune homme. Il est évident que ce témoignage est important, énonce Bennett sur un ton professoral, mais il doit être étayé par des preuves et d'autres témoignages, directs ceux-là. Merci de nous avoir fait part de ces confidences sur l'oreiller, confidences que Mr Kenwood peut réfuter. C'est sa parole contre la vôtre et sans vouloir vous offenser, devant un tribunal, il jouera la diffamation. Ceci dit, je vais au Cross Keys, me présenter, et faire une demande officielle de témoignages, aux personnes présentes au *pub*, à l'heure approximative qui était…

— Entre 21 h 30 et 23 heures, répond Marion.

— Ce qui correspond à l'horaire de l'avion : 23 h 30, ajoute Arthur.

— Bien vu. Je vais y aller seul. Je dois appeler Marchal. Il m'a envoyé un SMS concernant notre homme. Il semblerait qu'il soit sur le point de revenir parmi nous. Nous nous retrouvons dans deux heures environ, ensuite, je vous verrai en tête-à-tête, dit-il en regardant

Marion. Ne vous inquiétez pas, mais il est nécessaire que je vous affranchisse sur certaines règles sans que vous soyez distraite par ce monsieur ici présent, ajoute-t-il en souriant.

— Je comprends, répond-elle, je ne le prends pas mal.

Bennett s'en va, laissant le couple finir tranquillement son repas. Arthur et Marion sont rassurés par la tournure des évènements. Le téléphone d'Arthur vibre. C'est l'ami Jo.

— Oui ? Salut, je vais bien, très bien même. Si je viens demain ? Écoute, je ne sais pas. Je vais essayer. Il faut que je prévienne ici. Tu me rappelles en fin d'après-midi, tu peux ? À tout à l'heure.

— Qui est-ce ? demande Marion en prenant la main d'Arthur.

— C'est Jo. Un homme que j'ai rencontré en début de semaine. Improbable soirée. Il enterre son père demain. Il tient à ce que je sois là. C'est jouable, un avion pour Rennes demain matin. Tu veux venir avec moi ?

— Pourquoi pas ?

Bennett va râler. De toute façon, il faut que je voie Marchal. On revient le lendemain.

C'est au tour du téléphone de Marion de vibrer.

— Aïe ! C'est Kenwood. Je lui dis quoi ?

— Laisse la boîte vocale. On demandera à Bennett.

— Il va passer chez moi.

Pour faire quoi ? Tu lui as raccroché au nez la dernière fois et il a d'autres chats à fouetter. Si tu crains sa visite, on peut aller à mon hôtel. On part directement à Rennes demain matin.

— On peut prendre l'air. Le temps est clair. Besoin de marcher.

Elle lui prend le bras.

Les deux amants se lèvent, se regardent, échangent un baiser.

— Je suis là, allons, dit Arthur en la prenant dans ses bras sous le regard attendri d'une dame, attablée non loin.

— Sortons, dit-il en prenant sa main.

L'air frais les saisit en sortant. Ils marchent dans la rue bondée comme s'ils étaient seuls au monde. Arthur mesure la difficulté de l'aventure qu'il vit, le bonheur absolu qui l'habite lui donne des pouvoirs surnaturels, Marion a peur, il le voit. Faire un saut en Bretagne, se promener sur les plages, quelques heures seulement. Elle en a besoin, lui aussi.

Ils ont le temps d'aller flâner dans Saint James's Park, loin du bruit et de la foule qui se presse sur les quais à cette heure. Nous sommes vendredi après-midi, le week-end s'annonce. Arthur et Marion traversent Whitehall et vont goûter la quiétude des bancs du parc.

Un homme de l'autre côté de l'artère londonienne semble absorbé par la lecture de l'écran de son téléphone. Le couple débouche sur le même trottoir à quelques mètres de lui. Deux hommes en imperméable marchent dans leur direction quand un Range Rover s'arrête à leur hauteur :

— M. Simon ?

Arthur regarde qui l'a apostrophé et s'approche du véhicule, sa main ne lâchant pas Marion. Trois hommes encerclent le couple. La porte arrière s'ouvre, une voix de l'intérieur du véhicule :

— Montez, s'il vous plaît, pas d'histoires, M. Simon, Mme Le Bihan.

— Mais…

Ils n'ont guère le choix, les trois hommes les serrent de près.

Arthur et Marion montent à l'arrière du véhicule, sièges face à leur interlocuteur. Le véhicule s'insère dans la circulation. Les hommes à l'extérieur reprennent leur marche. Moins d'une minute. Il est 15 heures, heure anglaise…

16 heures, à Saint-Brieuc

Marchal s'entretient avec Bennett et a du mal à contenir son désarroi. Le policier anglais lui dépeint une situation qui peut leur être utile. La petite lui a donné des informations qu'il va vérifier de ce pas, mais Marchal est inquiet pour Arthur :

— Il va se faire bouffer tout cru par cette nana, lance Marchal, remonté.

— Cette « nana » ? interroge l'Anglais.

— Oui, une fille légère et qui sait y faire.

— Je vois, mais elle semble attachée et lui aussi…

— Tony, c'est une professionnelle de la séduction. Arthur est un idéaliste, un cœur tendre, un naïf. Je ne demande qu'à vous croire, mais franchement, je n'y crois pas une seconde.

— Philippe, j'ai un SMS qui vient d'arriver. Nous avons un problème. Arthur et Marion ont été enlevés !

— Quoi ?

— À l'instant. J'ai un homme en surveillance du couple. Il a vu une voiture s'arrêter et les embarquer, contraints par trois types, sur Whitehall.

— Tony, bon sang. Vous les avez cuisinés, les deux de LA FIRME, le résultat est là !

— Pour obtenir quoi ? C'est absurde.

— Et maintenant ?

— On attend.

— Quoi ?

— Qu'ils nous contactent. Ils vont me contacter, moi, pour négocier bien que je ne voie pas trop ce qu'ils vont pouvoir négocier…

— D'autant plus, enchaîne Marchal, je ne t'ai pas encore dit, mais Kirkpatrick revient, c'est quasi certain. Un problème de plus et pas des moindres avec, cerise sur le gâteau, un Kirkpatrick déguisé, maquillé, méconnaissable.

— Il revient pour faire quoi ?

— Pas du tourisme. Finir le travail. Il va repasser par ici, j'ai mon idée et il se peut qu'il repasse par Londres.

— Nous verrons en temps utile. J'attends d'être contacté. Si ce soir je n'ai rien, je lance une alerte enlèvement, TV, presse. Les Anglais ont un grand sens civique et ce genre d'alerte touche tout le monde. Difficile de cacher quelqu'un indéfiniment, en espérant qu'il n'y ait pas autre chose.

— Kenwood est un homme influent dans sa société. Il a pu prévenir le grand patron. L'enlèvement n'est peut-être qu'un avertissement de LA FIRME : n'allez pas plus loin dans vos investigations ou…

— Ou quoi ?

— Ils ont déjà tué. Je pense que nos deux jeunes gens sont en grand danger. Lance l'alerte enlèvement immédiatement, TV, bulletin, sur les chaînes d'info en continu.

— Tu as raison, je m'y colle. À plus tard.

— À plus tard.

À Londres

L'inspecteur Bennett alerte aussitôt la cellule de crise de Scotland Yard. Ce qui était une affaire discrètement menée va faire la une des *tabloïds* demain matin et ici, la presse, quand elle se lâche… Ah ! Ils veulent jouer à ça, on va jouer alors.

Bennett revoit les deux amoureux. Même si Marchal doute, maintenant, si la petite n'est pas ce qu'elle paraît être, son ex n'hésitera pas une seconde. Kenwood et Matthews, j'aurais dû les coffrer tout de suite, mais impossible, libérés dans l'après-midi et moi suspendu !

Bulletin info tous les quarts d'heure.

ITN, SKY, BBC, les autres reprendront en bandeau bas d'écran.

Gendarmerie de Merdrignac. 16 heures, heure française.

Vincent Meyer est annoncé dans un quart d'heure. Le capitaine Marchal sera en retard et s'excuse par avance. La gendarmerie de Merdrignac est en effervescence une fois de plus. Charles Dutoit, l'adjoint de Meyer est survolté. Les trois décès de Saint-Jacut suscitent un intérêt grandissant dans le coin. Les gens ont peur. L'équipe de BFM-TV arpente le territoire, fait des points infos deux fois par jour. Le suicide n'est plus mentionné même si l'homicide n'est pas encore prouvé. Le copain localier de Charles s'est fait discret depuis l'épisode de Marion Le Bihan. Il voit son ami régulièrement, le tanne pour avoir d'autres éléments. « Je fais mon travail, comprends-moi », lui dit-il. L'arrivée des deux Malgaches a fuité, c'était inévitable. Et BFM campe devant la gendarmerie. France Info est arrivée et France 3 aussi.

Meyer a été prévenu durant le trajet.

Marchal aussi. Arrivera vers 17 heures.

Et il se passe quelque chose à Londres, en rapport avec l'affaire, Charles Dutoit n'en sait pas plus, un collègue essaie d'en savoir davantage, s'est branché sur les chaînes d'info anglaises. Les Britanniques sont nombreux dans le coin. Le téléphone sonne, un de ceux-là au bout du fil :

— Un de vos hommes a été enlevé à Londres, avec une Française qui habite là-bas. Vous êtes au courant ?

— Quelle chaîne anglaise ?

— Toutes. C'est une alerte enlèvement au niveau national. Un rapport avec les morts de St-Jacut ?

— Écoutez, nous ne savons rien. Libérez la ligne, merci pour le renseignement.

Charles est un peu sonné : un gendarme français enlevé à Londres ?

Meyer arrive, contraint de s'arrêter pour répondre à la presse en l'absence de Marchal. Les deux Malgaches ont ordre de ne pas sortir du véhicule.

— L'enquête avance, c'est tout ce que je peux vous dire. Nous ferons un point presse dans une heure. Non, je ne sais pas pour Londres, je l'apprends en même temps que vous. Merci de nous laisser passer, ces messieurs sont fatigués et meurtris, un peu de respect, je vous remercie.

C'est la cohue devant le poste. Le portail se referme. Les deux Malgaches, père et fils, sortent du véhicule, apostrophés par les journalistes de l'autre côté de la barrière. Le père s'avance vers eux et lève la main pour demander le silence.

— Mesdames, messieurs. Nous savons que ma fille et sa mère ont été tuées non pas par l'agriculteur, mais par une personne extérieure.

Ce sont trois meurtres. Je vous le dis solennellement, ces crimes ne resteront pas impunis. Nous respectons les lois du pays qui nous accueille aujourd'hui, mais je le répète : ma fille et sa mère ont été sauvagement assassinées. Nous sommes venus pour reconnaître les corps et les ramener dans notre pays. Une fois notre deuil abouti, nous nous mettrons en route pour venger la mort prématurée de ces êtres aimés. Ce sera tout. Je ne dirai rien de plus.

Le silence qui suit restera dans les annales et sera mentionné dans les reportages qui suivront cette intervention, non prévue. Marchal est arrivé en cours et n'a pu que constater ce qu'il voulait éviter. La presse se disperse pour préparer les prises d'antenne.

Le capitaine a la tête des mauvais jours.

Il rentre sa voiture dans l'enceinte et interpelle Meyer :

— Dites donc, Meyer, on ne pouvait éviter ça ?

— Là, tout de suite, en rentrant, il est allé voir la presse. Je suis intervenu avant. Que faire devant les caméras ? Je suis désolé, mais je ne sais pas gérer. Les deux hommes vous attendent, si vous voulez bien.

— Nous nous revoyons après, en privé, j'ai du nouveau…

— À Londres, nous avons un homme aux mains de ravisseurs ? La presse est au courant. Alerte enlèvement. Ça va faire du grabuge, c'est qui cet Arthur Simon ? Avec Marion Le Bihan en plus.

— Je vais parler aux Malgaches et nous en discutons.

— J'aimerais assez en effet. Face aux journalistes, j'étais un peu court.

Il est 17 heures, heure française.

Marchal parle avec les deux Malgaches. Le père a un fort ascendant sur son fils. Celui-ci, effacé, ne dit mot, les yeux dans le vague. Le capitaine donne les derniers éléments de l'enquête sans toutefois mentionner le possible retour de Kirkpatrick. Londres apparaît dans la conversation. La presse parle trop. Il élude. « Les corps des victimes sont à la morgue de Saint-Brieuc et seront visibles demain. La prise en charge du rapatriement est aux frais de l'État ainsi que votre hébergement », ajoute-t-il. Il est pressé d'en finir et de les renvoyer chez eux. Il sait que ce n'est pas correct, mais les derniers développements demandent du temps et de la concentration. Le deuil de ces personnes sera plus « abouti » dans leur pays, plus vite ils rentreront, mieux ce sera pour tout le monde. Le père sent la fébrilité du gendarme. Le fils, absent, l'a à peine regardé.

— Vous ne connaissez pas notre pays. Ma fille était venue ici pour fuir la misère, et sa mère m'avait quitté pour la rejoindre. Les quelques nouvelles provenant d'ici n'étaient ni bonnes ni mauvaises. Ma fille travaillait dur avec son mari, homme gentil, un peu bourru, mais travailleur. Il avait des difficultés financières et avait dû vendre son bétail. Ce que je sais, c'est qu'on lui avait proposé beaucoup d'argent pour vendre sa terre et qu'il avait refusé.

— Vous êtes au courant de ça ?

— La dernière conversation avec ma fille mentionnait une visite d'un homme accompagné de son voisin. Trois fois le prix de la terre, il lui avait proposé. Mon gendre, puisque c'était mon gendre, avait trouvé ce prix suspect et malhonnête. Ma fille comprenait, mais dans leur situation, cela les aurait sortis d'affaire et… ils seraient peut-être encore en vie. Vous avez parlé de Londres, dites-moi uniquement ce que vous pouvez me dire, mais l'homme qui a fait la proposition était anglais, ma fille l'a vu et surtout entendu, elle était dans la chambre. Un Anglais sans accent ou presque, *presque* faisant toute la différence.

— Oui, c'est un Anglais en effet, c'est tout ce que je peux vous dire. Pour ce soir, nous vous avons trouvé un gîte, une maison en location. Vous aurez une protection policière, afin d'éloigner la presse. Le chef Meyer vous accompagnera demain matin à la morgue, je vous y attendrai. Les hommes ici sont à votre service. Toutes nos condoléances, encore une fois, nous faisons le maximum, nous trouverons les assassins de votre fille et de votre femme. Je dois vous laisser. À demain.

— À demain.

Marchal sort de la pièce et envoie Charles Dutoit leur tenir compagnie avant de les transporter jusqu'à leur hébergement. Il s'en veut, mais tout se bouscule et prend des proportions inimaginables. Arthur enlevé ! C'est lui qui l'a envoyé dans ce piège, un gamin sans expérience, en danger de mort aujourd'hui. Comment expliquer à ses supérieurs ce que le garçon fait à Londres ?

Meyer se fait pressant. C'est sur son secteur que les homicides ont été commis. Il en a besoin, il doit le préserver et il a le droit de savoir.

— L'enlèvement de Londres concerne indirectement ce qui s'est passé ici, commence Marchal. L'homme, Arthur Simon, est un gars d'ici, celui qui a trouvé les corps.

— Quoi ?

— Je sais. Il a trouvé des éléments par la suite qui m'ont aidé. Je lui ai donné un statut de supplétif et l'ai confié à Tony Bennett, un inspecteur de Scotland Yard, qui…

— Et Marion Le Bihan ? Elle fait quoi dans ce bazar, si vous permettez…

— Relation directe, on le suppose, avec les commanditaires dont on sait qu'ils ont contacté et aidé l'assassin à fuir. L'enlèvement date de deux heures. Par prudence, Bennett a lancé un avis de recherche médiatisé, en espérant qu'il n'est pas trop tard. Voilà, vous connaissez l'essentiel. Je vous demande de vous occuper de nos invités. On se revoit demain matin à la morgue. Je rentre, j'ai déjà un coup de fil du colonel.

— Bon courage pour la suite. À demain.

Le capitaine marche sur des œufs. Il joue sa carrière, il le sait, il sait aussi qu'il n'est pas loin du but. Tout va se jouer dans les deux, trois jours. Chaude ambiance à Saint-Brieuc, perspective délicate après une telle journée. Plus vite ce sera fait… Il faut qu'il ait le soutien total de sa hiérarchie.

Londres, même heure.

Bennett se trouve à la porte du Cross Keys. C'est l'heure creuse.

L'atmosphère chaleureuse aide l'inspecteur. Il en a bien besoin. L'affaire se complique singulièrement.

— Bennett, Scotland Yard.

— Mulligan, serveur. Que puis-je pour vous ?

— Il y a trois jours, entre 21 h 30 et 23 heures…

— Nous fermons à 22 heures, mais nous ne mettons pas les gens dehors, disons 22 h 30. J'étais de service.

— Avez-vous vu cet homme ? demande Bennett en montrant la photo de Kirkpatrick.

— Je n'oublie pas certains visages. Celui-là en fait partie. Fermé, très grand, une tête de… excusez-moi, tueur.

— Et ceux-là ? Suivent les photos de Matthews et Kenwood.

— Moins remarquables, mais très classes, rendez-vous avec le premier, dans un box du fond. Ils étaient obligés de traverser toute la salle, forcément, on les a remarqués. Je me suis demandé ce que deux types comme ça pouvaient faire avec l'autre.

— Et ils sont restés longtemps ?

— Non, moins d'une demi-heure. Les deux mecs un peu chics sont partis l'un derrière l'autre, le troisième les a suivis. Comme si les gars ne voulaient pas qu'on les voie ensemble. J'ai regardé par la fenêtre en débarrassant une table. Ils sont montés tous les trois dans le même véhicule, un Range Rover noir. Il y avait un chauffeur. Un autre truc, ils sont montés à l'arrière tous les trois. Si ça peut vous servir.

— Vous êtes sûr de vous concernant les visages ?

— Absolument. Trois jours, ce n'est pas très loin. Mais si vous doutez, nous avons des caméras, une face à l'entrée et l'autre près du box où étaient les trois types, c'est le seul coin que l'on ne voit pas du bar.

— Et…

— On voit le box où ils avaient pris place. On voit qu'ils étaient ensemble, si c'est ce que vous voulez savoir. Pas malin de s'être mis là, mais bon, ils ont le droit, tant qu'ils ne tuent personne.

— Justement…

— Ah ? C'est si sérieux ?

— Ça l'est. Je peux voir la vidéo ? Vous gardez les enregistrements combien de temps ?

— Un mois. Suivez-moi. Une seconde… Max, tu peux prendre le bar, s'il te plaît ? C'est par ici.

Derrière le bar se trouve une petite salle avec deux écrans, une console et un lecteur CD.

— Chaque jour, on enlève un CD et on le classe dans le placard derrière, deux étagères, une par caméra. Le dernier CD enregistré chasse le premier, ainsi de suite chaque jour, 31 cases avec le numéro du jour, mois en cours. Vous m'avez dit : il y a trois jours, le 12. Voici. Le lecteur, on avance jusqu'au bout, fin de journée. Nous y sommes, vos trois gaillards sont là, en chair et en os, en grande conversation, on dirait. Je peux vous faire une copie, je dois garder l'autre.

— Faites. C'est incroyable…

— Qu'est-ce qui est incroyable ?

— L'imprudence ou le sentiment d'impunité. Quand vous saurez de quoi il s'agit, rappelez-vous ce que je viens de vous dire : un sentiment d'impunité, un manque de discernement à ce niveau, c'est incroyable. Merci, un grand merci. Vous serez appelé à témoigner, une déposition. Ne prenez pas peur si vous recevez une convocation dans nos bureaux.

— Il faut que je prévienne ma direction. Il n'y aura pas de problème, mais c'est la règle.

— Autre chose : vous avez vu une alerte enlèvement sur vos écrans. Cela concerne notre affaire, si vous voyez quelque chose.

— Je n'y manquerai pas.

Bennett met le CD dans la poche de son imperméable.

— Merci encore. Bonne fin de journée.

— Vous aussi, et bonne chance.

L'inspecteur sort du *pub*. Il va marcher un peu au bord du fleuve non loin. La cellule va gérer le début des réactions, tout noter, des fantaisistes aux plus glauques, la nuit sera longue. Marchal doit être très mal, et il est mal lui aussi. Quelques heures avec ce garçon, on s'attache et cette belle femme, *my God*, il est à espérer un contact avec les deux lascars, que ce ne soit pas l'entreprise qui ait pris les choses en main.

Contacter LA FIRME, à la tête, il faut les informer sur les agissements de leurs cadres supérieurs. La réaction sera révélatrice : ils les protègent, ou ils les lâchent.

Bennett reprend le véhicule de police, longe la Tamise, met le gyrophare et rentre à Scotland Yard. L'agitation doit être extrême.

— Mr Bennett, j'ai eu un appel d'un colonel de gendarmerie français qui aimerait que vous le rappeliez. C'est urgent. Il a appelé il y a dix minutes.

— Merci Mildred et le reste…

— S'empile sur votre bureau. Un autre appel. Un Mr Carreras, Alfonso Carreras. Un homme d'autorité, patron de LA FIRME, désire vous parler, voire vous rencontrer si cela vous est possible, mais comprendrait si vous ne pouvez pas. Joignable à tout moment.

— Rien d'autre ?

— Je regarde. Ah, si ! Un autre appel, différent des autres, comme une voix enregistrée, j'ai transféré le fichier d'enregistrement sur votre boîte mail.

— Faites-moi porter un thé, s'il vous plaît.

Tony Bennett est satisfait. Il exulte presque. Le thé d'abord et au travail…

Il appelle Carreras. C'est curieux. À ce stade, il n'est au courant de rien à moins qu'il ne connaisse Marion. Elle travaille en partie pour son entreprise, mais connaît-il tous les intervenants ? J'en doute.

— Inspecteur Bennett, Alfonso Carreras, directeur général de la branche anglaise de LA FIRME. Je vous ai appelé car l'on m'a rapporté que, comment s'appelle-t-elle, Marion Le Bihan a été enlevée avec un gendarme français, en pleine rue, ici, à Londres.

— C'est exact et en quoi cela vous concerne-t-il ?

— Cette personne travaille pour notre société, en prestations personnalisées, et je me demandais si je pouvais être utile.

— Mr Carreras, vous avez comme collaborateurs un Mr Kenwood et un Mr Matthews ? Est-ce exact ?

— Oui, assez proches, des personnes de valeur qui s'occupent de l'extension du domaine minier, cœur de notre activité…

— Mr Carreras, pouvons-nous poursuivre cette conversation de vive voix ? Voulez-vous que je passe vous voir ou pouvez-vous venir dans nos bureaux ? Je ne vous cache pas que je préférerais cette option, je suis fort pris ; vous aussi, je n'en doute pas, mais j'ai des informations à vous donner sur ces deux personnes, en lien avec Marion Le Bihan, un dossier d'extension de votre domaine minier et sa proximité avec un triple homicide en France.

— Il en a été question dans la société. Écoutez, inspecteur, je passerai vous voir. Je souhaiterais que notre rencontre soit discrète, j'ai un poste en vue…

— Nous avons un parking souterrain dont l'entrée est dans une autre rue, je préviens les gardes dès que vous me donnez vos créneaux de disponibilité.

— Très bien. Je vous rappelle. Merci.

— Au plaisir.

Il mord à l'hameçon.

Regarder le cursus de ce personnage.

Le colonel français se demande quel est le garçon enlevé qui ne fait pas partie de ses effectifs « officiels », gendarme kidnappé sur un territoire autre. Il faut couvrir Marchal, qui le vaut bien. La Gendarmerie française, c'est l'armée, rigide dans son fonctionnement, passer outre aux règles doit se justifier.

— Colonel Thomas à l'appareil.

— Inspecteur Bennett, Scotland Yard.

— Vous parlez français ?

— Je vous comprends, allez-y.

— Je vous appelle suite à l'alerte enlèvement diffusée dans les médias britanniques concernant deux ressortissants français originaires du département dont j'ai la charge. L'un d'entre eux travaille avec vous comme « supplétif », un jeune homme envoyé par le capitaine Marchal pour vous seconder. Vous confirmez ?

— Je confirme, mon colonel.

— Je n'ai rien contre une collaboration entre pays, mais ce jeune homme n'est-il pas un peu « léger » au vu de l'affaire ? Je vois Marchal tout à l'heure. C'est un excellent élément, mais n'a-t-il pas fait une erreur de jugement, sur ce garçon ? Je voulais votre avis de policier expérimenté.

— L'enlèvement dont il est l'objet, avec une jeune femme, fut très rapide. Quatre hommes et un chauffeur, en pleine rue, imprévisible et impossible à contrer pour un homme seul, fût-il expérimenté, et sans arme, je le précise. Concernant son utilité, Arthur Simon possède une grande sagacité, un sang-froid remarquable, très complémentaire dans un travail d'équipe. 24 heures avec lui nous ont fait avancer et les derniers éléments me rendent optimiste.

— Et la jeune femme ? Que faisaient-ils ensemble ? Elle n'est pas suspectée de chantage ?

— Non, son statut a changé. Elle travaillait pour les suspects, elle a appris ce qui s'était passé et les soupçons pesant sur ses employeurs. Elle nous a donné des informations précieuses qui me permettent à cette heure d'établir la complicité de ceux-ci dans le triple assassinat.

— Et l'enlèvement ?

— Nous recevons des renseignements de tout le pays.

— Ces jeunes personnes sont-elles en danger ?

— Je ne pense pas, c'est une monnaie d'échange de la part de gens acculés qui veulent quitter le Royaume-Uni, c'est mon intime conviction. Philippe Marchal a bien fait de m'envoyer Arthur, sans lui, nous n'en serions pas là. Nous le sortirons de ce mauvais pas ainsi que Marion Le Bihan, vous avez ma parole.

— Je vous entends, inspecteur. Ici, je ne vous cache pas que j'ai eu le ministre des Armées, le chef de cabinet de l'Intérieur et un haut fonctionnaire des Affaires étrangères, tout ce beau monde espère une issue heureuse. J'ai laissé de côté les homicides. Certains font le lien, d'autres non, la presse, elle, commence à fouiner. C'est une course contre la montre. Marchal arrive. Je vous laisse, inspecteur Bennett. À bientôt pour de bonnes nouvelles.

— Merci, mon colonel, nous l'espérons tous, à bientôt.

Bennett raccroche et souffle bruyamment en s'adossant. Le siège grince quelque peu. Philippe devrait passer l'examen sans encombre.

La suite n'attend pas : une bande enregistrée de cinq minutes.

« Nous allons bien, c'est moi Arthur.

— C'est moi Marion, je vous passe nos ravisseurs.

— Ici Owen Matthews.

— Ici Andy Kenwood.

Matthews parle :

— Vous ne nous avez pas laissé le choix ce matin. À l'heure qu'il est, vous en savez plus encore. Ce message sera bref. Nous demandons un avion d'affaires long-courrier avec le plein, prêt à décoller, pour demain soir à l'aéroport de Gatwick. L'horaire vous sera donné demain. Je piloterai moi-même l'appareil. Nous partons avec le joli couple. La destination reste secrète pour le moment et le restera jusqu'au bout. Je laisse la parole à mon coéquipier.

— Ici Kenwood. Carreras vous a joint ou va le faire. L'entreprise nous lâche. Un message personnel : pardon à ma femme et à mes deux enfants, je leur laisse un joli pactole, qu'ils pensent à moi en le dépensant, je les embrasse.

— Il va de soi que si nous n'avons pas ce que nous voulons, vous savez de quoi nous sommes capables, ne prenez pas de risque inutile si vous tenez à revoir ce si joli couple. » Fin du message.

Matthews termine sur une sinistre promesse.

Nous disposons de 24 heures.

Le Range Rover noir.

Les caméras sur Whitehall sont légion, c'est l'artère la plus filmée d'Angleterre. Vers 15 heures, pas difficile de repérer un véhicule à l'arrêt, c'est interdit. L'immatriculation nous mènera à un loueur. Numéro à diffuser en bandeau sur toutes les chaînes. Urgent.

— Mildred ! Contactez la centrale de surveillance du quartier des ministères, Whitehall, niveau King Charles Street, vers 15 heures, dix minutes avant, dix minutes après. Les images et l'immatriculation d'un Range Rover noir. Sur mon bureau dans trente minutes maxi, pour le bouclage des *tabloïds* de demain et les infos du soir sur les chaînes. Envoyez le tout directement si nous sommes trop justes, vous connaissez la procédure.

— Je connais.

Mildred mâche son chewing-gum et lève les yeux au ciel. Tout excité, le Tony ! Elle l'aime bien, ce flic à l'ancienne, un cœur gros comme ça et qui ne lâche pas, jamais. S'il retrouve le couple, ce sera un héros national. Un couple de jeunes et beaux Frenchies, mignon le petit gars et la fille, un canon. Mildred rêvasse un peu.

— Mildred ! Diffusez le portrait de Kirkpatrick dans les aéroports du pays, tous !

— C'est comme si c'était fait.

Elle va faire des heures sup, elle le sent bien. C'est pour la bonne cause. Elle filtre les coups de fil, les mémos vaseux ou trop imprécis, les psychos. Vingt ans qu'elle travaille avec l'inspecteur et sur ce coup-là, elle le sent bien, remonté, motivé comme jamais.

C'est bon, Tony, les lâche pas, on les aura, ces salauds.

Les images arrivent.

L'immatriculation apparaît nettement. Le véhicule s'arrête. Elle voit le couple se faire aborder, trois types, une portière s'ouvre, et se referme sur les Français. La voiture repart tranquillement. Les hommes sur le trottoir sont visibles, un *zoom*, ça marche.

J'envoie à l'inspecteur. Il fera le tri.

— Inspecteur, je vous envoie les vidéos. Nous sommes dans les temps !

— Mildred, vous êtes une perle !

— Dommage que personne ne s'en soit aperçu avant.

— Qu'est-ce que vous dites ?

— Rien, Tony, rien d'important. C'est parti, vous pouvez ouvrir les fichiers. Vous avez vingt minutes pour envoyer aux journaux.

J'appelle le *Sun*, le *Daily Mirror* en prévision. Les autres suivront. Les télés prendront en cours de soirée. Ça roule.

— Merci. Fantastique. On va les avoir…

Bennett est excité comme un gamin, pas vu une affaire comme celle-là depuis des lustres, finir sa carrière là-dessus. Du calme, mon vieux, ce n'est pas gagné.

Je leur envoie l'immatriculation en gros plan, image fixe.

La vidéo de l'enlèvement, deux minutes, pas plus et Internet fera le reste.

C'est parti.

Il est 20 heures. Dans un quart d'heure, tout le pays cherchera un Range noir immatriculé : Q138 FFH.

Que faire d'autre ? Attendre.

La nuit sera longue.

Saint-Brieuc, 19 heures

Marchal sort du bureau du colonel.

Étonnante mansuétude de celui-ci, Tony est passé par là.

Le capitaine rentre chez lui, épuisé par cette journée.

Il contactera son copain anglais plus tard dans la soirée.

21 heures

Marchal appelle Londres. Il a regardé les infos sur la BBC, vu la une de demain des *tabloïds* anglais, déjà en ligne sur Internet. Tony a lancé une grosse machinerie qui ratisse très large. Le filet va-t-il prendre dans ses mailles les poissons qu'il pense attraper ou simplement les faire fuir ?

— Tony, c'est Philippe. J'ai vu le colonel. Merci pour ton intervention, en espérant…

— Le véhicule a été pisté. Les services de sécurité de la ville ont regroupé les écrans dans une salle de contrôle, en éliminant au fur et à mesure les mauvaises rues. C'est en cours de triangulation. Je te tiens au courant. Repose-toi. Je suis sur le pont. Je te rappelle demain matin. À demain.

— À demain.

Il n'a pas eu le temps d'en placer une. Il a raison. Ce soir, je ne sers à rien.

Fin du J + 4

Ils roulent plus de deux heures. Une heure est nécessaire pour sortir de l'agglomération. Ils sont cagoulés. Une portion d'autoroute, la vitesse régulière en atteste, puis, virage à gauche, une bretelle, un rond-point, à droite sur celui-ci. Arthur tente de mémoriser l'avancée, la vitesse et les directions prises. Une route sinueuse, la vitesse réduite témoigne de l'étroitesse de la route, comme souvent en Angleterre. Les souvenirs reviennent en tête. La campagne anglaise peut revêtir les habits des clichés les plus éculés, il n'a jamais été déçu. C'est du Beatrix Potter, les villages ont souvent le petit pont en pierres, les cottages des palissades en bois blanc et une pelouse d'un vert que l'on croit fraîchement peint sur une herbe impeccablement rasée de près. Il reprend ses esprits en serrant imperceptiblement la main de Marion qui se blottit contre lui.

Ils ne voient pas l'extérieur de leur prison, entendent crisser les pneus sur le gravier. Quelques pas dans l'air frais de la fin d'après-midi suffisent à rejoindre un bâtiment. À peine entrés, ils prennent un escalier descendant qui les conduit dans la pièce où on leur enlève le sac noir qui leur couvre la tête.

Matthews et Kenwood, l'un aimable, l'autre glacial, se présentent à Arthur, expliquent qui ils sont. Arthur leur répond qu'il sait qui ils sont, tout en soulignant qu'ils sont sur la mauvaise voie. Après l'enregistrement, il leur adresse la parole en souriant :

— L'avion avec le plein, franchement, vous vous croyez au cinéma ? Vous êtes anglais tous les deux, vous pensez sincèrement qu'ils vont vous laisser partir ? Nous sommes français, pas anglais, *you understand ?*

Ils quittent la pièce sans lui répondre.

Marion n'a pas un regard pour son ancien amant.

Ils ont 24 heures devant eux, dans une cave aménagée. Un repas leur est servi vers 20 heures puis plus rien. La porte est fermée à clé.

J + 5

Le silence qui règne est impressionnant. Marion ne dort pas. Arthur respire paisiblement. Ce garçon l'étonne. Kenwood l'aurait tuée sur place s'il n'y avait eu son comparse, la haine dans son regard était intense. Ces deux-là sont des complices de circonstances. Leur alliance ne tiendra pas, car leurs motivations divergent ainsi que leurs plans futurs. Marion sait que Matthews n'a que mépris pour l'autre, qui a trempé dans de viles tractations. Kenwood le lui rend bien, l'homosexualité était une source de blagues salaces qu'il ne manquait pas de raconter à Marion lors de leurs rencontres amoureuses, vulgarité de l'hétérosexuel de base, amant très moyen par ailleurs.

Arthur se tourne vers elle, la main droite sur sa hanche. Elle en a des frissons, elle aimerait faire l'amour, là, maintenant. Qui sait si demain, à cette heure, nous serons encore de ce monde ? Arthur ne s'en soucie guère, il se repose, il puise ses forces dans un sommeil réparateur. Elle regarde sa montre, il est 5 h 30. Aucune heure de lever ne leur a été donnée. Ils ont exigé un avion en fin de journée, le compte à rebours a démarré.

Il faut dormir, il a raison, dors, nous aurons besoin de toutes nos forces.

De l'autre côté de la Manche, dans un village endormi, un homme fait les cent pas dans sa salle à manger, pièce à tout faire. Jo a vu les informations à la télévision, il a été question de deux Français enlevés en Angleterre. Jo a vu la photo d'Arthur. Celui-ci ne viendra pas à l'enterrement du père. Il a des ennuis, de graves ennuis. Jo ne comprend rien à l'histoire. Il essaie de suivre, mais son nouveau copain va trop vite. Et maintenant, enlevé avec une jolie fille en plus. L'enterrement se fera sans lui, cela lui aurait fait plaisir. Le vieux, il s'en fiche un peu, c'était juste histoire de ne pas être trop seul. Il a l'habitude.

Ce soir, il aura tourné une page de sa chienne de vie. Il ne peut rien faire pour Arthur, il n'a rien à donner, il ne parle pas anglais, inutile Jo.

La cafetière chante sur le gaz. C'est un cadeau de Catherine, une cafetière italienne. Le café est meilleur, plus fort, avec le pain beurre, un petit bonheur.

Il est tôt, six heures et demie. Une légère lueur apparaît à la fenêtre, le temps est clair, il va faire beau toute la journée, frais et sec. Jo est content. Un enterrement, ce n'est pas gai, alors, sous la pluie, c'est sinistre. Le soleil donnera un éclat particulier au dernier voyage de ce vieux grigou. Mourir de cette manière n'est pas très chrétien, mais l'alcool, bon sang, quelle cochonnerie ! Jo se surprend lui-même à penser un jugement comme celui-là. Il se surprend à penser tout court, à construire un raisonnement, c'est nouveau, l'aube d'une vie nouvelle. Arthur, le sort du jeune garçon l'obsède. Que faire ?

Rien est le mot qui tourne en boucle.

À l'autre bout du monde, Kirkpatrick s'apprête à rendre visite à Mark de Clijsters pour les faux papiers. Il a une nouvelle tête. Van de Pool l'a prévenu, huit-dix jours, pas plus.

Il aura le temps de faire ce qu'il a à faire.

Si de Clijsters est performant, il peut gagner une demi-journée et partir ce soir.

Kirkpatrick *alias* Hank Peters a un vol pour Londres le soir même à 20 h 50. Il a changé d'avis. Londres s'impose. Il doit repasser chez lui chercher de quoi finir le travail, en espérant un relâchement de la surveillance. Ce sera le week-end. Les effectifs seront moins fournis. Il sourit. Il ne connaît pas le week-end, chaque jour est identique.

De Clijsters le reçoit à 8 heures comme prévu. Et tout s'enchaîne avec l'efficacité du maître-faussaire, à 16 heures, tout est prêt :

passeport, permis de conduire sont établis au nom de Hank Peters. Il a modifié le fichier central d'identité, code d'accès facile à craquer, au cas où les polices des frontières seraient trop curieuses. La précaution supplémentaire est comprise dans le prix des prestations, Kirkpatrick apprécie le geste.

Poignée de main et enveloppe scellent la tractation.

Un peu d'avance sur l'horaire lui permet de repasser chez lui prendre une valise de cabine. Le vol est direct, en première classe, il ne transige pas, un vol long-courrier doit être reposant, s'entasser en classe éco n'est pas dans ses habitudes.

L'arrivée à Londres est prévue pour le lendemain matin vers 7 heures. Une nuit de sommeil lui donnera la lucidité et la précision dont il a besoin dans l'exercice de son métier. Il a eu le temps de reconstituer mentalement le visage de l'homme qui l'a vu. Un ami, bien rémunéré, a reconstitué via un logiciel de morphing, le visage de l'individu d'après le descriptif très précis que lui a donné Kirkpatrick. L'extraordinaire précision a bluffé le mercenaire. Les progrès sont permanents, lui a expliqué son ami. La demande est très forte, ce qui accélère les recherches.

À J + 3, il avait pu mettre un nom sur ce visage suite à une recherche intrusive et totalement aléatoire sur un fichier de la Gendarmerie française. L'application de *morphing* avait été reliée à ce fichier et il avait vu apparaître une image. L'homme avait été arrêté puis relâché dans le cadre de l'enquête sur les homicides dont le Sud-Africain connaissait la teneur. Les gendarmes français venaient de lui livrer, sans le savoir, sa future victime, ultime trace à effacer, après quoi il rentrerait chez lui et s'adonnerait à son autre hobby, la vigne et le bon vin dont il venait d'acheter quelques hectares aux portes du Cap.

Il prend son dîner, parcourt un magazine puis s'isole pour dormir.

À l'aube, Tony Bennett n'a pas la tête des grands jours. La fatigue d'une nuit à trier les informations, à recouper les images du Range

Rover marque le visage du policier. Le plus urgent a été de suivre à la trace le véhicule. Plusieurs hypothèses de parcours ont été établies.

Orientation sud-sud-ouest, la ville de Guildford a été frôlée par le véhicule, vu sur le boulevard de ceinture, ensuite, route à gauche, la campagne anglaise ne dispose pas de circuit vidéo, pas encore. La chance sourit à l'inspecteur. La municipalité d'Elstead, dans le Surrey, a installé quelques caméras dans le village, non loin des *pubs*, au nombre de trois. « Les caméras sont là pour surveiller les excès de boissons, a précisé le maire, rien de plus, mais si je peux vous aider… » Le Range Rover a été filmé en passant devant un des établissements et, chose incroyable, est rentré dans une propriété, que l'on croyait abandonnée. L'angle de vue de la caméra prend l'entrée dans son champ, en plein axe, quand on la tourne, ce qu'elle fait automatiquement, explique avec fierté l'édile à Bennett qui n'en demandait pas plus. Et depuis, la voiture n'a pas bougé.

— Et vous avez vu du monde ?

— J'ai regardé personnellement le film. Quand ils sont arrivés, on voit cinq personnes sortir de la voiture, deux hommes devant, deux autres hommes et une femme derrière. Il est difficile de reconnaître qui que ce soit, mais l'immatriculation correspond. Le portail a été refermé depuis, mais on distingue le Range Rover.

— Vous restez en position. En aucun cas, vous n'ébruitez l'affaire dans votre village. Nous arrivons, aussi discrètement que possible. N'oubliez pas qu'il y a deux otages.

— Bien sûr.

— Merci encore. Dernier renseignement : vous connaissez le propriétaire ?

— Une société immobilière de Londres. La maison est très grande, vaste terrain à l'abri des regards. Louée à des étrangers de passage, avec des demoiselles, si vous voyez ce que je veux dire. Je n'y suis jamais entré, s'empresse d'ajouter le maire.

— Je n'en doute pas, merci à vous, à tout à l'heure.

— Je serai au *pub* le plus proche. Rentrez par la porte arrière, le parking est situé sur le côté. C'est plus discret. À plus tard.

La conversation a eu lieu au milieu de la nuit. Le maire d'Elstead est insomniaque ou très impliqué.

Mildred est rentrée chez elle vers 23 heures. Elle revient vers 10 heures, en heures supplémentaires non payées, c'est elle qui le dit, pour l'Angleterre, ajoute-t-elle en riant.

Bennett a une réunion avec le divisionnaire vers 8 heures. Une information sur l'avancement des recherches lui sera donnée, c'est à peu près tout. La confiance est de règle.

Les quotidiens sont sortis, gros titres sur l'enlèvement, la plaque d'immatriculation est en gros plan en première page, Arthur et Marion aussi. Les articles restent sobres, une prise d'otage suscite la prudence tant qu'elle n'est pas terminée.

Le contact a été pris avec la police du Surrey. Aucune initiative ni déploiement intempestif. Il faut surveiller les mouvements éventuels, la discrétion absolue.

8 h 30

Organisation des départs pour la planque, éviter les sirènes et pas tous les véhicules en même temps, la presse doit à tout prix être au courant le plus tard possible, Kenwood et Matthews suivent les infos en permanence.

Le maire d'Elstead a envoyé un plan de la commune avec la mention de la propriété :

Deux hectares. Un mur de pierres ceinture le tout. Heureusement, le parc est très arboré, un jardin botanique, une serre, une mare et une rocaille complètent l'ensemble. Un salon avec porte-fenêtre donne sur le sud, côté invisible de la rue. L'entrée de la maison se trouve dans l'alignement du chemin d'accès. Un étage partiel, sur une moitié du bâtiment. Un garage à gauche attenant au rez-de-chaussée doit correspondre avec le vestibule. Il y a une cave, on distingue un soupirail sur l'image de la caméra, ils sont peut-être là.

« Un Mr Matthews vous demande au téléphone. » La standardiste, manifestement non renseignée, contacte Bennett dans son bureau, ligne directe, ce qui n'est pas vraiment la procédure.

— Je vous le passe, ça a l'air urgent.

Bennett fulmine.

— Vous avez reçu notre message ? Matthews à l'appareil.

— Bien reçu. On s'en occupe.

— Vous semblez endormi.

— Merci de vous soucier de votre santé, vous en aurez besoin dans les semaines qui viennent, où que vous soyez, et de celle de vos otages.

— Ils vont bien. Le Français est un type sympa et Marion lui trouve bien des qualités.

— Vous m'appelez pour quelle raison ?

— Pour m'assurer que vous avez bien compris notre message. Ne nous cherchez pas, nous n'hésiterons pas une seconde si vous nous doublez, au vu des moyens que vous avez mis dans les médias.

— L'ordinaire en cas d'enlèvement. Excusez-moi, mais j'ai du travail. Au revoir, monsieur.

Bennett raccroche et rappelle le standard, furieux.

— Personne sur cette ligne, vous m'avez compris ?

— Oui, monsieur, répond la standardiste sans en rajouter.

Il rappelle Marchal, laisse un message.

Il faut y aller.

Les hommes sont prêts et deux femmes, ainsi que deux psys, au cas où.

10 + 2 + 2 et lui.

Son portable sonne : Carreras. Il tombe bien celui-là !

— Bonjour monsieur. Oui, si vous pouviez venir tout de suite, oui, j'ai du nouveau. Je vous en parle à mon bureau. Je vous attends, ne tardez pas, merci.

Il ne sait si c'est une bonne idée, de toute façon, il ne lui laisse pas le choix. Il connaît ses hommes et s'ils ne sont pas raisonnables, il le fera intervenir, son entreprise risque d'en pâtir dans tous les cas de figure. Il lui faut limiter la casse, montrer que LA FIRME a aussi dans ses rangs des personnes respectueuses de la vie d'autrui.

9 h 30

Carreras entre au quatrième étage.

— Monsieur l'inspecteur. Il y a beaucoup d'agitation dans vos locaux… Une certaine fébrilité, dirais-je.

— Et ce n'est pas fini. Suivez-moi, Mr Carreras, nous avons retrouvé votre collaboratrice et son ami français et je vais avoir besoin de votre, comment dire, force de persuasion. Vous pouvez décommander vos rendez-vous, cela risque d'être long, en réalité, cela dépendra de vous, en partie.

— Vous pouvez m'expliquer, je suis un homme fort occupé et jouer aux devinettes n'est pas ma tasse de thé. Elle va bien ?

Dans le couloir, Carreras suit Bennett qui marche à une allure soutenue.

— Elle va bien. Mr Carreras, vous connaissez Elstead ?

— Elstead ? Ce nom me dit quelque chose. C'est dans le Surrey à une heure et demie de Londres. Nous y avons un *cottage* pour recevoir nos clients importants.

— Je vous y emmène, nous avons rendez-vous. Vous pouvez monter dans la voiture, je conduis moi-même, asseyez-vous à mes côtés, nous serons plus à l'aise pour discuter, j'ai quelques petites confidences à vous faire.

La voiture longe la Tamise puis s'engouffre sur Victoria Street. À cette heure le samedi, la circulation est fluide.

— Qu'allons-nous faire à Elstead ? Quel rapport avec l'enlèvement ? Expliquez-vous, inspecteur !

— Les deux personnes enlevées s'y trouvent, sont retenues contre leur gré dans une propriété dont vous êtes responsable, en tant que directeur général de la branche anglaise de LA FIRME. Ce *cottage* appartient bien à votre société ?

— À la branche immobilière dont je suis aussi le dirigeant.

— Il se trouve que deux de vos plus proches collaborateurs ont enlevé M. Arthur Simon et Mme Marion Le Bihan. Mr Owen Matthews et Mr Andy Kenwood exigent un avion privé pour ce soir sur l'aéroport de Gatwick, vers une destination inconnue.

— Mais… pourquoi ? Je ne comprends pas.

— Vous avez eu un échange avec Mr Matthews concernant l'acquisition de terres dans l'ouest de la France.

— Là où il y a eu un drame épouvantable…

— Dont vos deux collaborateurs sont les commanditaires…

— Pardon ?

— Je suis au regret de vous informer que ces messieurs ont fait appel aux services d'un Mr Kirkpatrick, ancien de vos services de sécurité pour éliminer un réfractaire qui ne voulait pas vendre.

— C'est monstrueux et vous en… avez la preuve ?

— Vous doutez ? Tous les éléments concordent. Je vous épargne les détails, mais vos hommes ont du sang sur les mains. Vous comprenez maintenant pourquoi je vous ai fait venir. Il me semble d'autre part que votre entreprise a tout à perdre, et vous aussi, à ne rien entreprendre contre une telle folie meurtrière. Je vous demande donc de tenter une négociation si nous ne parvenons pas nous-mêmes à les amener à se rendre sans trop de casse. Acceptez-vous ?

— Je ne me vois pas dire non, mon discours sera simple, sera-t-il suffisant ?

La voiture file sur l'autoroute. Le silence s'installe, pesant.

11 heures

Bennett se gare sur le parking du *pub*, en retrait de la route. Les deux hommes rentrent dans l'établissement par la porte de derrière. Premier arrivé, Bennett fait connaissance avec le maire et lui présente Carreras. Trois véhicules banalisés se garent en un quart d'heure et quelques consommateurs locaux viennent à l'ouverture du *pub*.

L'équipe de Bennett est au complet.

Rennes. 11 heures, heure française

Ariane traîne en robe de chambre. Depuis son départ avec Alain Postic, elle ne fait rien de particulier.

Elle a allumé la télévision sur une chaîne d'infos qui repasse en boucle les mêmes scandales, les mêmes faits divers réchauffés comme ce massacre non loin de son village. Ils n'ont rien de plus que des ragots de bistrot. Elle retourne dans la cuisine, met le lave-vaisselle en route et revient dans le salon. La chaîne est passée sur une info anglaise, un enlèvement de deux Français, un couple originaire de Bretagne. Son attention s'élève puis elle pousse un cri à la vue du couple enlevé : Arthur au bras d'une brune affriolante. C'est qui, cette pétasse ? Et Arthur, qu'est-ce qu'il fait là-bas ? Il a toujours voulu y aller. Il y est maintenant, jusqu'au cou, bien fait ! Ariane sent l'absurdité d'une situation qu'elle a elle-même provoquée. Que croyait-elle ? Qu'un garçon comme Arthur allait l'attendre et la supplier ? Il est reparti dans ses rêves et a fini par trouver quelqu'un à sa mesure.

Ariane sanglote, seule sur son canapé, l'image d'Arthur et de Marion disparaît de l'écran. Elle l'a perdu.

Saint-Brieuc, 10 heures

Marchal est à la morgue et attend les Malgaches.

La morgue est celle du centre hospitalier. Le médecin légiste, seul du département, a été quelque peu débordé quand il a vu arriver trois cadavres issus de toute évidence d'un affrontement fatal. L'homme, notamment, avait reçu quelques coups avant de subir une strangulation doublée d'une clé qui lui avait brisé les cervicales. Celui qui a fait ça doit être costaud, vu le gabarit de la victime, paysan bien charpenté.

La jeune femme n'a eu aucune chance : gorge tranchée, larynx découpé avec la lame d'un couteau conséquent, vu la pression sur les chairs. Elle n'a pas vu arriver son agresseur, une forte pression a été exercée sur sa poitrine, le bras gauche, pendant que la main droite tranchait.

Quant à la femme d'âge mûr, elle s'est défendue, mais le premier coup de couteau, droit au cœur, a été fatal, le deuxième par acquit de conscience, si l'on peut dire. Elle s'est bien battue, un curieux produit s'est logé sous les ongles, une griffure qui a dû labourer le cou de son assassin, sans conséquence sur l'issue d'un combat inégal.

L'homme de santé a reçu le capitaine de gendarmerie, s'est renseigné sur la marche de l'enquête, réponse évasive à ce stade : nous avançons, nous avons bon espoir, etc. Les Malgaches arrivent, accompagnés de Meyer.

Le père est suivi de son fils, toujours aussi mutique.

Les corps ont été sortis, recouverts d'un drap blanc.

Le médecin découvre le visage de la jeune femme sous le regard de son père, qui acquiesce. Il recouvre et passe à celui de sa mère, même acquiescement d'un signe de tête.

Il remercie le médecin et dit deux mots au capitaine. Il souhaite voir le corps de son gendre.

Celui-ci est sorti de son frigo. Le drap est soulevé de la même manière. Le visage de l'homme apparaît, figé dans la mort, lisse. Le médecin reste un instant, le drap dans la main. L'homme lui fait signe que c'est suffisant, et le remercie.

Les papiers sont déjà remplis, certificat d'inhumer, autorisation de sortie du territoire. Les cercueils spéciaux sont arrivés. Pas d'attente.

Les deux hommes voient les cercueils sur des tréteaux. La mise en bière se fait sur place, pour des raisons d'hygiène. Les conditions de transport très strictes obligent à une certaine célérité. Une chaîne du froid doit être maintenue, du centre hospitalier à l'arrivée à Madagascar. Les corps ne sont pas obligatoirement dans le même avion que leur famille. Les autorités malgaches, prévenues, garderont les corps en chambre froide près de l'aéroport d'Antananarivo. La suite regarde la famille.

La mise en bière s'effectue sans effusion, le stoïcisme du père et du fils est inaltérable.

Le médecin prend congé. Marchal raccompagne Meyer et les deux hommes. Ils repartent le lendemain. Il passera les voir dans l'après-midi à leur hébergement, pour les tenir informés de l'avancée de l'enquête, si cela ne les dérange pas. « Vous pouvez passer, nous tenons à savoir qui a ôté la vie à ces êtres innocents. » Le père lui serre la main, ainsi que le fils.

Meyer n'a pas dit un mot, salue le capitaine et prend le volant.

Marchal ne lui trouve pas bonne mine. Il ira lui rendre visite en fin d'après-midi.

Bennett a trouvé quelques minutes pour lui annoncer la bonne nouvelle. À moitié rassuré, il félicite son collègue.

Aucune nouvelle de Kirkpatrick.

Le capitaine est en position d'attente.

De la prise d'otages.

Du tueur.

Il a programmé des visites de courtoisie, au maire de la commune de St-Jacut, aux Morel ainsi qu'à l'antenne de la BRGM, Bureau de recherche géologique et minière. Il aimerait comprendre pourquoi l'on peut tuer pour un minerai ; l'or ou les pierres précieuses, il comprend, mais du lithium ?

Il est moins de 11 heures. Pas de BRGM à Saint-Brieuc. Il se rappelle un vieux copain passionné par les cailloux, pas un pro, mais monomaniaque, ils font des randos sur la côte de temps en temps.

— Erwan ? C'est Philippe, Marchal. Tu es dispo là maintenant ou on déjeune ensemble si tu veux, j'ai des renseignements à te demander, oui, ça concerne mon enquête. Tu en connais un bout sur le lithium ? Tu en rêves la nuit ? À ce point-là ? Ça te dirait de me raconter tes rêves ? Je passe te prendre dans dix minutes. À tout de suite.

Erwan Le Calvez est prof au lycée Rabelais de Saint-Brieuc, biologie, sciences, son grand truc, c'est la minéralogie. Ils se connaissent depuis le lycée, là où il enseigne. Il passe des week-ends entiers à casser des cailloux, pas de femme, le genre lunaire, un peu l'acteur Denis Podalydès, le même, en plus grand, ailleurs tout le temps. Il a hérité d'une maison gigantesque sur le boulevard

Clémenceau, un hôtel particulier, en granit, inchauffable. Il habite le rez-de-chaussée, un bazar permanent. Son père était chirurgien, sa mère dentiste, morts tous les deux dans un accident de voiture, il était ado. Leur amitié date de cette période.

Marchal sonne à la grille. Erwan ouvre de l'intérieur.

— Rentre, il fait froid, et ce vent…

— Salut, comment vas-tu ?

— Bien, bien… Alors le lithium t'intéresse ? Mon vieux, c'est le pétrole plus les diamants du 21e siècle. Les grosses boîtes minières vont s'entretuer, c'est sûr…

— Tuer ou s'entretuer. Alors, c'est quoi, ce minerai si convoité ?

— Tu prends un café ? Oui ? À la cuisine… Le lithium, il y en a beaucoup sur la Terre, surtout en Amérique du Sud et en Australie. On en a trouvé en Bretagne.

— Tu es au courant ?

— Dans le Sud-Finistère, oui, ce n'est un secret pour personne. Pourquoi ? On en a trouvé ailleurs ?

— Apparemment, oui, c'est même la source de mon enquête, à 50 kilomètres dans les terres. Ça sert à quoi ?

— En résumé, sans lithium, pas de batteries ni d'accumulateurs ni d'énergies renouvelables. Les traces existent sur des terrains granitiques, dans les déserts de sel, dans plein d'endroits. Le lithium était un médicament qui soignait les malades bipolaires, je ne sais pas si c'est encore le cas. Le souci est que l'extraction et le traitement sont très polluants : arsenic, acide sulfurique, c'est assez dantesque, rien d'écolo là-dedans. Ça me rend dingue que l'on présente les voitures électriques et les éoliennes comme une solution « propre », c'est faux ! Et les besoins sont énormes, le prix a été multiplié par 5 depuis un an et, tiens-toi bien, les besoins vont être multipliés par 40 d'ici vingt ans. Et l'Europe est dépendante à 90 % des autres régions du monde.

— Si je t'entends bien, financièrement, c'est juteux !

— Juteux ? LA FIRME, grosse boîte, tu connais ?

— Un peu, je t'expliquerai.

— Je disais, cette entreprise anglo-australienne va investir 2 milliards d'euros en Serbie. Elle rachète les fermes, les maisons jusqu'à cinq fois leur valeur et la corruption va bon train. Tu imagines les sommes ?

— Pas vraiment. Je commence à comprendre.

— Quoi ? J'ai entendu parler de morts à la campagne, c'est ton boulot, ce genre d'affaires ?

Marchal sourit. Erwan ne peut imaginer une seule seconde en quoi consiste son travail, le monde pour lui est paisible. Heureux homme, il l'envie.

— En plein dans le mille ! On a tué trois personnes pour ce que tu viens de me décrire. Un paysan ne voulait pas vendre, il a été éliminé. Un brave type : sa femme et sa belle-mère sont rentrées au mauvais moment en plus. Je t'épargne les détails.

— Épargne-moi, merci. Et La FIRME serait impliquée là-dedans ?

— Rien de sûr, mais on s'en approche. On va déjeuner ?

— OK, ça ira, j'ai cours de 15 à 18 heures.

— Ça va à l'Éducation nationale ?

— Écoute, pour moi, j'ai de bons rapports avec mes élèves, l'administration, c'est moins la fête. Globalement, je suis bien.

— Content pour toi. Au Lutetia, ou au Breiz'h ?

— Au Breiz'h, les salades sont top.

— C'est parti !

Le repas est sympathique. Erwan est un convive passionné par tout ce qu'il fait, et il s'intéresse à beaucoup de domaines. Rendez-vous est pris pour une balade sur le GR 34, dès que l'affaire sera bouclée. Ce moment de détente amical est le bienvenu, il reste l'inconnu du tueur en vadrouille. Marchal ne l'a pas évoqué durant le déjeuner, inutile d'inquiéter son ami, mais le Sud-Africain va revenir. Une alerte intrusion a été signalée sur le site des fichiers de la gendarmerie, avant-hier. Kirkpatrick cherche des informations, il est en chasse.

Il n'a pas prévenu le colonel. Il attend la fin de l'enlèvement et la récupération d'Arthur et de Marion Le Bihan, aujourd'hui si tout va bien. Sinon, il ira voir son supérieur en fin de journée, le risque est grand de voir débarquer un autre bonhomme, autre visage, autre nom.

Elstead. 14 heures, heure anglaise

Chacun a pris un en-cas ce midi. Depuis une heure, les dix hommes sont en position ou en voie de l'être. À la jumelle, Bennett a entrevu Kenwood et Matthews en grande conversation sur le côté de la maison, bientôt rejoint par un inconnu, le chauffeur. Pas de nouvelles des deux otages. L'inspecteur parierait pour une pièce en sous-sol.

Arthur et Marion n'ont pas bougé de la chambre malgré leurs demandes répétées d'aller prendre l'air.

14 h 30

Arthur redemande la permission de sortir dans le parc. Le conciliabule entre les trois ravisseurs, aperçu depuis le *pub*, avait pour thème cette promenade éventuelle.

Bennett, de son perchoir dans le grenier du pub, guide ses hommes. Il aperçoit devant la porte d'entrée, ouverte, deux personnes avec une cagoule, les deux membres de la firme les entourent en regardant autour d'eux. Ils sont armés. Ils marchent sur la pelouse. Ordre a été donné de ne tirer que pour neutraliser. Trois tireurs d'élite ont cette mission délicate à remplir, un de chaque côté, au nord et au sud, et le troisième sur le toit du *pub* si nécessaire. Les autres longent le mur, chargés de récupérer les otages, en fonction de la direction qu'ils prendront, deux sont tout près du portail…

C'est le moment que choisit l'inspecteur pour donner l'ordre de neutraliser les deux hommes, qui s'écroulent, deux balles pour chacun, une pour les désarmer, l'autre à la jambe pour les faire tomber. Deux hommes de Scotland Yard franchissent le mur, courent vers les otages et enlèvent leur cagoule, les confient à ceux cachés près du portail. Deux autres ont récupéré les armes de poing. Le troisième homme sort du bâtiment les mains en l'air, peu désireux de risquer sa vie dans l'improbable aventure qui prend fin.

Kenwood et Matthews grimacent de douleur, allongés dans l'herbe. Rien de vital n'a été touché. Bennett descend de son grenier, traverse le parking puis la route avant de s'engager dans la propriété.

De nombreux badauds se sont amassés, posant des questions. Le village est tranquille d'habitude, quatre coups de feu ont claqué dans l'après-midi, provoquant un début de panique, vite résorbée par les paroles rassurantes des psychologues présentes aidées par les hommes de la police locale, discrètement disposés aux abords.

L'inspecteur rejoint les deux ex-otages, un peu secoués, mais libérés de leurs liens et de leurs cagoules. Marion regarde la propriété, les deux hommes à terre et sourit.

— Arthur, je suis déjà venue ici.

— Une de tes nombreuses propriétés, je suppose, répond-il en riant. Mon cœur, ton train de vie m'inquiète, je ne sais pas si je vais pouvoir suivre. Nos amis ont l'air de souffrir.

— Arthur, mon ami ! Bennett prend le garçon dans ses bras, le secoue par les épaules, un grand sourire aux lèvres et la larme à l'œil.

— Inspecteur, voilà une opération rondement menée. Comment ?

— Je vous expliquerai. Vous allez bien ? Et mademoiselle aussi ? Marion ? Ça va ?

— Oui, inspecteur, autant qu'on puisse l'être, nous sommes vivants et en bonne santé. Quelle efficacité, je me demande comment…

— J'expliquerai à la presse, qui est déjà là. Restez en retrait, si vous pouvez. Je vais dire bonjour à nos ravisseurs en herbe. Eh bien, messieurs, on prend le frais ? N'ayez crainte, vous allez être soignés. Tiens, je vois arriver quelqu'un que vous connaissez : « Désolé, Mr Carreras, je n'ai pas eu besoin de vos services. Vous pouvez constater que le métier de kidnappeur ne s'improvise pas. Je vous laisse, messieurs, quelques minutes, pour échanger vos impressions. »

La presse est vraiment là, caméras et appareils photo n'ont d'yeux que pour le couple le plus glamour de l'année : Arthur et Marion sont du pain béni pour journaux à sensation, beaux, ayant échappé de peu à une mort brutale, ils s'aiment, cela se voit. Les journalistes présents boivent du petit lait. La concurrence va être féroce. Le tsunami qui va suivre sur les ondes et les écrans précédera de peu des tirages astronomiques de la presse *people*, un film, pourquoi pas, il y a tous les ingrédients. Mais oui… il l'a son idée. Arthur gamberge, Marion le regarde avec amour. Ce cliché fera le tour du monde. Les amants rescapés.

Bennett prend le relais devant les caméras. Sobre, il dégonfle les évènements en bon professionnel du maintien de l'ordre. Cinq minutes. La presse n'est pas satisfaite et se retourne vers le couple. Arthur et Marion se prêtent au jeu des questions-réponses. Main dans la main. Une jeune femme approche Marion et lui glisse une carte de visite :

— Appelez-moi dès que possible. Bon courage.

Elle disparaît dans l'agitation un peu vaine.

Sur la carte, un nom, une adresse et une fonction :

Elisabeth Swift – Public relations – 18, Shaftesbury Av. London – SW – 00 44 7607 592 852

Eswift1@gmail.com

Marion montre la carte à Arthur, qui d'un signe de tête, entre deux réponses, opine du chef et lève le pouce.

Les questions s'espacent, quelques dernières images et c'est fini. Le couple rejoint Bennett qui a trouvé refuge dans le *pub*.

Elstead, 15 h 30

Le calme est revenu dans la bourgade. Les hommes de Scotland Yard sont rentrés à Londres. Matthews et Bennett ont été transférés au St-Thomas' Hospital, sous bonne garde, en attendant un autre hébergement.

M. Carreras n'a pas eu à intervenir. Il n'a pas échangé avec ses anciens collaborateurs. Un simple regard sur les deux hommes, qui l'ont vu, une moue de mépris et il tourne les talons. Un échange rapide avec Bennett, une prise de rendez-vous et quelques paroles avec Marion, ce sera tout pour l'homme d'affaires qui profite d'un véhicule de police pour rentrer à Londres. Carreras repart le visage fermé à double tour. Quelques certitudes se sont effondrées, un homme doute.

Un médecin ausculte les jeunes Français, installés sur une banquette du bar.

Un écran montre le village, mise en contexte, le maire se pavane, puis Bennett explique et nos deux héros en bouquet final, avec en incrustation les portraits des deux ravisseurs et de leur complice. Les CV de Kenwood et Matthews s'affichent, le nom de LA FIRME apparaît, Carreras est filmé, refusant de répondre aux questions, s'engouffrant dans un véhicule. Des questions, beaucoup de questions apparaissent, sans réponses. Et l'on passe rapidement à Arthur et Marion, les héros du jour. Bennett jette un œil sur la télévision, sourit, voit la jeune femme glisser sa carte et comprend. L'image de ces deux-là n'a pas fini d'être dupliquée. Il faut qu'il leur parle, sans trop tarder, à l'abri des regards, avant qu'ils ne soient happés. Il connaît la rapacité médiatique qui confisque la vie privée, et vous rejette tel un noyau de cerise, après essorage du sujet. Il a connu son heure de gloire, il a donné, fait le beau, y a cru et est tombé de haut. Le quart d'heure de célébrité d'Andy Warhol, c'est agréable sur le moment, à oublier, vite, sous peine de ressasser.

Le lien n'est pas établi avec le triple meurtre en France. Pas encore. Il doit appeler Philippe Marchal.

Une procédure est engagée contre Matthews, Kenwood et le chauffeur, embauché pour l'occasion. À vérifier s'il ne conduisait pas le soir de la rencontre avec Kirkpatrick. Son nom est Sinclair Lewis, ex-chauffeur routier victime de l'embauche de Polonais. Il conduit, c'est tout. Complice, il écopera d'une peine de prison ferme. Les deux autres risquent gros, sans parler des liens avec Kirkpatrick. Le flagrant délit du kidnapping facilite la procédure.

L'inspecteur change de pièce pour appeler son collègue français. Celui-ci attend son appel.

Il répond immédiatement. Il est sur la route pour rencontrer la famille des victimes, *débriefing* avant leur retour chez eux. Cri de joie à l'annonce de la délivrance des deux Français. Il appellera Arthur tout à l'heure.

— Et maintenant ? demande Marchal.

— Les deux sont à l'hôpital pour l'instant, demain et ensuite, infirmerie de la Prison de Brixton.

— Et Kirkpatrick ? Pas de nouvelles ?

— Non, enfin je ne sais pas, son appartement est surveillé, un inspecteur est sur place, par acquit de conscience. On ne le voit pas repasser par-là, mais sait-on jamais ? Et en France, rien non plus, je suppose ?

— Non, rien. Je préviens le colonel. Une cellule à mettre en place. On l'attend s'il pointe son nez par ici. Le GIGN sera prévenu. On se tient au courant.

— Pas de problème. Je garde Arthur, enfin, tu lui demanderas. Il a fait ce qu'il avait à faire, mais il a d'autres préoccupations qui le retiendront ici, je pense. Il t'en parlera.

— Je vois. À bientôt, Tony et bravo encore pour le boulot. *Good job !*

— Merci, *see you.*

Bennett revient dans le bar où règne une ambiance quasi festive.

« On rentre à Londres, les enfants, allez, la fête est finie », lance l'inspecteur dans un éclat de rire.

— Vous avez récupéré vos téléphones ? demande-t-il à Marion et Arthur.

— Vos hommes les ont trouvés dans le salon, nous avons vérifié, ce sont bien les nôtres, répond Arthur.

— Nous passons à Scotland Yard, c'est la procédure. Arthur, vous devriez appeler Marchal, ça lui fera plaisir d'une part et puis vous lui devez bien une explication.

— Je comprends. J'appellerai après votre *débriefing.*

Le véhicule de l'inspecteur s'est rempli pour le retour sur Londres. Bennett salue et remercie les autorités du Surrey et le maire d'Elstead, trop heureux d'être passé à la télé. Ils quittent le village vers 16 heures.

France. Gîte du Val Drouet à Merdrignac un peu plus tard

Marchal échange avec Angel Raveloniaina. Son fils Raoul, en retrait, écoute la conversation, semble l'écouter, l'air absent.

— Vous me dites que celui qui a tué est sud-africain, qu'il a agi sur ordre, pour de l'argent. Il est rentré chez lui à l'heure qu'il est ?

— Nous en sommes certains. Il est rentré à Londres juste après son forfait, il est passé chez lui, a rencontré ses commanditaires et pris un avion privé pour Johannesburg dans la soirée.

— Mais pourquoi ? Trois morts. En toute impunité, ce monsieur dort tranquille, il peut dormir après ce qu'il a fait.

— Monsieur Raveloniaina, c'est son métier de tuer. C'est un mercenaire, vous connaissez ce terme ?

— Madagascar n'est pas très loin. Ce genre de personnage existe chez nous. Notre pays est très pauvre. Des milliers d'hectares de terre ont été vendus à des étrangers et l'on sait qu'il existe des camps d'entraînement militaire, pas notre armée, non, des gens d'ailleurs. L'Afrique du Sud est le pays le plus riche d'Afrique, c'est facile pour eux.

— Je ne savais pas, excusez-moi, répond Marchal, gêné.

— Il s'entraîne chez nous et va tuer nos femmes dans votre pays, payé par qui ?

— Une entreprise anglo-australienne, dont le métier est d'extraire des minerais…

— Et qui s'appelle comment ? Vous pouvez me le dire, je sais me taire.

— LA FIRME, c'est son nom.

— Je connais. Ils font des trous chez nous aussi. Les mines sont interdites aux Malgaches. Il y a des gardes privés, qui tirent en l'air si on s'approche, le même genre de personne, je suppose. Et vous allez faire quoi contre ce monsieur ? Rien, s'il reste là-bas.

— Il est censé revenir, sous une fausse identité. Un autre homme est en danger, car il a vu le tueur quand il s'enfuyait.

— C'est complètement fou. Nous allons rentrer demain. Les corps prennent l'avion ce soir. Je suis heureux d'avoir fait votre connaissance malgré les circonstances. Vous êtes quelqu'un de bien, je sens ces choses. Vous ne me rendrez pas ma fille, ni sa mère, ni la parole à mon fils, qui ne parle plus depuis leur mort. Je suis un homme détruit, monsieur Marchal, les larmes ne coulent plus, la douleur les a taries. Faites pour le mieux, vous le ferez, je le sais.

Le capitaine ne sait que répondre.

— Vous pouvez nous laisser. Le chef Meyer vient nous chercher demain matin. Cet homme est malheureux, je ne sais pas pourquoi. Au revoir, capitaine.

— Au revoir, messieurs.

Marchal sort du gîte la boule au ventre. Il y a des moments dans ce métier pour lesquels nous ne sommes pas préparés. Meyer, malheureux, qu'est-ce que j'y peux ? Arthur, heureux, pour les mêmes raisons. L'amour, bon sang, qui vous rend idiot, qui vous tue à petit feu, et l'amour d'un père pour sa femme et sa fille, d'un frère pour sa sœur, qui les rendra fous, fous de douleur. Ce n'est pas juste, ces gens ne méritent pas, personne. Il faut qu'il paie l'autre salaud, je ne devrais pas, mais au nom de quoi un type comme ça devrait-il vivre ? La peine de mort n'existe plus des deux côtés de la Manche, je sais la loi, je suis là pour l'appliquer, mais là…

Ressaisis-toi.

Aller voir Meyer, lui parler et appeler le colonel.

Meyer est à la gendarmerie, dans son bureau. Il est au téléphone quand il aperçoit la voiture du capitaine rentrant sur le parking.

Le chef sort à sa rencontre :

— Vous avez vu les Malgaches. Ils sont admirables de dignité, vous ne trouvez pas ?

— Oui, ils le sont. Le père m'a parlé de vous. Il vous trouve malheureux. Il sent ces choses, comme il dit. C'est le cas ?

— Écoutez, il y a un problème chez les Morel. Les rendez-vous chez le notaire sont annulés suite à l'interpellation des deux Anglais. Agathe m'a appelé pour me dire que l'entreprise avait annulé l'entente préalable. Un certain M. Carreras, le *big boss*, a eu Patrick Morel au téléphone, qui est depuis dans tous ses états, menace de se fiche en l'air.

— Et sa femme vous appelle, vous, son ancien petit ami, pour se répandre ! Et vous grimpez au mur !

— Il y a un réel problème d'ordre public, en dehors de toute considération personnelle. Agathe m'appelle parce que je suis le chef de la brigade…

— Oui, bien sûr. Et elle va comment ?

— Elle ne gère pas très bien apparemment. Son mari l'a envoyé promener, lui disant que c'était de sa faute, que c'était elle qui voulait partir et maintenant, c'est foutu. Ils ont commencé à vendre les bêtes et le matériel, un vrai bazar. Morel a pris la voiture. Elle est inquiète. Elle appelle, il ne répond pas.

— Il ne se suicidera pas. Il est en colère, vexé de n'avoir rien vu. Il savait que ces types n'étaient pas clairs. Il a omis de nous mentionner une deuxième rencontre, en fin de journée, plus tendue. Ils l'ont menacé au cas où il changerait d'envie suite aux meurtres. L'inspecteur Bennett de Scotland Yard me l'a appris.

— Je vois. Agathe en a assez de cette histoire. S'il ne rentre pas, elle s'en va, il a des sautes d'humeur de plus en plus fréquentes, il picole un peu.

— Pas le moment. Ils vont avoir d'autres soucis très bientôt, plus dangereux. Le tueur va revenir, c'est presque une certitude. Et le garçon de ferme, Éric, je crois, il est toujours là ?

— Je n'ai pas demandé. Pourquoi ?

— C'est lui qui est susceptible d'être en grand danger.

— Il faut le mettre en sûreté.

— On va faire autrement. On veut coincer le tueur. À la campagne, ce sera plus simple.

— Un appât ?

— J'ai mon plan. Je dois voir le colonel ce soir. Le GIGN devra être de la partie.

— Risqué, mais un homme seul, même entraîné, sur un terrain inconnu face à des professionnels, a peu de chances.

— Je vais vous laisser. Appelez-moi s'il y a du neuf. Nous aurons besoin de vous d'ici peu. À plus tard. Et ne vous tracassez pas pour Agathe Morel, c'est une femme de tête.

— Merci, à bientôt.

Un chef de brigade amoureux transi perçoit une ouverture.

Marchal respecte, mais ne peut s'empêcher de hausser les épaules. La vie d'un homme sera bientôt sur la balance, deux poids, deux mesures.

Marchal dans son véhicule appelle le colonel.

La conversation est d'ordre technique : nombre d'hommes, état d'alerte, véhicules et surtout quand ? Aucune idée.

16 h 30 à Coët

Tout est fini.

L'enterrement fut de bonne tenue. La messe dite par un Malgache vaut bien celle d'un Français de souche. La même liturgie accompagne un vieil homme prématurément passé de vie à trépas.

Jo était le seul de la famille. Il n'y a plus personne. Le frère et la sœur du vieux sont morts, son ex-belle-sœur est fâchée depuis longtemps. Catherine, sa voisine, était là aussi.

Quelques copains de régiment étaient là, son ami Chris et quelques grenouilles de bénitier qui chantent faux dans l'église, mais elles chantent.

Arthur n'était pas là. Il ne pouvait pas. Il faut qu'il regarde les informations tout à l'heure. Quelle histoire ! Il l'aime bien ce garçon. Il est sincère, pas fier, il plane un peu dans sa tête comme on dit, mais il ne joue pas de comédie.

Il va au café. Il paie un coup à boire à celles et ceux qui sont venus, il y tient. Vient qui veut.

Il n'arrive pas seul, Marcel est là, et Robert. Catherine l'a raccompagné depuis le cimetière, sans rien dire. Elle respecte son deuil même si elle sait que le chagrin ne sera pas très long. Sauver les apparences était le minimum requis.

Françoise, derrière son bar, regarde Jo entrer avec Catherine, fait un signe à cette dernière.

Jo s'installe sur un tabouret, accoudé au bar, il considère les gens attablés d'un air affable.

Catherine s'entretient avec Françoise de l'autre côté du bar, tout en jetant un œil à Jo. Chris à son tour revient du cimetière, après les autres. Il est allé sur la tombe de son père, décédé l'an dernier. Il n'y va pas tous les jours, c'était l'occasion.

Il s'approche de Jo :

— Comment vas-tu ? C'est fait, te voilà tranquille maintenant. Tu bois quoi ? lui demande-t-il en passant de l'autre côté du bar.

— Un café. C'est moi qui invite. Françoise ! Demande à tout le monde ce qu'ils veulent, c'est moi qui paie.

Elle interrompt sa conversation et s'adresse aux clients :

— Jo vous remercie d'être venu et vous paie à boire, merci à lui.

C'est la tradition. Elle est respectée, chacun reconnaît à Jo son savoir-vivre. Les conversations reprennent, les circonstances du décès du défunt ne sont pas évoquées, elles seront l'objet d'échanges dans le cadre familial. Le bénéfice du doute est accordé à l'homme accoudé au bar. Catherine l'a rejoint et lui parle de travaux domestiques. Elle prend en main devant tous l'entretien du logis de ce célibataire désormais seul au monde.

Françoise revient vers lui et lui parle à l'oreille :

— Il y a du nouveau pour ton copain et son amie. La police les a délivrés. Viens voir, ça passe à la télé anglaise.

Jo passe dans la cuisine et voit son ami parler en français, puis en anglais. Il a l'air en forme, et sa copine est belle, ça oui !

— Quelle histoire ! Je vais attendre un peu pour l'appeler.

Catherine l'a suivi et regarde la jeune femme tout sourire sur l'écran.

— Tu connais sa copine aussi ? demande-t-elle.

— Non, il l'a connue là-bas, mais elle est du coin, de St-Jacut, elle habite à Londres.

— Une belle nana, c'est sûr, dit Catherine d'un air pincé.

— Une belle fille avec un beau mec, ajoute Françoise en rigolant. De toute façon, ce n'est pas ton genre, pas vrai, Jo ?

— Elle a l'âge d'être ma fille, si j'en avais une.

Retour au bar qui se vide petit à petit.

— Tu mets ça sur ma note, je vais rentrer chez moi, tu m'accompagnes ? demande Jo à Catherine qui hoche la tête. Au revoir, dit-il à la cantonade.

Catherine et Jo remontent la route sous le soleil déclinant. Françoise observe le couple et se dit que la roue peut tourner. Il a assez donné, il est toujours temps d'être heureux.

Entre Elstead et Londres, milieu d'après-midi

Arthur se doit d'appeler Jo. Il avait promis de venir à l'enterrement de son père, il espère qu'il est au courant pour ce qui leur est arrivé.

— J'appelle un ami en France, lance-t-il.

— Faites… Tout le monde sait où vous êtes en ce moment. Je vous signale que nous sommes suivis par une demi-douzaine de voitures de presse et précédés par un car régie de la télé. Appelez qui vous voulez, il ou elle doit pouvoir vous dire quelle ville vous traversez en ce moment.

Bennett est d'une humeur joyeuse.

— Là où j'appelle…

— Et tu appelles où ? interrompt Marion.

— En Bretagne, dans un village, tout petit…

— Ils ont l'électricité ? s'esclaffe-t-elle.

— Jo est un type bien. Allez, j'appelle.

Arthur attrape Jo sur le chemin de son domicile. Il s'excuse et s'entend répondre qu'ils l'ont vu et entendu à la télé anglaise, en bonne compagnie. Il est tout excusé.

— Quand rentres-tu en France ? s'enquiert Jo.

— C'est la grande question. Je suis en voiture. On a une réunion en rentrant à Londres, je t'envoie un texto ensuite. Et toi, ça va ? Tout s'est bien passé ?

— Très bien, il a fait beau toute la journée, les gens d'ici sont vraiment sympas avec moi.

— Tout le contraire de la semaine dernière ! Et côté bibine ?

— Zéro, fini… Je te dois un peu…

— Rien du tout, c'est de toi que ça vient, moi, j'ai juste dit les choses… Porte-toi bien, je te recontacte dans la soirée.

— D'accord, je suis sur le chemin. À plus tard et… bonjour à la dame.

— Je n'y manquerai pas.

Dans l'auto, Bennett et Marion s'interrogent sur ce mystérieux ami.

— Qui est-ce, ce Jo ? demande Marion.

— Un type bien, qui n'a pas eu de chance. Je lui ai donné un coup de main. Il vient d'enterrer son père. Il nous a vus à la TV et te donne le bonjour.

Bennett intervient :

— Rien sur l'affaire, nous entrons dans une zone très dangereuse, vous ne partagez pas d'info, Arthur, merci de votre discrétion.

— Ne vous inquiétez pas. Nous en sommes où avec Kirkpatrick ?

— Toujours rien. Un vol de British Airways en provenance du Cap arrive chaque matin. Nous surveillons particulièrement ce vol ainsi que celui de Johannesburg. C'est un peu la loterie, mais nous n'avons guère le choix. S'il arrive demain, la une des journaux sera sur votre libération, vos portraits et ceux des deux commanditaires en une et sur les TV dans les *pubs* et halls d'aéroport. Que peut-il faire ? Il est dangereux et maquillé. On cherche un grand type costaud, c'est vague !

— Il peut passer chez lui ? demande Arthur.

— Il peut, j'en doute, mais ce genre d'individu est imprévisible. On surveille.

— Il peut s'en prendre à nous ? interroge Marion, inquiète.

Bennett élude la question sans répondre, ce qui ne la rassure pas vraiment. Ils arrivent à Scotland Yard. Il faudra jouer à cache-cache en quittant le siège de la police, la presse tient à savoir où les deux amoureux vont passer la nuit.

— Il faut appeler Marchal, ajoute l'inspecteur, n'oubliez pas.

— Il est au courant, je pense.

— Oui, mais ça lui ferait plaisir en plus. C'est lui qui vous a envoyé ici, dites-lui que vous allez bien, ainsi que Marion. Il aimera comprendre ce qui vous arrive à tous les deux. Il est de la vieille école. Avouez que votre prestation en duo devant les caméras, comme si vous aviez l'habitude… Nous en reparlerons, je vous l'ai dit, faites attention à vous. Marion, expliquez à monsieur ce qu'est la vie à Londres quand on veut briller en société.

Marion ne répond pas. La vision de Kenwood s'impose à elle. Ce personnage l'a propulsée dans des sphères où l'appât du gain et le statut social comptent plus que tout, à n'importe quel prix. Arthur est-il de ce bois dont on fait les *traders*, les nouveaux riches ? Elle ne sait pas. Elle l'aime. Pourquoi ? Il n'y a pas de réponse, c'est ainsi.

À Scotland Yard, le *débriefing* est de courte durée. Tous sont épuisés par une journée hors norme. Le lendemain est incertain.

Aucun rendez-vous n'est fixé. Décision est prise d'aller chez Marion, Bennett prévient deux de ses hommes, conseille la prudence au couple et rappelle le coup de fil à passer.

Ils passent par les sous-sols et ressortent deux rues plus loin. Arthur fait signe, un taxi les prend. Le chauffeur ne peut s'empêcher de les regarder avec un grand sourire, manquant plusieurs fois d'emboutir d'autres véhicules. Arrivées à bon port, le chauffeur lance :

— Quand je vais dire à ma femme qui j'ai transporté, elle va être jalouse. Bravo, les jeunes, ces salauds, il ne faut pas leur faire de cadeau. Ah ! Ça alors. Bonne nuit !

— Bonne nuit à vous.

Arthur et Marion comprennent leur nouveau statut quand ils rentrent dans la maison, le voisin les croise dans l'escalier, les fixe et les applaudit, puis s'exclame, le pouce en l'air : *Well done !*

Une fois chez elle, ils s'étreignent passionnément, les chaussures volent, les habits s'éparpillent du vestibule à la chambre, la suite est connue.

Deux heures plus tard, Arthur se rappelle au bon souvenir de Marchal, qui n'attendait plus de nouvelles.

— Il faut rentrer maintenant. Votre mission est terminée.

— J'ai d'autres projets, je reprends ma liberté, si c'est possible.

— J'ai vu la jeune dame, tout le monde l'a vue, tout le monde vous a vus et vous verra. Kirkpatrick ne va pas tarder. À Londres, vous êtes sous protection… provisoire. Ici, vous serez plus en sécurité. Le tueur connaît Londres, il y a une résidence. Ici, nous pourrons le neutraliser plus facilement. Il faut rentrer. Emmenez votre belle avec vous. Elle est libérée de ce travail. Je vous rappelle dans une heure, parlez-en avec elle. À tout à l'heure.

Marchal raccroche.

Arthur regarde Marion, allongée nue sur le lit. Elle ouvre un œil, puis deux et le regarde.

— Nous partons en France pour quelques jours.

— Où tu veux…

— Je rappelle le capitaine, celui que tu as vu, pour lui dire.

— C'est toi qui décides, tu feras pour le mieux. Je n'ai plus d'obligation ici.

— On file à Saint-Pancras. Prépare-toi. Tu as un peu d'argent ?

— Largement, ne te fais pas de souci de ce côté-là…

— Je prends deux billets pour Saint-Brieuc sur les prochains trains. Nous coucherons à Paris. Je préviens Marchal.

— Allô, capitaine ? Nous partons. Je vous tiens au courant des horaires, nous coucherons à Paris. À demain midi.

Le dernier Eurostar part vers 20 heures.

23 heures à Paris.

TGV à 11 heures le lendemain, arrivée 13 h 30 à Saint-Brieuc.

J + 6

L'Airbus A-350 de British Airways en provenance du Cap atterrit à l'heure sur la piste Sud de l'aéroport d'Heathrow. Il est 7 heures *a.m.* Le terminal 5 dédié à la compagnie anglaise facilite les débarquements et accélère les procédures. Kirkpatrick *alias* Hank Peters débarque dans les premiers. Il n'a pas de temps à perdre. L'Heathrow express arrive à Paddington, non loin de son domicile londonien. Il sait que celui-ci est surveillé. Une entrée particulière lui permettra de rentrer et sortir sans être vu. Il avait soigneusement choisi cet appartement en fonction de l'existence de sous-sols anciens. Ceux-ci pouvaient être reliés à d'anciens tunnels désaffectés, datant de l'époque du Blitz. Personne ne mettait les pieds dans ce dédale, couloirs murés, éboulements, rendaient toute visite périlleuse, sauf à y installer un fil d'Ariane d'une entrée de service non utilisée de la station d'Edgware Road au parking de son immeuble sur Marylebone Road, artère d'accès et d'évacuation rapide via la Westway en direction de la M25. Tout se doit d'être anticipé. Dans son domaine, le moindre détail peut s'avérer vital.

Dans le hall du terminal, de nombreux écrans passent les nouvelles du jour, les chaînes d'infos en continu font leur une sur la libération de deux jeunes Français enlevés par deux cadres d'une multinationale. Un lien serait établi avec un triple homicide en France. Kirkpatrick s'arrête devant un kiosque et prend un quotidien. Il reconnaît ses deux commanditaires en incrustation sur une photo pleine page des Français libérés. Les cadres sont à l'hôpital de Brixton. Trop loin. Au retour peut-être, il improvisera.

Heathrow express, une demi-heure, un quart d'heure de marche, le tunnel, une demi-heure également. Une demi-heure à l'appartement et il ne devra laisser aucune trace de son passage, un fantôme sera passé par Londres ce jour-là, se dit-il dans un rare sourire. Il ressortira à Marylebone Station et marchera jusqu'à Paddington. Il peut aller prendre l'air dans Regent's Park. Il avait choisi l'appartement aussi pour la proximité avec un des parcs londoniens. Entretenir sa forme demande un espace verdoyant. Celui-ci lui avait convenu, le temps passé ici avait été agréable, il passe à autre chose.

Pas d'anicroche au passage en douane, la chirurgie plastique fait merveille.

Il retrouve Londres et son agitation permanente. Quelques jours au Cap l'ont requinqué.

Personne ne prête attention à ce grand gaillard. Il lui a fait une tête de gentil, aux traits assez doux, bizarrement le haut du visage reprend la physionomie de son visage d'avant. Il se dit qu'un policier physionomiste pourrait le reconnaître, en le fixant, il pourrait se poser des questions, rien d'établi, mais il ne faut pas traîner, en mouvement. Un policier dans la rame de l'express passe devant lui, sans lui jeter un regard. La parano est l'autre danger du métier. S'il revient en France, c'est un peu le propos. Le garçon de ferme, Éric Dubruhl, l'a observé plusieurs secondes, interminable fixation du temps, arrêt sur image. Les yeux dans les yeux, il a sondé le garçon, être inoffensif et manipulable. Il a lu en lui la terreur, le reflet d'un souvenir lointain. Son patronyme est allemand. Qu'est-ce qu'un Germanique un peu simple fait dans une ferme à l'ouest de la France ? Il voulait chercher, a oublié. C'est sans importance, il doit l'éliminer, il a vu en lui ce qu'il avait fait. Pas de trace, il ne peut y avoir de dérogation au principe de base de son métier, parano ou pas.

Il arrive à Paddington.

Edgware Road, la station de métro, au bout du quai, West Side, il n'y a pas de caméra, entrée furtive. La lampe torche lui permet de retrouver les signes directionnels que lui seul connaît. Le dédale de couloirs du plus vieux métro du monde est un gruyère qui résiste au temps. Quelques murs de briques se sont écroulés sous les vibrations des rames du métro tout proche, d'autres datent de la guerre. Il se repère, il s'était entraîné, avait parcouru le même chemin à l'aveugle, au cas où, envisager le pire, toujours. Le couloir part sur la gauche, la dernière porte est à droite.

Il arrive dans un local abandonné où traînent quelques seringues de toxicos, morts depuis longtemps, vu l'état des shooteuses.

Encore une porte, et voilà le parking. Il se plaque d'instinct contre le mur, une voiture se gare.

Une portière claque, les feux clignotent et l'importun rentre chez lui.

Ses sens sont en éveil maximal. C'est le passage le plus délicat. L'immeuble à cette heure est aux trois quarts vide, mais Scotland Yard a peut-être un homme en intérieur, il en doute, la routine du service place les hommes en extérieur et les propriétaires n'aiment pas un service constant, une culpabilité larvée, de petites cachotteries ?

Il n'y a personne. Deuxième niveau, face ascenseur.

Il rentre chez lui, ouvre le disjoncteur. Les volets sont hermétiques. Il ferme la double porte du palier. Il allume. Rien n'a bougé. Il soupçonne le MI 5 d'une surveillance discrète technologique. Il n'est que de passage et ne va pas traîner.

L'armoire est dans le dressing, costumes sur mesure, bouton, pression légère, la paroi pivote et Kirkpatrick retrouve ses outils de travail.

Un Walter P99 carcasse composite.

Un Glock 45 même matériau.

Les munitions dans un emballage anti-rayons.

Voyager léger est une des clés d'une mission réussie. Celle-ci ne devrait pas poser de problèmes.

Il referme, range les costumes et sort du *dressing*.

Les armes sont dans la valise, sous les habits et la trousse de toilette. Il porte un blouson fourré, près du corps, style Barbour, et un jean bien coupé, chaussures montantes souples. Peut-il sortir directement sur l'avenue ? Il a fait appel à la chirurgie plastique pour ne pas être reconnu. Cela lui évitera de repasser par les couloirs des sous-sols.

Dans le hall, il croise une femme élégante et sort sur le trottoir. Il aperçoit immédiatement l'inspecteur chargé de surveiller son immeuble. Celui-ci jette un œil distrait dans sa direction puis reporte son attention sur la jolie fille qui traverse la rue. Faire le planton est le pire des postes en tant que policier. C'est toujours dans les moments où l'attention se relâche que se passent les évènements les plus tragiques. Kirkpatrick pose sa valise, sort la poignée télescopique et entame son retour vers Paddington, vingt minutes environ. Il est en avance sur son tableau de marche.

De l'autre côté de Marylebone, artère à la circulation dense, l'inspecteur Tony Bennett a pris le relais dans la surveillance du domicile du Sud-Africain. Une belle fille traverse la rue, lui fait penser à Marion et Arthur. Il a su par Marchal, qui l'a rappelé tard la veille, que le couple rentrait en France. Les hommes chargés de les avoir à l'œil n'avaient rien vu dans cette rue si facile à surveiller. Si le capitaine pense qu'ils sont plus en sécurité chez lui, pourquoi pas. Il ne lui donne pas tort, ils ont été enlevés, ce qui ne joue pas vraiment en sa faveur. Il regarde machinalement de l'autre côté de l'avenue, aperçoit un homme de haute stature, une valise à la main, qui la pose, sort la poignée et se met en route vers Paddington. Il sort d'où, celui-là ? Il ne l'a pas vu remonter le trottoir d'en face. Il se trouve juste devant la porte…

Kirkpatrick ?

Il attend un peu. L'homme remonte tranquillement, la valise dans la main gauche roule sur le trottoir. L'inspecteur quitte son poste fixe. Il prend un risque, calculé. Il faut que je puisse le croiser d'assez près, la chirurgie esthétique a ses limites. Il accélère le pas, un passage piéton se trouve à cent mètres environ, il doit traverser sans courir, le feu est au rouge, la foule des piétons passe de l'autre côté en direction du parc. L'homme est à trente mètres environ. Il faudrait le frôler sans le bousculer, afin qu'il marque un temps d'arrêt. Bennett va sur sa droite et se prend le pied dans la valise, simulant un déséquilibre.

— Excusez-moi, dit l'inspecteur, se tournant vers l'homme qui reprend sa valise en main.

— Ce n'est rien, il y a foule…

— C'est vrai, bonne journée.

— Bonne journée à vous.

Bingo ! C'est lui, il est sûr que c'est lui. Le regard est le même que sur la photo, et la vidéo du *pub*. Un regard ne trompe pas. Il n'a pas mis de lentilles de couleur. Bennett pense à ce détail. Il a vu une série récemment dans laquelle un assassin s'échappe grâce à des lentilles de contact différentes de ses pupilles, imparable.

Kirkpatrick n'est pas dupe. Il a vu l'homme de l'autre côté presser le pas et s'avancer vers lui, le dévisager. Il comprend qu'il y a urgence et qu'il doit prendre un vol le plus tôt possible, ou un train. Pour la France, c'est Saint-Pancras, tout près. Mais… pas de train avant 16 h 30.

Ils n'ont pas de photo et tout repose sur cet homme.

À Heathrow, s'il y a un vol avant… ou ailleurs.

À Gatwick, 13 h 50. C'est bon.

Bennett prend son téléphone, mais n'a que peu d'éléments. Qui appeler en premier ?

Philippe Marchal. Il faut le prévenir : il arrive, l'assassin revient.

Sur le sol anglais, coincer un homme suppose autre chose qu'une intuition.

Marchal se réveille sur de mauvaises vibrations. Il contacte les Morel.

— Bonjour, c'est le capitaine Marchal. Agathe Morel ? Je peux passer vous voir ? Votre mari n'est pas rentré ?

Silence.

— J'arrive.

Patrick Morel a pété un câble. Quel con !

Bennett lui envoie un texto, lapidaire :

Il arrive. Vu notre homme à Londres.

Arthur, un autre :

Nous arrivons tout à l'heure.

Le timing n'est pas bon, pas bon du tout.

Kirkpatrick vient pour Éric.

Arthur vient pour… ?

Le colonel attend son appel pour mettre en place le dispositif.

Il l'appellera de là-bas, visualiser et parler à Éric, que lui dire, parler à Agathe Morel… et le mari qui s'absente !

Arthur et Marion se réveillent gentiment dans cet hôtel du 6e arrondissement, choisi pour sa proximité avec la gare Montparnasse. Ils traînent au lit, câlins et douceurs. Le TGV est à 11 heures. Texto à Marchal.

Dans le train, le retour à une vie normale prend tout son sens dans les bruits familiers d'enfants en bas âge, de retraités en vadrouille et des sandwichs SNCF rebaptisés, mais tout aussi étiques. Rien ne change, le quotidien rassure quand il n'est pas synonyme de fers aux pieds. Le décor est composé de gens à la vie ordinaire, que l'on laisse volontiers à leur existence monotone. Arthur n'aime rien tant que ces moments où il se sent différent, il ne sera jamais comme eux. Ce poil d'orgueil et de suffisance agace ses proches. Sa mère vit à Rennes, prof d'anglais au lycée Émile Zola, agrégée. Elle est au top de la hiérarchie professorale, comme elle dit.

« Serais-tu un fat, mon fils ? lui dit-elle, histoire de le provoquer. Je n'aimerais pas. Je ne t'ai pas élevé pour que tu ressembles à certains de mes collègues plus jeunes, imbus de leur supposée supériorité intellectuelle. »

Fils unique, d'un père qu'il n'a jamais connu, parti sans laisser d'adresse, pas au courant de sa paternité. Sa mère ne lui en a parlé que de manière évasive : « Ce fut une aventure estudiantine, comme cela arrive. Il a quitté la région il y a longtemps, je ne sais pas où il est ni ce qu'il fait. Il avait de grands rêves, tu lui ressembles. » Elle se perdait alors dans des rêveries interminables. Arthur avait eu une enfance stable avec une maman encore étudiante quand il était bébé, gardé par les copines. Il y pense. Elle ne l'a pas appelé suite aux prestations télévisuelles, elle n'a pas de TV. Lui présenter Marion serait bien, un peu tôt, il ne sait pas, elle est romanesque sa mère, très circonspecte sur la personnalité d'Ariane, femme-enfant et « future emmerdeuse », selon ses mots « mais c'est toi qui vois » avait-elle ajouté. Il avait été très libre de ses fréquentations, mais elle avait été plus sévère sur l'échec de ses études supérieures, jugeant qu'il gâchait son intelligence, que l'expérimentation sociale dont se targuait Arthur avait ses limites et que la méthodologie que pourvoyait l'université permettait de prendre la juste mesure, bla-bla-bla…

Il regarde Marion qui s'est assoupie en se demandant quelle a été sa méthodologie pour arriver à Londres et faire son trou. Il ne connaît que trop la réponse. Sa mère ne serait pas dupe de la nouvelle conquête de son fils.

À Rennes, le train se sépare en deux, Nord et Sud-Bretagne.

Encore trois quarts d'heure.

Il renvoie un texto à Marchal pour lui demander s'il a prévu un hébergement pour eux.

La réponse lui arrive dans l'instant : *Chez moi. Kirkpatrick est à Londres et il arrive ici.*

Arthur est dubitatif, informe Marion qui fait la moue :

— Chez le flic ?

— Oui, je sais, mais il y a un souci : le tueur arrive bientôt.

— Où ?

— Ici, plus exactement dans ton village natal. Pour finir le travail.

— Finir le travail ?

— Marion chérie, notre enlèvement n'était qu'un amuse-gueule médiatique dont nous tirerons les bénéfices plus tard, peut-être. Aujourd'hui, le type embauché par ton ex revient pour tuer un pauvre garçon qui a eu le tort d'être au mauvais endroit au mauvais moment. Marchal tient juste à nous protéger, toi comme moi. Oublie ton entrevue de l'autre soir, tu étais de l'autre côté de la barrière, ce n'est plus le cas.

— Combien de temps ?

— Son appartement est moins luxueux que le tien, mais il a tout le confort moderne, rétorque Arthur avec un grand sourire.

— Ne te moque pas, je ne suis pas qu'une pauvre petite fille, je sais m'adapter.

Un chaste baiser suit, sous les yeux bienveillants d'un couple aux cheveux argentés.

Marchal arrive chez les Morel. Agathe arpente la cour nerveusement.

— Patrick a appelé. Il est devenu fou. Il a pris le fusil de chasse, je n'avais pas vu, il veut tuer ce type, il est caché quelque part. Il connaît le coin comme sa poche.

La jeune femme très nerveuse se tord les mains.

— Calmez-vous. Où est Éric ?

— Dans sa chambre. Qu'allez-vous lui dire ? Il est peureux et fragile. Je lui ai dit qu'il pouvait rester jouer à ses jeux vidéo, que je n'avais pas de travail pour lui aujourd'hui. C'est une situation épouvantable. J'ai appelé Vincent, il m'a dit de vous attendre, que vous, vous sauriez quoi faire, quoi dire.

— Vincent Meyer a bien fait, répond Marchal en repensant à la nervosité du chef de brigade. Écoutez, nous allons rentrer au chaud, si vous voulez bien, nous serons mieux et si vous aviez un thé ou un café, ce serait avec plaisir.

La scène n'a pas échappé à Éric qui regarde par la fenêtre. Il a reconnu le monsieur qui l'a mis en prison. Ce monsieur est déjà revenu, il a l'air gentil avec la patronne. Il a regardé par ici. Je ne veux pas repartir, je suis bien ici. Il y a deux gendarmes qui nous gardent, Mme Agathe a dit que nous sommes tranquilles depuis qu'ils sont là. Le patron n'est pas en forme. Je ne sais pas ce qu'il a. Depuis qu'il est revenu de voyage, il ne me parle presque plus, je n'ai rien fait, j'ai voulu lui dire, mais madame m'a fait « chut » en posant le doigt sur ses lèvres. Je retourne jouer. Je conduis vite dans celui-là, un rallye dans la campagne, comme ici. Les yeux rivés sur l'écran, le grand enfant s'amuse dans ce monde où il est le champion.

Agathe se rassure en écoutant le capitaine de gendarmerie lui expliquer ce qui peut se passer.

— Le dispositif sera discret et mis en place dès ce soir. Vous n'en saurez rien, Éric non plus, vous devez vous comporter comme d'habitude, le dîner à la même heure, évitez la télévision ou alors, un programme animalier, un jeu, tout, sauf des infos. C'est très important. La presse a mis le turbo sur cette histoire, depuis l'enlèvement et la libération d'Arthur et de Marion, elle sent, elle établit le lien entre ici et là-bas. Il nous faudra un peu de chance pour mettre un point final à cette histoire. Je sais que pour vous, rien n'est simple. Il faut récupérer votre mari. Kirkpatrick est très dangereux, entraîné, il ne fera qu'une bouchée de Morel et l'effet de surprise ne jouera plus. Il sait que nous l'attendons, il est passé par Londres, a vu la presse, mais quelque chose le pousse à venir se jeter dans la gueule du loup, j'avoue, je ne comprends pas bien. L'orgueil halluciné d'un tueur qui veut terminer un travail pour lequel il a été grassement rémunéré pousse celui-ci à défier, contre toute logique, une force armée supérieure en nombre.

Marchal se parle à lui-même.

— Capitaine ?

— Excusez-moi, quelques réflexions personnelles. Rappelez votre mari et dites-lui de se tenir tranquille. Je vais devoir vous laisser, j'attends les deux héros qui doivent être arrivés à Saint-Brieuc. Ne bougez pas, faites comme d'habitude. Si coups de feu il y a, c'est fort probable, restez cachée, loin des fenêtres. C'est compris ?

Agathe hoche la tête.

Marchal se lève et prend congé. Il espère n'avoir rien oublié.

Arthur et Marion arrivent à Saint-Brieuc.

Marchal n'est pas là. Arthur se doute que l'emploi du temps du capitaine… Il l'appelle.

— Nous sommes arrivés. Dites-moi où vous attendre. J'attends votre appel.

Arthur rajoute un texto pour plus de sécurité.

Dans la minute qui suit :

Café de la Poste, place de la Résistance, bonne musique. Suis chez les Morel, vers 15 heures. Merci d'être rentrés.

À chacun sa petite valise, ils descendent la rue de la gare, sinistre introduction à un tissu urbain dévasté. Droit devant, le centre historique est un entrelacs de ruelles étroites aboutissant sur la place où se trouve le café de la Poste. La serveuse dévisage le couple avec un large sourire, lui surtout.

Une banquette les accueille dans une alcôve.

— Deux cafés, s'il vous plaît.

Arthur récupère les journaux régionaux du jour, *Ouest-France* et *le Télégramme* en libre-service sur le comptoir.

La une est sur les algues vertes pour l'un, sur les éoliennes de la baie pour l'autre.

Mais sur les deux, la moitié inférieure de la première page les concerne : on voit la photo sur laquelle Marion dévore des yeux son Arthur pérorant devant la presse, main dans la main. L'image n'a pas 24 heures. Le texte mentionne leur origine costarmoricaine, espérant leur retour prochain en terre bretonne. « Tout un symbole de la farouche résistance celte est présent sous les traits de ces deux jeunes gens en lutte contre la criminalité internationale. » Le journaliste s'est éclaté dans *Ouest-France*. *Le Télégramme* est plus mesuré, tout en soulignant le côté très glamour du couple. Un peu plus loin, il établit un lien avec les homicides non élucidés du centre du département et conclut par le côté très romanesque de l'ensemble de ces péripéties, « la suite demain », promet-il à ses lecteurs.

Marion voit l'image :

— On dirait un couple de cinéma, on est beaux tous les deux, tu ne trouves pas ?

— C'est bien ce qui m'inquiète.

La porte du bar s'ouvre sur un jeune homme échevelé, qui a manifestement couru : il regarde la serveuse qui d'un signe de tête désigne l'alcôve où se trouvent Arthur et Marion. Il reprend son souffle et se dirige vers eux. Arthur l'a aperçu dans un miroir publicitaire orienté vers l'entrée, il se retourne à l'instant où celui-ci va l'aborder :

— Vous êtes journaliste ? Ne me dites rien ! *Le Télégramme*, l'article de ce matin, c'est vous ? Asseyez-vous. Vous prenez quelque chose ? Bien sûr que vous prenez quelque chose, un café pour notre ami.

— Je m'appelle Benoît Dutertre, journaliste indépendant, je fais des piges pour ce journal en effet, mais pas que, d'autres aussi, plus importants, sujets de société…

— Vous essayez de me vendre quoi, M. Dutertre ? Doucement, nous sortons d'une épreuve difficile, vous pouvez l'imaginer. Dites à votre copine la serveuse de ne pas appeler d'autres confrères pour se faire de la pub à bon compte.

— La photo qui est en une est iconique. Vous savez ce que cela signifie ? Celui qui a fait la photo travaille pour une agence photographique, Reuters, gros moyens, et gros réseau surtout. Je vous donne un conseil à mettre en pratique très rapidement : contactez-les, faites-vous connaître et parlez-leur de droit à l'image. Puis attendez leur réaction, pas deux heures : dix secondes, et s'ils ne vous proposent rien, contactez soit un avocat, soit une agence de relations publiques, à Londres. Ils vous doivent déjà de l'argent, beaucoup d'argent.

— Et vous y gagnez quoi ?

— L'exclusivité sur vos aventures, qui ne sont pas terminées. Je connais le capitaine Marchal qui enquête sur cette affaire épouvantable, il me connaît, demandez-lui, je suis réglo. Vous pouvez lui demander tout de suite, le voilà. Je vous laisse. Merci pour le café. Nous nous reverrons, appelez Reuters aujourd'hui, voici ma carte.

Le journaliste se lève, échange quelques mots avec le capitaine, un signe à la serveuse et sort du café.

— Je suis très content de vous revoir, Arthur, Benoit est redoutablement efficace. Mademoiselle, bonjour.

— Bonjour, capitaine, répond Marion d'un ton neutre.

— Capitaine, vous nous sauvez… blague Arthur.

— Vous n'avez besoin de personne et Benoit Dutertre est un bon journaliste, pas un ennemi. La photo dans le journal est redoutable.

— C'est ce que nous avons cru comprendre.

— Faites-en bon usage, le pouvoir de l'image. À part ça, vous allez bien ? Remis de vos émotions ?

— Ce n'est pas fini, répond Marion. Arthur m'a expliqué ce qu'il s'était passé. J'ai l'impression que le plus difficile reste à faire.

— Pour vous, c'est terminé. Sur le versant policier, j'y veille.

— Nous sommes rentrés en France pour y faire quoi, au juste ? Je ne saisis pas bien.

— Il se trouve que j'ai un tueur en cavale, imprévisible. Vous serez à l'abri pour les 24 heures qui viennent, ou plus. Il y a un danger potentiel pour plusieurs personnes : la mère d'Arthur, Agathe et Patrick Morel et surtout leur garçon de ferme, premier visé. Vous deux dans la nature, ailleurs… je préfère vous voir ici, le temps que ce bonhomme soit neutralisé.

— C'est une excellente raison, merci.

— Si je vous ai blessée l'autre soir, j'en suis navré, mais une pièce de plus au puzzle était une pièce de trop ce jour-là. Arthur, tu ne dis rien ?

— Marion avait besoin d'une explication, vous l'avez donnée. Moi, je sais que vous gérez une situation potentiellement ingérable, je vous admire pour ça et tant que j'y pense, je vous remercie de m'avoir envoyé à Londres. Bennett est vraiment un type super, et puis Marion…

— Ça ira, répond Marchal en souriant. Je vous emmène chez moi, on y va, dit-il en se levant.

Un quart d'heure de marche, le temps est gris et doux, pas de pluie.

— Je vous laisse un double des clés de l'appartement et un badge pour l'entrée. Pour l'alimentaire, si vous manquez, il y a une supérette en centre-ville. Vous n'ouvrez à personne et si vous sortez en ville, débarrassez-vous des importuns. Je ne traîne pas, je vais chez le colonel.

— Je ne vous dis pas « bonne soirée », ni quoi que ce soit. Soyez prudent.

Arthur sait que c'est son job, c'est un peu ridicule de dire ça à un gendarme en mission, mais il n'a rien trouvé d'autre.

— À plus tard. Marchal s'éclipse.

Le couple s'installe et envisage l'appartement. Arthur a déjà passé une nuit dans la chambre d'amis, il y a peu, et seul. L'épisode du journaliste a fait remonter à la surface l'aparté de la *public relation*. L'appeler serait judicieux.

Une vibration indique un texto rentrant :

Tu peux m'appeler, s'il te plaît ? Bises. Maman.

Arthur montre à Marion.

— Et la tienne ?

— Oh, la mienne, tu sais, elle ne capte plus grand-chose. Alzheimer l'a rattrapée par la manche. À l'âge qu'elle a, ce ne sera pas long. Et mon père est comme le tien, aux abonnés absents sauf que lui, il est parti quand j'avais trois ans, avec une autre.

La conversation n'a pas eu lieu. Les parents, la famille, le contexte, tout a été trop vite. Mais Arthur a une mère, bien réelle, Ariane, imprévisible, instable qui peut fortement perturber une belle histoire naissante. Marion ne demande rien, elle prend l'homme et les paquets qui vont avec. Elle a aperçu Ariane, une photo qui traînait sur le portable d'Arthur. Jolie femme, visage enfantin. Elle comprend.

Arthur n'a pas de question à poser à Marion, pas pour l'instant. Il faut rentrer à Londres, c'est là-bas que se joue leur avenir, pas ici.

Il appelle sa mère, qui a vu la photo sur un *Ouest-France* en kiosque.

— Tu comptais m'en parler quand ? Tu te fais enlever pour une histoire à laquelle je ne comprends rien. Tu vas bien ? Tu es où ? Sa mère, follement inquiète, le bombarde de questions.

— Je vais bien, nous sommes en France depuis ce midi, à Saint-Brieuc.

— Tu pourrais passer voir ta mère, je n'ai qu'un fils, je…

— Maman ! Je ne peux bouger avant au moins 24 heures. Nous passerons ensuite, c'est promis.

— Tu n'es pas en danger ? Il est marqué qu'un tueur se promène.

— Je suis sous protection policière. Je te rappelle demain, je t'aime maman.

— Moi aussi, mon fils, je t'aime.

Marion a entendu la conversation avec un sourire attendri.

— C'est ma mère, dit-il d'un air idiot.

— Eh oui, ta maman, tu en as une et tu es son fils unique, forcément, elle s'inquiète.

— Nous passerons la voir dès que possible.

Arthur commence à culpabiliser. Marion reconnaît chez l'homme ce malaise du devoir non accompli, que ce soit envers sa mère, envers sa femme légitime, la culpabilité, c'est si simple une fois que le mal est fait.

— Dès que possible. Nous avons une image à gérer maintenant.

Elle a allumé la TV sur une chaîne anglaise et voit son visage, celui d'Arthur, les deux ensemble, la fameuse photo.

— Il faut appeler cette femme, Elizabeth Swift. Je n'y connais rien, moi, au droit à l'image et…

— Savoir ce que l'on fait avec, si ce n'est pas que du vent. Arthur doute…

— J'appelle la dame, je crois comprendre de quoi elle s'occupe.

Marion reprend la carte de visite de Mme Swift. Sonnerie, deux, trois fois.

— Hello, Elizabeth Swift…

— Marion Le Bihan. Nous nous sommes vues hier, vous m'avez laissé votre carte.

— *I see.* Je me suis permis de contacter Reuters qui possède les droits de vos images. C'est un photographe de chez eux.

— Nous avons eu l'info. Notre question est simple. Quelle est la démarche ? Et pour faire quoi ensuite ?

— Je me suis permis de parler en votre nom pour qu'ils soient au courant de ce qui les attend s'ils ne vous versent pas l'argent à chaque support utilisé. Les images sont nombreuses et vous avez été suivis en France. Vous êtes à… Saint-Brieuc, petite ville sur la côte. C'est leur métier, entre autres activités. Je vous explique, c'est très simple. C'est une très grosse agence photo qui vend les clichés aux journaux dans le monde entier, aux chaînes TV. Elles sont quelques-unes comme ça, c'est une des plus importantes par le nombre de clients. Le tarif auquel ils vendent dépend du tirage du journal qui achète, de l'audience et des relais locaux. Normalement, ils doivent reverser un pourcentage aux personnes photographiées s'il est prouvé que cela apporte un surcroît d'audience ou de lecteurs, ce qui, dans votre cas, est évident.

— Et vous ?

— Je les ai prévenus. Ils me connaissent. Je ne lâche rien. Nous attaquons décembre, mois de toutes les folies. Votre image emblématique a été vendue à une chaîne de magasins pour symboliser le bonheur d'être ensemble à Noël. Je le sais car je connais un responsable *marketing* de cette chaîne. La somme est rondelette et j'ai eu tout à l'heure Paris, vous êtes à l'honneur là-bas aussi. Reuters doit m'envoyer un e-mail chaque jour avec le montant des ventes, le pourcentage légal qui vous est dû, ainsi que mes honoraires, proportionnels aux sommes perçues. Je travaille avec un cabinet d'avocats prêt à intervenir s'ils essayaient de me doubler. C'est le premier volet de mon activité. Le deuxième…

— Une seconde, ici Arthur Simon. Je comprends, mais nous n'avons rien signé, vous avez un contrat à nous montrer, un papier… ?

— Bonjour, regardez dans votre boîte *mail.* Un contrat à me renvoyer et le montant qui vous sera versé dans deux jours, un à-valoir.

Ouvrez un compte *off-shore*, j'ai joint une liste d'établissements discrets, c'est rapide. Ce qui me fait passer au second volet. L'actualité passe et trépasse ; dans un mois, si l'on ne fait rien, tout le monde vous aura oubliés, ce qui serait dommage. Je vous propose une rencontre, une fois que m'aurez renvoyé le contrat et le nom de la banque, je m'occupe d'ouvrir le compte. Vous êtes coincés pour un ou deux jours… disons dans trois jours, mercredi prochain à mon bureau vers 10 heures. Qu'en dites-vous ?

Arthur et Marion se regardent, lèvent le pouce.

— C'est bon. Nous serons là.

— N'oubliez pas, le contrat. À bientôt jeunes gens.

— À bientôt, répondent Arthur et Marion de concert.

Arthur se précipite sur son ordinateur.

Un e-mail et plusieurs pièces jointes : contrat, à-valoir, les images compressées prises à cette heure… et un dernier fichier intitulé « Avenirs ». Nom de dieu ! Qu'est-ce que c'est que ce délire ? Los Angeles, Warner Bros. *Pitch* sur un enlèvement, histoire d'amour, *french romance*, etc.

— J'hallucine. Viens voir.

Marion lit le texte de l'e-mail, introduction polie, présentation stéréotypée. Le contrat contient ce qu'elle a dit, gestion de la valeur de leurs images. Suit une liste d'établissements financiers. Le troisième fichier réserve une surprise avec la liste des supports, clients de Reuters, le prix de vente, et ce qu'ils vont toucher. Longue liste et la dernière case en bas à droite provoque un cri : 200 000 euros.

Mention est faite de l'aspect très provisoire de ladite somme.

Le courrier de la WB est une ébauche de projet écrit par un scénariste sous les auspices d'un ponte de la *major* américaine.

En *post-scriptum* :

Le scénariste doit venir à Londres la semaine prochaine sur le tournage d'un film. Il veut vous rencontrer.

Arthur et Marion se regardent sans comprendre ce qui leur arrive.

Le portable d'Arthur vibre.

C'est Marchal.

Retour sur terre.

Appelle-moi, c'est urgent.

Au téléphone, Marchal le prévient qu'il passe à l'appartement dans dix minutes et qu'il aura un service à leur demander.

— On ne parle de rien à personne. C'est notre histoire.

Arthur rêve, Marion prend la pose, ce regard qu'elle lui lance, il sourit, elle se jette à son cou. On n'a pas le temps, il arrive.

La porte s'ouvre. Marchal refroidit l'atmosphère par une tête des mauvais jours :

— Morel s'est suicidé, sa femme a entendu une détonation. C'était trop tard. Ce que je vais vous demander n'est pas facile, mais il faut que vous veniez là-bas, gérer Agathe Morel. Je ne peux pas m'occuper d'elle, j'ai trop à faire. Arthur connaît le chemin, et vous Marion, avez connu cette femme. Je comprendrais que vous refusiez.

Marion est la première à réagir :

— Il faut l'aider. Nous y allons, bien évidemment, Arthur ?

— Oui, mon cœur, nous y allons, ça va de soi.

— Merci à tous les deux. Ça n'en finira jamais, tous ces morts ! Pauvre femme et lui, avec ses rêves un peu fous, à chacun son monde. Tu as ta voiture ?

— Elle est garée aux Champs.

— J'y vais. Je préviens Agathe de votre arrivée. Meyer est sur place, pour le constat de gendarmerie, un médecin aussi. Ils vont partir. C'est pour ce soir. Éric n'a rien entendu, un casque sur les oreilles l'a protégé.

Le capitaine repart.

— C'est reparti. Tu vas bien ? Arthur est inquiet.

— Ne te bile pas, je suis un peu de ce coin. Morel était un brave homme, avec des rêves trop grands pour lui. Que cela nous serve de leçon…

— Mouais, à méditer.

La Clio peine à démarrer, un hoquet, un nuage de fumée, ça roule. Arthur a pris son ordinateur. Le temps de l'attente peut être mis à profit.

Serait-il cynique ? Il ne l'est pas. Il tente de s'adapter à une situation un peu folle. Marion est plus forte, moins romanesque que lui. Nous sommes au bout de cette histoire sordide. Il retourne près du lieu où tout a commencé. Bientôt, les personnages vont faire leur entrée en scène, pour le dernier acte. Il était écrit qu'il serait là. Quel sera son rôle ? Il n'arrêtera pas le méchant, sera le bon samaritain, celui qui aide, sans en avoir l'air, il est présent au cas où.

Marion est songeuse en regardant défiler les paysages de son enfance, d'ici à son village, elle connaît la route, ces hameaux que l'on traverse, un bocage aux arbres dénudés, elle n'est plus chez elle, mais elle fait un effort, ce soir, un dernier pour Arthur, pour Agathe et un peu pour dépasser ce complexe qui la poursuit, la honte d'être née ici, dans une campagne sans âme, besogneuse et oubliée du monde. La mort de Morel la touche plus qu'elle ne devrait. Elle était partie à cause de lui. Cela l'avait aidé à couper ces racines maudites. Sa mort parachève le travail, elle n'y aura désormais plus la moindre attache. Aider Agathe, retrouver, le temps d'une compassion la complicité d'avant, et refermer le livre.

Rennes, 18 h 30

Le TGV de Paris entre en gare.

À son bord, Hank Peters, Sud-Africain blanc de haute stature, déplie sa grande carcasse, laisse passer un monsieur âgé, pressé de sortir. Il prend son temps. Il a loué un véhicule électrique, une Tesla Model S, le silence et la puissance seront les armes de cette mission. Au sortir de la gare, à droite se trouvent les agences de location. Le jeune homme au guichet est très impressionné par le colosse au passeport d'Afrique du Sud, louant le véhicule le plus cher de leur parc. C'est rare. Il en fait la remarque : « Monsieur sait ce qui est beau. »

« Et silencieux », ajoute Hank Peters, signifiant qu'il aime les procédures rapides et sans commentaires. Le préposé remarque le drôle de sourire, comme un masque, étrange rictus qui accélère le processus. Le véhicule est à l'abri des regards, dans un hangar fin 19e. Le tour du véhicule est rondement mené, les particularités mentionnées.

— Je vous laisse faire connaissance, balbutie le loueur tout en reculant. Bonne route.

— Merci.

Hank Peters s'amuse de l'effet qu'il peut faire sur les faibles. Le véhicule est luxueux, d'un confort inconnu, seul le bruit de roulement des pneumatiques parvient dans l'habitacle. C'est exactement ce qu'il lui faut. Il prend la rocade, accélère, constatant la formidable puissance du modèle. Il est en avance. Il doit attendre la nuit. Dans une heure, il pourra repartir. Il aperçoit un centre commercial dans lequel doit se nicher un lieu de restauration. Un repas léger, une grande salade composée sera suffisante. Il se promène dans le *mall*, trouve une pizzeria, consulte la carte, y trouve son bonheur. L'heure passe.

Il est temps.

Trois quarts d'heure de route, dix minutes de chemin.

Il récupère les lunettes à visée nocturne, les pose sur le siège passager. Le Glock et le Walter P99 rejoignent leur *holster* respectif. Les silencieux sont dans la boîte à gants.

Même heure

Arthur et Marion sont à présent dans le salon d'Agathe Morel. Le mystère qui entoure le dispositif inquiète plus qu'il ne rassure. L'atmosphère est lourde. Agathe a accepté la présence du couple, convaincu par Marchal que c'était mieux pour elle. Elle avait envisagé la présence de Vincent Meyer, refus net du capitaine pour raisons de service évidentes. Les sujets de conversation n'en restent pas moins limités. La moindre allusion aux évènements en cours provoquerait un séisme émotionnel, la libération d'Arthur et de Marion serait un lien direct avec Matthews, responsable indirect de la mort de Morel. Faire la cuisine est un moyen de tuer le temps. Les deux femmes s'y attellent, Arthur monte imprimer les documents reçus de Londres.

Un fourgon banalisé quitte la voie express, prend la route de Collinée. Il est marqué *Plombier Thébault – Réparations-Installations.*

Dans l'habitacle, cinq hommes sont assis sur les côtés. L'équipement dont ils sont harnachés ne laisse aucun doute sur leurs fonctions, pas la plomberie, cela est sûr.

Marchal suit dans un véhicule banalisé, puissante berline au cas où. Il n'est pas très satisfait. Le colonel mésestime la capacité de nuisance de Kirkpatrick et l'a moqué sur son goût immodéré pour les séries policières. Cinq hommes sans soutien logistique peuvent rapidement être débordés par un homme rapide et surentraîné. Il ne doute pas des hommes du GIGN, mais s'il s'enfuit, notre homme ne sera bientôt plus qu'un souvenir.

« Le plan Épervier ou plan immédiat d'intervention ne peut être déclenché dans ce cas. Le Sud-Africain va se jeter dans la gueule du loup, cueillez-le avant qu'il ne passe à l'acte. Six hommes et la brigade de gendarmerie en renfort devraient être suffisants. » La discussion était close. Il obtint néanmoins la grosse berline. Le colonel ne put s'empêcher une sortie sur les poursuites automobiles dans les rues de San Francisco.

Les cinq hommes seront postés autour de la ferme, à des points névralgiques. S'il peut rentrer, il ne pourra repartir.

19 h 30

Arthur a terminé l'impression des documents.

Agathe et Marion ont tué le temps. Quelques croque-monsieur prêts pour le gril, une salade de crudités et un crumble en dessert, il n'y a rien à fêter.

Marion et Agathe ont grandi depuis leurs bisbilles d'adolescentes. Elles parlent peu, connaissent les réponses aux questions qu'elles seraient susceptibles de se poser. La mort volontaire d'un homme fait taire toutes inimitiés, indécentes réminiscences d'une autre époque. Arthur descend l'escalier en douceur. La table du dîner est dressée pour quatre personnes. Agathe va chercher le garçon. Marion et lui se regardent. La maison sent la mort, ce n'est pas fini. Le silence de la campagne est effrayant, les fantômes des victimes et du suicidé dansent la farandole. Des frissons parcourent le corps d'Arthur, il prend Marion dans ses bras :

— Ce n'est qu'un mauvais moment à passer.

Agathe revient, suivie d'Éric et de son pas traînant.

Celui-ci dévisage le couple et s'assoit devant son assiette, à sa place habituelle. La question :

— Monsieur n'est pas là ?

Arthur répond promptement :

— Il est reparti jusqu'à demain. Une réunion en ville.

— Il est souvent parti. Madame a fait la soupe aussi ?

— Oui, Éric, j'ai fait de la soupe, il faut la chauffer. Attends une minute, répond Agathe en tournant la tête.

Marion s'assoit, puis Arthur, de chaque côté du garçon qui trône en bout de table.

— J'ai réussi le 2e niveau de mon jeu, niveau Génius, intervient Éric.

— Bien, bien, et c'est quoi ton jeu ?

— Je suis un *cow-boy* qui garde les vaches et tue les Indiens. Le niveau 2, j'ai ma ferme à moi. Je suis content.

— Tu aimerais avoir ta ferme à toi ? demande Marion.

— Oh oui ! Comme je travaille ici, j'apprends tout ce qu'il faut savoir, monsieur et madame m'ont promis de m'aider, n'est-ce pas, madame ?

— Oui, Éric, oui, on va t'aider… Un sanglot difficilement réprimé répond au garçon.

Arthur sent la situation glisser dangereusement et passe à autre chose.

— Tu vas au cinéma quelquefois ?

— Je suis allé avec madame voir un dessin animé une fois, *L'Âge de glace*, ça s'appelait, on a bien rigolé, hein, madame, c'était drôle.

— Oui, Éric, c'était drôle, Agathe fait des efforts surhumains pour ne pas s'effondrer.

Il faut abréger ce repas.

Arthur sert les croque-monsieur. Le silence s'installe, seuls les bruits de mastication d'Éric troublent la pesanteur poisseuse de la salle à manger.

Le crumble suit, englouti par le géant débonnaire.

— C'était bon ?

— Merci, madame. Je vais retourner dans ma chambre finir mon jeu.

— Tu te brosses les dents avant. Tu oublies toujours une fois que tu as commencé.

— Je sais bien. Au revoir. À demain.

— À demain, mon grand.

La porte se referme, Agathe en larmes s'effondre, rattrapée de justesse par Arthur, qui l'assoit sur le canapé tout proche.

— Ils ont mis le corps dans le frigo, tu te rends compte, Marion, dans le frigo parce qu'ils n'avaient pas le temps de s'en occuper. J'ai vu Vincent qui m'a dit que c'était les ordres. Agathe se liquéfie, se dissout dans le chagrin.

Arthur maudit Marchal et les gendarmes en général. Le corps de Morel n'a pu être transporté faute de véhicule adapté. L'impro totale a abouti dans une chambre froide où Morel stockait des morceaux préparés, vente de viande à la ferme, l'horreur.

La force brute de l'ordre établi ne peut être exempte de reproches. Dans l'urgence, le bon goût s'absente et l'on se pince le nez.

La nuit va être longue.

— Agathe ! Agathe ! On se calme !

Agathe hoquette, renifle et pleure, les grandes eaux. Très compliquée, la soirée, merci du cadeau.

Il faut qu'elle dorme.

— Agathe, ils sont où tes médicaments ? Tes médocs, tu les mets où ?

— La salle de bains, l'armoire à pharmacie derrière la porte.

— Arthur, va voir si tu trouves somnifères, anxiolytiques.

Marion se veut ferme, mais n'en mène pas large. Et il paraît que nous attendons un tueur, comme au stand de tir.

— Il a pris le fusil, je n'ai pas vu. J'ai vu qu'il avait pris la voiture, pas le fusil. La voiture, pas le fusil, répète-t-elle. C'est ma faute. Mon Dieu, je vais faire quoi maintenant ? Et le grand garçon, je lui dis quoi ?

Arthur revient avec plusieurs boîtes.

— Agathe, il faut que tu dormes. Tu prends un somnifère ou deux, mais il faut que tu te reposes. Tu peux faire ça ?

— Je vous ennuie, je vois bien.

— Arrête tes bêtises, tu es en état de choc, au lit maintenant, nous on garde la maison. On te monte, et on te borde.

La montée d'escalier est laborieuse. Elle avale deux comprimés de somnifères. Marion la couche et la borde. Arthur ferme les volets. Agathe dort déjà.

Le couple descend et s'écroule sur le canapé.

— Quelle heure est-il ?

La comtoise marque 20 h 30.

Arthur n'a plus de nouvelles de Marchal depuis sa visite au colonel. Il n'a pas vu de forces spéciales, et Bennett nous l'a annoncé pour aujourd'hui, ce soir. *Cool.*

21 heures

Hank Peters *alias* Kirkpatrick prend ses lunettes à visée nocturne, les règle et entame la traversée du champ derrière la ferme. Le repérage des lieux l'a informé du positionnement possible des forces de police.

Le premier est au coin de la porcherie : une pression sur l'artère envoie le gendarme dans les limbes.

Le deuxième se retourne, une demi-seconde trop tard, assommé par une matraque télescopique. Deux de moins, en silence ou presque. Marchal fait le tour de ses troupes et tombe nez à nez avec Kirkpatrick. Un coup au plexus expédie le capitaine dans le grand sommeil, au moins pour cette nuit.

Il y en a combien ? se demande le mercenaire. Il repère le suivant derrière un arbre, près de l'entrée. Une brillance trahit la présence d'un compagnon d'armes. Le cercle se referme quand il perçoit un léger mouvement au pignon du bâtiment principal. Six hommes.

Il ne tue pas ce soir. Il neutralise.

Les trois hommes sont « neutralisés » silencieusement. Il est rapide et indulgent. Il ne comprend pas comment « on » a pu concevoir un plan aussi simpliste.

Il récupère les corps inertes, les menotte, met l'adhésif sur la bouche et les porte un par un devant la maison. Quelle brochette ! Il en serait presque vexé d'avoir été mésestimé de la sorte !

Un bruit derrière lui, un homme ne prend aucune précaution pour ne pas se faire entendre.

— M. Kirkpatrick a fini le travail. Les gendarmes français ne font vraiment pas le poids, n'est-ce pas ? Je m'appelle Benoît Dutertre, journaliste. Ne me tuez pas ! Je ne pense pas. Vous ne tuez pas aujourd'hui.

Le Sud-Africain fait face à un jeune homme très sûr de lui. Il n'a pas froid aux yeux.

— Vous êtes venu chercher le garçon ? Vous comptez l'éliminer ? Il vous a vu, c'est la raison de votre retour.

— Vous voulez quoi ? répond Kirkpatrick amusé et agacé à la fois.

— Je voulais voir à quoi vous ressembliez et vous interviewer, c'est mon métier.

— Venez par ici, rétorque le mercenaire, nous y allons.

Les deux hommes s'avancent vers la chambre. La porte n'est pas fermée.

Éric, à cette heure, ne dort pas encore. Il les voit rentrer sans réagir, très absorbé par son jeu vidéo. Il s'arrête de jouer.

— Vous êtes revenu ? Je vous ai vu l'autre jour près de la ferme d'à côté. Vous avez oublié quelque chose ? Quand je vous ai vu, vous m'avez vu aussi et j'ai vu des choses chez vous, dans votre tête.

— Que racontes-tu ? La voix de Kirkpatrick s'élève.

— Vous ne vous fâchez pas. Je dis que j'ai vu dans vos yeux…

— Tu as vu quoi ? L'accent trahit une nervosité grandissante.

Benoît Dutertre a fait deux pas en arrière, ouvert la vidéo de l'iPhone.

— Vous êtes comme moi. Vous êtes gentil. Si vous faites du mal, c'est parce qu'on vous en a fait quand vous étiez petit. Moi, je suis resté petit dans ma tête à cause de ça, Mme Agathe, elle m'a dit. Je suis ici parce qu'on me battait. Je ne comprenais pas. C'est pareil pour vous.

— Je comprends très bien les choses, trop bien, dit Kirkpatrick déstabilisé.

— Vous avez oublié quoi ?

— Je n'ai rien oublié, rien.

— Vous voulez jouer avec moi ?

— C'est quoi ton jeu ?

— Je suis un *cow-boy* et je construis une ferme. Je tue des Indiens aussi parce que les Indiens volent les vaches et les chevaux.

— Comme chez moi.

— C'est où chez toi ?

— Loin.

— Il y a des Indiens et des *cow-boys* ?

— C'est tout comme…

— Ça doit être drôlement bien.

— Non, pas vraiment, ce n'est pas pour toi. Trop dur. Tu as ce qu'il te faut ici.

— C'est bientôt fini. J'ai entendu monsieur et madame qui parlaient, j'étais derrière la porte, j'ai pas fait exprès. Ils vendent et je ne sais pas ce qui va se passer. Monsieur n'est plus là souvent et madame se fait du souci. Je ne dis rien, mais je vois et j'entends.

— Tu as des papiers ?

— Des papiers ?

— Oui, des papiers d'identité. Tu as voyagé avec eux ?

— On est parti en vacances un jour, loin, j'ai un passeport. Regardez ! Éric se lève et tend la main vers l'étagère, prend le document. C'est moi dessus.

Benoît Dutertre assiste à la scène, médusé. Ils l'ont oublié. L'enregistrement continue de tourner. Que se passe-t-il, là, à cet instant ?

— Tu veux venir avec moi ? Voir les Indiens et les *cow-boys* ? En vrai ? Kirkpatrick regarde le garçon fixement. C'est comme tu veux. Je vais repartir dans cinq minutes.

— Madame Agathe ?

— Tu lui laisses un mot. C'est fini pour toi, ici. La ferme va être vendue et toi avec, peut-être ? Tu veux retourner là où tu étais avant ?

— Ah non ! J'ai toutes mes affaires.

— Fais ton sac. Tu as dix minutes. Monsieur le journaliste, vous pouvez faire une photo de nous deux. Arrêtez l'enregistrement, ça devrait suffire.

Dutertre s'exécute.

— Vous enverrez la photo aux médias, l'enregistrement aussi, si vous le souhaitez, pas avant demain soir. Surtout pas avant, ou je reviens m'occuper de vous. Compris ?

— C'est compris.

— Je peux vous poser une question ? demande Dutertre.

— Une seule.

— Vous l'emmenez où, pour faire quoi ?

— C'est très simple. J'ai un avion demain matin à Roissy pour Le Cap. J'avais pris deux billets, une intuition de quelque chose. J'ai un domaine viticole là-bas, près du Cap, et un élevage de bovins dans le Transvaal. Il n'y a pas d'Indiens, juste des Bantous, et ils ne sont plus pourchassés. Il n'y a plus rien ici pour ce gamin. Le patron est mort. J'ai ouvert une porte par erreur, une chambre froide, un corps dedans, vu la blessure, un suicide. Allez vérifier si vous voulez. Tu es prêt ? dit-il en tournant la tête. Tu laisses les jeux, on verra là-bas.

— Je fais un petit mot pour madame. Je la reverrai ?

— Possible.

Il baisse la voix.

— Voilà. J'ai tué pas mal de gens dans ma vie, la guerre, et ici, cette saloperie, pour que des salauds gardent les mains propres. J'ai vu ce gosse qui m'a vu, on s'est reconnus, du moins je le crois. Je ne le laisse pas derrière moi. Dites-leur aux gens, aux flics que les vrais méchants passent souvent à la télé, propres et cravatés. Tu as fini ?

— Ouais, ça y est. Je laisse la lettre sur la table ?

— Donne-la au monsieur, tu as une enveloppe ? C'est mieux. Tu marques : « Madame Agathe ». Vous lui donnerez demain matin. Restez dormir ici. Tu prêtes ta chambre au monsieur ?

— Oui, c'est votre chambre maintenant. Faites un bisou à madame demain matin.

— Nous y allons, Éric, en route.

Benoît Dutertre se lève, serre la main du gamin, et salue Kirkpatrick.

— Je vais vous assommer, pour que vous ne soyez pas accusé de complicité.

Dutertre n'a pas le temps, il s'écroule et est allongé sur le lit. Éric est déjà dehors.

— Ce sont les méchants ? dit-il en montrant les hommes ficelés.

— Si tu veux…

L'homme et le garçon disparaissent dans la nuit.

Le silence reprend ses droits.

Dans la maison, au premier étage, c'est la fête des corps.

Arthur et Marion se sont assurés du profond sommeil d'Agathe et se sont lancés dans une sarabande débridée, au-delà de la décence la plus élémentaire.

Il est minuit.

Tout est calme.

Les six hommes assis dans la cour ont été prolongés dans leur sommeil par Kirkpatrick, juste avant son départ.

J + 7

7 h 30 à la gendarmerie de Merdrignac

Vincent Meyer tente de joindre Marchal depuis une demi-heure, comme prévu. Il n'a pas de nouvelles. Ils n'ont pas eu besoin de ses services. Il préfère. Mais aucune réponse aux messages vocaux ni aux textos, cela génère le doute dans l'esprit du chef de brigade.

Il appelle Charles Dutoit et le jeune qui vient d'arriver.

— Nous allons à St-Jacut voir ce qui se passe. Je n'ai personne en communication.

Ferme des Morel, même heure

Les six hommes adossés au mur de la maison se réveillent. Menottes et mains dans le dos, jambes ficelées et adhésifs limitent la conversation. Les regards sont interrogatifs. Marchal se réveille à son tour, une forte douleur dans la poitrine lui interdit tout mouvement. La scène lui revient en mémoire et il comprend en voyant les hommes qu'ils se sont fait piéger par un seul homme. Le gamin, bon sang, le garçon de ferme…

Au même instant, Benoît Dutertre sort de la chambre, un mal de tête doté d'une bosse de bonne taille. Il met quelques minutes avant de voir les gendarmes assis à même le sol. Ceux-ci ne l'ont pas encore vu. Il retourne dans la chambre récupérer l'iPhone. Un cliché plus un autre, hier soir et ce matin, le jackpot du reporter est tombé dans son escarcelle.

Attention à celui-ci, restons discrets. Il ressort de la chambre, passe à droite et se retrouve face aux hommes, à l'abri de leurs regards, masqué par une barrière métallique. Il met au point, agrandit plein cadre les six hommes en rang d'oignons, pieds et poings liés sont dans le viseur. Une deuxième pour la sécurité, il peut sortir de sa cachette, met l'appareil dans sa poche et avance vers les gendarmes.

Éviter l'humour sarcastique, mais la scène est impressionnante. Il voit Marchal, qui écarquille les yeux en le voyant, se laisse enlever l'adhésif.

— Et vous faites quoi, là ? demande le capitaine.

— Je vous délivre, il me semble. Sauf votre respect, vous et vos hommes êtes en mauvaise posture.

— Et le gamin ? Il est où le gosse ?

— Il est vivant… mais il n'est plus là.

— Plus là ?

— Écoutez, il est parti avec Kirkpatrick. Il m'a assommé avant de partir. Le garçon a laissé un mot pour Agathe Morel, dans une enveloppe que j'avais dans la main en me levant. Voilà toute ma participation à cette affaire. Je réponds à vos questions avant : je ne sais pas où ils sont allés, je n'ai vu le Sud-Africain que quelques minutes, le temps d'avoir peur et de vous voir ficelés. Nous avons échangé trois mots, il a vu le gamin, ils ont parlé, assez tranquillement.

— De quoi ?

— J'étais à bonne distance, maintenu en joue, je n'ai rien entendu. Il m'a appelé, le garçon avait fait son sac, il est sorti de la chambre et paf, il m'assomme. Terminé.

Meyer arrive au ralenti et contemple le spectacle. Il comprend. Délivrer les hommes de cette posture humiliante est le plus urgent.

Marchal se lève péniblement et frappe à la porte.

Un bruit de pas dans l'escalier, la porte s'ouvre sur Arthur dépenaillé.

— Capitaine ?

— Arthur, bonjour. Merci de nous faire un café… Agathe ?

— Elle dort encore, je crois, deux somnifères, pas simple hier soir.

— Pour nous non plus… répond Marchal en se frottant la poitrine.

Agathe descend l'escalier telle une somnambule.

Benoît Dutertre aperçoit la jeune femme. Arthur prépare le café pour les hommes désormais libérés de leurs entraves. Personne ne saisit ce qu'il s'est réellement passé. Le journaliste perçoit l'ambiguïté de sa position. Il donne la lettre à Agathe qui ne comprend pas immédiatement de quoi il s'agit. Il lui dit en aparté ce qu'il n'a pas dit à Marchal. Elle lit le mot maladroit écrit par Éric.

Madame,

Je sais que vous allez partir d'ici.

Le monsieur gentil m'a dit de venir jouer aux cow-boys chez lui. J'aurai un travail comme ici, avec des vaches et des chevaux.

C'est mieux comme ça.

Bientôt, vous serez en ville, et moi, je ne peux pas en ville, j'ai peur.

Je vous aime beaucoup, vous et le patron.

On se reverra, le monsieur m'a dit que ce serait possible.

Je vous embrasse,

Éric.

Agathe montre la lettre à Marchal.

— Ils sont loin. L'affaire est terminée pour nous. L'écriture vous semble normale ? demande-t-il à Agathe. Pas de contrainte ?

— Je n'ai pas l'impression, c'est son écriture habituelle.

Marchal ne répond rien. Cet échec aura des conséquences. Le journaliste sait des choses, il le sent, mais à quoi bon ? Il ne comprend pas. Il ne paiera pas les pots cassés tout seul, son rapport sera étayé par la demande écrite de moyens supplémentaires, refusés par sa hiérarchie.

Meyer s'est rapproché d'Agathe.

Arthur réceptionne Marion qui atterrit dans un aréopage d'uniformes, trop heureux d'une apparition en haut de l'escalier.

Arthur l'apostrophe gentiment sur sa tenue. Elle s'éclipse et revient en robe de chambre.

Benoît fait son travail de journaliste, passe d'un gendarme à l'autre. Ceux-ci sont remontés contre leur hiérarchie. L'obligation de réserve oblige à une certaine retenue, mais il sent une colère sourde, d'hommes d'élite humiliés par un Rambo, qui n'existe pas qu'au cinéma. Il fallait boucler le coin.

Arthur a compris que c'est la fin de l'histoire, la fin de cet épisode tragique, sans que le méchant soit puni ou arrêté.

Il est passé à côté.

Il pense à Jo. Il lui doit une visite, avec Marion.

9 heures

Il faut s'occuper du corps de Morel. On ne peut le laisser dans la chambre froide.

Meyer s'occupe du transfert à la morgue de l'hôpital.

Marchal s'est renseigné à Roissy. Un vol pour Le Cap a décollé à 6 h 30, escale à Dubaï, arrivée demain matin dans la ville sud-africaine. Éric vole vers son destin en compagnie d'un tueur qui l'a pris sous sa protection. Il n'y a rien que nous ne puissions entreprendre.

Marchal téléphone à Madagascar, comme promis, les informant que l'assassin est rentré chez lui, que lui et ses hommes l'ont raté. Il donne le nom de l'homme.

Bennett l'appelle.

Il n'a pas de nouvelles, s'inquiète. « Le fiasco est total, lui répond Marchal. Manque de moyens et nous avions en face un professionnel du combat rapproché et de bien d'autres choses. » Marchal est effondré par le différentiel. Si des types comme ça sont embauchés à prix d'or par des multinationales, et que dans le même temps, face à eux, on lésine sur les moyens, on risque d'avoir de gros soucis dans l'avenir. La sécurité a un coût.

Les hommes quittent la ferme une heure plus tard.

Benoît Dutertre va traîner dans la ferme d'à côté. Il n'était pas venu jusqu'ici, là où tout a commencé. Les lieux sont toujours sous scellés. Il passe sous les bandeaux d'interdictions. Plus personne ne garde, le dernier planton est parti hier soir, mauvaise coordination des services. La porte est ouverte. Le froid humide pénètre, il fait plus froid à l'intérieur. L'odeur de moisi et de décomposition imprègne l'atmosphère. Le journaliste sort. Trois meurtres pour rien et un suicide inutile.

Il retourne chez Agathe Morel, désormais seule dans ce coin isolé.

Arthur Simon et Marion Le Bihan ne vont pas traîner, d'autres horizons les attendent. Il doit leur dire un fait important : « Surtout ne dites pas que vous étiez ici cette nuit. »

Benoît salue Agathe et le couple, prend rendez-vous avec Marchal et rentre chez lui, à Rennes. Il a beaucoup de travail.

Il est seul sur ce coup-là. Les photographes de Reuters ont perdu le couple de vue, le retrouveront ce soir. Il a touché un mot aux deux amants, le message est passé, restez glamour, ne changez rien et rentrez sur Londres, vite.

Une fois chez lui, il vide les fichiers photo et les vidéos sur le Mac. Il joue gros, mais les photos du tueur et du garçon ainsi que celle des gendarmes ficelés valent de l'or. Il vend les images et le texte. La vidéo sera mise en ligne sur sa chaîne YouTube, le fleuron de sa diffusion.

Au travail !

Premier contact : sa rédaction régionale, et dans la minute, TF1, BFM et *Le Monde*, choix personnel. Les autres suivront.

La vidéo aux radios, le son est excellent.

Vers 17 heures, il *maile* au *Télégramme*, qui le rappelle dans la minute :

— Trop gros pour nous, on te couvre, on relaie, mais va taper plus haut.

— C'est déjà fait.

L'avion atterrit au Cap vers 6 heures le lendemain.

Les matinales titrent toutes sur le tueur parti avec sa victime, le fiasco s'étale en une des journaux papier et télé, les deux images sont couplées. Les crimes resteront impunis.

Benoît Dutertre a rendez-vous avec Marchal. Il y est obligé. Ils se connaissent, déontologiquement, ce qu'il a fait est très moyen, mais son métier change, il veut l'expliquer au capitaine.

L'entrevue est orageuse dans un premier temps. Le gendarme est atteint dans son honneur, il se drape dans sa dignité bafouée, mais se calme et finit par écouter le journaliste, qui lui parle d'Arthur et de Marion, devenus stars en moins de 48 heures, de l'utilisation qui peut être faite de la caisse de résonnance engendrée par cette affaire. Vous manquez de moyens ! Il faut contre-attaquer, ton colonel est un mec dépassé. Je sais que vous ne pouvez pas parler, mais les faits sont là : Kirkpatrick a fait l'aller-retour d'Afrique du Sud et est reparti tranquillement, au nez et à la barbe de deux pays d'Europe de l'Ouest ! Imaginez un terroriste !

Marchal se rengorge. Il se met en disponibilité et va demander audience au ministre. Battre le fer tant qu'il est chaud.

Les dégâts collatéraux sont considérables. Le thème sécuritaire étant devenu la première préoccupation des Français, cette affaire est du pain béni pour… un peu tout le monde. Le colonel est mis à la retraite d'office, un fusible saute. Marchal s'en tire avec des remontrances sur sa présence exaspérante dans les médias, mais retrouve son poste, après avoir été suspendu suite à l'affaire.

Les Affaires étrangères tentent une approche via leur ambassade en Afrique du Sud. L'ambassadeur se fait sèchement recadrer par le gouvernement sud-africain, déjà fort mal embarqué dans une affaire de corruption. Ce n'est pas le moment.

Ce ne sera jamais le moment.

Le même jour, Arthur téléphone à Jo. Ils vont se voir le soir pour dîner. Marion et lui passeront le chercher un peu avant, boire un coup au café. Elle veut voir ce bistrot. Ça lui rappellera des souvenirs, le café de son enfance, c'est un peu le même.

Agathe leur dit au revoir, en sachant très bien qu'ils ne se reverront plus. Elle vend la ferme, une femme seule, impossible, elle confirme ce qu'ils avaient commencé. Quelques semaines tout au plus. Elle leur confie que Vincent Meyer est resté très attaché, elle ne savait pas, il lui a dit que si elle avait besoin de quoi que ce soit, il était là. « C'est un ex que j'ai quitté pour Patrick. Bon, je vous laisse partir. »

Dans l'après-midi, la Clio poussive démarre et prend la route de Coët, à quinze kilomètres environ.

Jo est heureux de revoir son ami. Il lui présente Catherine qui, semble-t-il, s'occupe de l'intérieur du célibataire. En moins d'une semaine, le bouge infâme et crasseux s'est transformé en un nid douillet, très « cosy », trouve Marion, qui s'y connaît. Dans la cheminée, brûle un feu pétillant ; deux fauteuils et une chaise, une petite table entourent l'âtre, centre de vie. Arthur lui présente Marion, « vue à la télé », blague Jo. La photo d'eux deux et l'interview à la télé anglaise l'ont épaté, Catherine acquiesce avec force coups de menton. Une brave femme, se dit Arthur, de celles qui couvent leur homme, il est content pour lui.

Au bistrot, il y a du monde.

L'entrée de Marion fait sensation, habillée simplement, elle est vraiment canon, se dit Chris qui reçoit un coup de coude dans les côtes de la part de Françoise : pas touche !

Les deux couples s'installent à une table près de la fenêtre.

Arthur a prévenu Marchal qu'ils allaient voir un ami, qu'ils rentreraient tard. Le capitaine sera chez lui, du travail en perspective, rapports et autres paperasseries.

Certains clients veulent des photos avec la dame. Ils sont désolés, mais ils n'ont pas le droit, Marion explique pourquoi, essaie, ils comprennent. Pas sûr qu'ils saisissent.

Au restaurant, c'est sans chichis, Marion retrouve de vieux réflexes d'ici, quelques automatismes de langage qu'elle croyait avoir perdus.

Un texto de Londres :

Merci pour le contrat, les 200 000 euros ont été virés. Nous avançons le rendez-vous à mardi, même heure. Confirmez, s'il vous plaît.

Elizabeth SWIFT.

Marion confirme.

Elle montre le texto à Arthur.

— Des ennuis ? s'enquiert Jo.

— Non, au contraire, mais il faut y aller. Nous nous levons tôt demain matin.

Arthur invite, c'est sa soirée.

Il reviendra voir son ami, en tête à tête, voir s'il va toujours aussi bien.

Pas d'effusion, juste la petite boule à l'estomac, une autre page se tourne.

Sur la route, Marion regarde Arthur et trouve que son amitié pour Jo le rend plus humain, elle ne sait trouver le mot.

Il faut rentrer demain. Il ne peut passer voir sa mère.

Sa mère comprendra, elle comprend toujours. Un saut peut-être. Nous sommes dimanche. Prendre un avion demain après-midi à Rennes.

Marion est d'accord, enchantée de rencontrer la maman d'Arthur, une maîtresse femme sans aucun doute.

Marchal n'est pas couché.

Marion, fatiguée, prend congé.

Les deux hommes ne se sont pas vraiment parlé.

Ont-ils encore beaucoup à se dire ? La tournure des évènements rend toute parole un peu vaine. Les amitiés de circonstances ont ceci de simple qu'elles se referment sans mot dire, la vie continue.

Épilogue

Arthur et Marion filent sur Rennes. La maman d'Arthur a été prévenue de leur passage.

Ariane a été contactée, cela semble plus compliqué, toujours et encore.

Les retrouvailles d'Arthur et de sa mère sont sobres, maîtrisées, comme d'habitude, les sentiments et la pudeur freinent les épanchements. Une tierce personne est là.

Le déjeuner dans un restaurant du centre-ville, près de la librairie Le Failler, se déroule dans un climat bon enfant. Marion échange chaleureusement, Mme Simon semble enchantée de la nouvelle connaissance de son fils. Et Arthur regarde les femmes de sa vie bavarder. Il est heureux.

Il est prévu de passer voir Ariane vers 15 heures.

La maman d'Arthur accompagne son fils jusqu'en bas de l'immeuble « Les Horizons », elle conseille à Marion de ne pas y aller. Marion monte néanmoins. Elle veut voir à quoi ressemble la femme-enfant tant décriée.

L'entrevue est polie. C'est le service minimum. Arthur est rassuré. Il ne doute pas, mais Ariane est si… imprévisible. Elle dévisage Marion, regarde Arthur, passe de l'un à l'autre.

Arthur sait quand il faut partir, lui promet un appel rapidement.

Dans l'ascenseur, Marion sent une tension chez son compagnon.

— Elle allait exploser, son regard changeait, encore trois minutes et nous y avions droit.

Jusqu'à l'aéroport, peu de discours.

Arthur serre fort sa mère dans ses bras, surprise. Il ne sait pas quand il la reverra.

La bise pour Marion qui évite les effusions.

— Tu gardes l'auto, tu en fais ce que tu veux.

— Je verrai, mon chéri, prends soin de toi. Prenez soin de lui, je n'en ai qu'un, ajoute-t-elle à l'adresse de Marion, un sourire triste au coin de la bouche.

Il est temps de quitter la France. La tournée des adieux est un genre que Marion exècre. Elle ne pratique pas.

Un an après.

John Kirkpatrick descend l'Alexandra Avenue.

Il aime à prendre l'air du petit matin avant de récupérer son véhicule pour rejoindre son vignoble en cette période de l'année.

Le soleil brille généreusement.

Il remarque deux hommes de couleur marchant vers lui. Curieux, trouve-t-il, de voir ces gens dans ce quartier blanc.

Dernière image : le regard de l'homme.

Dernier bruit : le *blop* d'un silencieux.

Ce fut tout.

Saint-Brieuc, février 2022

Remerciements

Elisabeth accompagne et tempère les affres de ma création ;

Annie me met en garde contre les pièges de l’affect dans l’acte d’écrire ;

Gwénaëlle va à l’essentiel et…

… Christine dit les mots que personne d’autre n’ose prononcer, merci à elles…

Imprimé en France
Achevé d'imprimer en mars 2023
Dépôt légal : février 2023

Pour

Le Lys Bleu Éditions
40, rue du Louvre
75001 Paris